मैत्रेयी पुष्पा

मैत्रेयी पुष्पा का जन्म 30 नवम्बर, 1944 को अलीगढ़ ज़िले के सिकुर्रा गाँव में हुआ। आरम्भिक जीवन ज़िला झाँसी के खिल्ली गाँव में बीता। उन्होंने बुन्देलखंड कॉलेज, झाँसी से हिन्दी साहित्य में एम.ए. किया। हिन्दी अकादमी, दिल्ली की उपाध्यक्ष रहीं।

उनकी प्रकाशित कृतियाँ हैं—*चिन्हार, गोमा हँसती है, ललमनियाँ तथा अन्य कहानियाँ, पियरी का सपना, प्रतिनिधि कहानियाँ, समग्र कहानियाँ* (कहानी-संग्रह); *बेतवा बहती रही, इदन्नमम, चाक, झूला नट, अल्मा कबूतरी, अगनपाखी, विजन, कही ईसुरी फाग, त्रिया हठ, गुनाह-बेगुनाह, फ़रिश्ते निकले, नमस्ते समथर* (उपन्यास); *कस्तूरी कुंडल बसै, गुड़िया भीतर गुड़िया* (आत्मकथा); *वह सफ़र था कि मुक़ाम था* (संस्मरण); *खुली खिड़कियाँ, सुनो मालिक सुनो, चर्चा हमारा, आवाज़, तब्दील निगाहें* (स्त्री-विमर्श); *फ़ाइटर की डायरी* (रिपोर्ताज)।

फ़ैसला कहानी पर टेलीफ़िल्म *वसुमती की चिट्ठी* और *इदन्नमम* पर *मंदा हर युग में* धारावाहिक का प्रसारण।

उन्हें *सार्क लिट्रेरी अवार्ड, द हंगर प्रोज़ेक्ट* (पंचायती राज) के *सरोजिनी नायडू पुरस्कार, मंगला प्रसाद पारितोषिक, प्रेमचन्द सम्मान,* हिन्दी अकादमी के *साहित्यकार सम्मान,* मध्य प्रदेश साहित्य परिषद के *वीरसिंह जूदेव पुरस्कार, कथाक्रम सम्मान, शाश्वती सम्मान,* उत्तर प्रदेश हिन्दी संस्थान के *महात्मा गांधी सम्मान* सहित अन्य कई सम्मानों से सम्मानित किया गया है।

सम्पर्क : 104, महागुन मार्फ़ियस, प्लॉट नं. ई-4, सेक्टर 50, नोएडा–201303 (उ.प्र.)।

वह सफर था कि मुकाम था

मेरी नजर में राजेन्द्र यादव

मैत्रेयी पुष्पा

राजकमल पेपरबैक्स

राजकमल पेपरबैक्स में
पहला संस्करण : 2017
दूसरा संस्करण : 2025

राजकमल पेपरबैक्स : उत्कृष्ट साहित्य के जनसुलभ संस्करण

राजकमल प्रकाशन प्रा.लि.
1-बी, नेताजी सुभाष मार्ग, दरियागंज
नई दिल्ली-110 002
द्वारा प्रकाशित

शाखाएँ : अशोक राजपथ, साइंस कॉलेज के सामने, पटना-800 006
पहली मंजिल, दरबारी बिल्डिंग, महात्मा गांधी मार्ग, प्रयागराज-211 001
1, अनमोल सोराबजी सन्तुक लेन, धोबी तलाव, मरीन लाइंस, मुम्बई-400 002

वेबसाइट : www.rajkamalprakashan.com
ई-मेल : info@rajkamalprakashan.com

विकास कंप्यूटर एंड प्रिंटर्स
ट्रॉनिका सिटी-201 102
द्वारा मुद्रित

मूल्य : ₹250

WOH SAFAR THA KI MUKAM THA
Memoirs by Maitreyi Pushpa

ISBN : 978-81-267-2974-6

अनुक्रम

सेव / डिलीट / राजेन्द्र यादव

'राजेन्द्र यादव'—
हाँ, यह नाम मेरे फोन के स्क्रीन पर आ गया।

इस नाम पर टच करना है और फिर 'हलो' के साथ हमारी आवाजों में संवादों का आदान-प्रदान।

"कहो, क्या कर डाला डाक्टरनी?" उनका पहला और रोजमर्रा का वाक्य।

"कुछ नहीं, आज एक गीत की कड़ी याद आ गई, सोचा आपको सुना दूँ।"

"सुना दूँ!" राजेन्द्र जी की शैली।

"कैद में है बुलबुल सैयाद मुस्कराए!"

"अरे! यह बुलबुल कहाँ से आ मरी, साहित्य की फूलन देवी के पास?"

"..." मैं चुप!

"यार, यही तो तुम्हारी धोखेबाजी है, जब न तब मासूमियत का चेहरा लगा लेती हो वरन् जिसका चाहो बध कर डालो!"

"आपका बध क्यों नहीं किया राजेन्द्र जी? करती तो बात बनती कि मैंने एक खतरनाक शिकारी को मार गिराया। बहुतों के लिए यह उपकार होता, मुझे दुआएँ मिलतीं।"

"मगर आप पलाशवन के अहेरी हैं, और पलाशों से मुझे मोहब्बत है क्योंकि मैं पलाश-भूमि से आई हूँ। अंगारों की तरह दहकते फूल...तभी तो मैं जमी रही आपके पास।"

ये संवाद हैं, अपनी तर्ज में ऐसे ही होते रहे हैं। शब्द बदले लेकिन मिजाज यही रहा। बीच-बीच में हँसी का स्वर और मेरा चिढ़ानेवाला वाक्य—"आपके पास कंचन कामिनियाँ, पवित्र पत्नियाँ, गरिमामयी नारियाँ आती तो हैं मगर जल्दी ही कलम-कागज फेंककर अपने-अपने धाम लौट जाती हैं!"

"देखो, उनका मजाक मत उड़ाओ। यही क्या कम है कि वे आने का दम भरती हैं!"

ऐसे ही न जाने कितने फोन, कितनी बातें होतीं! प्रतिदिन की दिनचर्या के लिए अलग-अलग प्रसंग निकल आते, सिलसिला बरसों चला, चलता रहा।

मगर आज...

क्या हुआ? राजेन्द्र जी के नाम पर फोन टच किया। घंटी जा रही है...

राजेन्द्र जी!

आपकी आवाज का इन्तजार करती हुई मैं...आपके नाम को बार-बार चमकाती-दमकाती क्या भूल रही हूँ?

नहीं, उस अपरिचित शोक को ललकार रही हूँ कि मैंने राजेन्द्र जी से बात करने के लिए यह उपक्रम किया था, उनका नाम डिलीट करने के लिए नहीं। बेशक, उस शख्स को खोज रही थी जिसके खो जाने का मुझे यकीन नहीं।

अब फोन बन्द है, लेकिन मुझसे राजेन्द्र यादव मुखातिब हैं—

"मुझे डिलीट करना चाहती हो यार!"

मैं हाँ कहूँ या ना? फोन तो उठाया था नाम डिलीट करने के लिए और किस-किस तरह से खुद को तैयार किया था कि फोन से नाम मिटा दूँगी तो R डालते ही राजेन्द्र यादव का नाम सामने न आ पाएगा। शायद बार-बार होनेवाले शोक से मुक्ति मिल जाएगी।

अपना सोचा-चाहा कहाँ होता है! मेरी नजरों में यह नाम दकहता है।

फिर आपकी चिर-परिचित आवाज!

"मेरे साथ यह दुष्टता करने पर क्यों तुली हो? शर्म नहीं आती तुम्हें मेरे नाम के साथ छेड़छाड़ करते हुए?"

मैंने हड़बड़ाकर फोन अपने हाथ से परे सरका दिया।

"मुझे डिलीट होनेवाला कैसे समझ लिया तुमने?"

मैं हँस रही हूँ या रोने लगी राजेन्द्र जी...आपका नाम चुनौती दे रहा है और मेरे मन में आपका बड़प्पन उतरता चला आ रहा है कि जैसा और जितना भी सम्बन्ध था, इस नाम से था, यही दूर, यही पास और यही मेरे लेखकीय वजूद का हिस्सा। इसी हिस्से से रोज सुबह की प्रार्थना सा वार्तालाप करती रही। हँसी तो खिलखिलाहट उन तक गई, दुखी हुई तो आँखें बदली की तरह बरस गईं।

अब उन्हीं यादों, स्मृतियों के खजाने की मालकिन मैं इस सेल फोन को अपने पास रखकर सँजोए हुए सम्बन्धों और संवादों की मोहर-अशर्फियाँ रखूँगी।

आपके पास आई थी तो क्या था मेरे पास? कोई तोहफा-उपहार नहीं, भेंट-सौगात नहीं। कलम और एक झोले में कुछ कागज थे। मैंने तो यही मान लिया था

कि दान-दक्षिणा के रूप में लिखावट की दौलत के बिना 'हंस' कार्यालय में प्रवेश लेना अपराध से कम नहीं।

मैंने आपके कार्यालय का नाम 'पलाशवन' रख लिया था जिसमें प्रवेश लेने के लिए आग जैसी हिम्मत चाहिए, दहकने का जज्बा जरूरी है।

झुकी आँखों को ललकारा था आपने।

''सिर उठाकर बात करिए मैत्रेयी पुष्पा जी।''

उफ्! मैंने हड़बड़ाकर गर्दन सीधी कर ली थी।

मैंने जो कुछ आपके बारे में सुना था, आपकी बातों और मुद्राओं से मेल नहीं खा रहा था। शरमानेवाली अदा पर आखेटक पुरुष मोहित होता है, मगर आप...

मैंने दो कहानियाँ आपको दे दीं। आपने देखी न परखीं, सवाल दाग दिया—''ये कहानियाँ या यह कहानी तुमने क्यों लिखी?''

यह भी कोई सवाल है? लिखी तो लिखी! —यह सोचती हुई मैं चुपचाप ही बैठी रही।

''क्या कहना चाहती हो अपनी रचना के बहाने?''

''यही कि यह छप जाए,'' मैंने नन्हा सा उत्तर दिया।

आपने कहानी की बड़ी सी व्याख्या मेरे सामने पसार दी, मसलन—घटना एक होती है, वाकया छोटा सा होता है, पात्र एक या दो अथवा तीन-चार होते हैं, उनके बहाने हम क्या कहना चाहते हैं? अपने समय की समीक्षा करते हैं, अपने समाज को परिभाषित करते हैं, समझती हैं न आप?

मैं गुमसुम। कुछ पल्ले नहीं पड़ रहा था। लेकिन इतने वर्षों बाद आज लगता है कि आप कच्चे लेखक को रचनाकार बनाने के उपक्रम में महारत हासिल किए हुए थे। उस दिन के बाद यही तो हुआ कि आपने मेरे विषय से सम्बन्धित किताबों की अच्छी-खासी खेप प्रस्तुत कर दी। इस खेप से मेरे लेखक को जो स्वास्थ्य-लाभ मिला कि उसकी चेतना के गवाक्ष खुलते चले गए। बेशक! साहित्य समाज की नजरों में मैं आपकी शिकार थी लेकिन यह किसको पता था कि आप शिकार का खून नहीं पीते, उसकी रचनात्मक रगों में ताजा रक्त प्रवाहित कर देते हैं!

अकेला नहीं छोड़ते लेखक को, जिज्ञासा के धनी आपको मेरे ग्रामीण समाज से क्या लेना-देना था, यही कि आप सम्पादक ही नहीं, खोजी रचनाकार भी थे। यह आपकी आज्ञा तो नहीं, आग्रह जरूर था कि मैं जिस शहरी जीवन को पच्चीस वर्ष से जी रही हूँ, उसके बरअक्स गाँव की धूल-मिट्टी से सने-लिपटे पात्रों को, बरास्ते खेत-खलिहान, कागज पर उतारूँ। मैंने आज्ञाकारिणी

शिष्या की तरह किसान और मजदूर स्त्रियों के काफिले-दर-काफिले शहरी सुसंस्कृत और सम्भ्रान्त साहित्य के मैदान से गुजारे तो आपका सम्पादकीय सीना चौड़ा हो गया जैसे आपने शहरी मंच पर ग्रामीण साहित्य की विजय पताका फहरा दी हो! एक ग्रामीण स्त्री रचनाकार के रूप में ग्रामबालाओं का हक जताने उतारी हो!

आप क्यों ऐसी बीहड़ जिन्दगी की खोज में थे? यह सवाल मैं बार-बार आपसे पूछती। क्यों पूछती थी? आपकी दिलचस्पी देखकर अन्दाजा क्यों नहीं लगाती थी कि आप खुद सादगी-पसन्द और मितव्ययी थे। फिर भी आपने जो लेखन किया, जो जीवन जिया, शहरी के सिवा क्या था?

मैं अक्सर चुप रहा करती थी। ज्ञानवानों से मुझको दहशत होती थी और आपको इस पर ही एतराज था। आप मेरी चुप्पियों से शुरू में कितने परेशान होते थे—स्टेज पर तुमको बोलना होगा, कैसे बोलोगी?

"नहीं बोलूँगी।"

शायद इसलिए ही आप मुझसे रोजाना फोन पर बातें किया करते थे। तरह-तरह के सवाल पूछकर संवाद को इतना सहज कर देते थे जैसे कोई बच्चे को कायदे की बोली सिखा रहा हो।

होते-होते यह हुआ कि हम आपस में ऐसे सहज और इतने बेतकल्लुफ हो गए कि मैं अक्सर गाँव में घटित होनेवाली स्त्री सम्बन्धी घटनाओं को आपको सुनाने लगी। किस्सा चलता और हँसी का दौर शुरू हो जाता। मैं इतना हँसती कि मन के सारे कलुष घुल जाते, आँखों से हृदय तक खुशी का सरोवर लहरा उठता। कैसी अलग किस्म की प्रसन्नता थी वह भी!

एक किस्सा ऐसा सुनाया कि उसके बाद आपसे जब भी मैं मिलती, आप उसी के बारे में बात करते।

"लिखो, इसे कहानी के रूप में लिखो," आपका आग्रह आया।

एक मामूली औरत की कथा का ऐसा आकर्षण! मेरे गाँव की गलियों में चलती, इठलाती स्त्री का अलबेलापन राजेन्द्र जी को ऐसा भाया! नहीं, अब तक मेरी समझ कि रोजमर्रा की छोटी-छोटी घटनाओं में बड़ी कहानी के भ्रूण होते हैं। कलम का संवेदनात्मक स्पर्श पाकर शिशु रूप में पलते हैं और फिर चेतना की घुट्टी से स्वस्थ और परिपक्व होते हैं। नई कथा नए मनुष्य की तरह जन्म लेती है लेकिन वह अपने पात्रों से बड़ी होती है।

राजेन्द्र जी, इस तरह के आपके सिद्धान्त थे या मैंने ही इस तरह ग्रहण किए!

वे छोटे-छोटे किस्से जुड़कर एक लम्बी कहानी का रूप धरकर रचनात्मक धरती पर उतरे, नाम मिला—'गोमा हँसती है'।

यह कथा जब अन्त की ओर बढ़ रही थी, मैं अटक गई। समापन कहाँ होगा? किस बिन्दु की ओर चलना होगा? आखिरी छोर तक पहुँचना आसान नहीं! दिशा कौन सी हो, यह राजेन्द्र जी शायद बता सकें!

क्या कहूँगी उनसे! यही कि गोमा इस कदर छका रही है, जितना कि उसने अपने पति को भी नहीं छकाया होगा!

बताया तो वे ठहाका मारकर हँसे और फिर बोले—"अरे वाह! ऐसी ही तो औरत चाहिए मन की मालिक कि तुम्हें भी खुद के पात्र पर हाथ न धरने दे! नियंत्रण में न आए! अपना चरित्र खुद ही रचे! उसको उसी की स्वतंत्र सत्ता सौंप दो न! जैसा कि तुमने अपने एक लेख में लिखा है—'जिस सुख की कामना हमारी इन्द्रियाँ करती हैं, वह व्यभिचार नहीं, हमारा जन्मसिद्ध अधिकार है।'"

उफ! अपनी ही रची गोमा के जब जन्मसिद्ध अधिकार का बिगुल बजा, मैंने हथियार डालने का मन बना लिया। अब किस घाट उतारूँ इसे, गजब पर गजब किए जाती है!

"राजेन्द्र जी, इस कहानी का अन्त मैं नहीं दे पा रही!" मैंने उन्हें पुकारा।

"यह भी कोई बात हुई!" उन्होंने कहा और मुझे ऐसे देखा जैसे मुझ जैसा कोई मूर्ख नहीं। और इस कहानी जैसी कोई भविष्यहीन कथा नहीं।

मैं भी चुप और वो भी चुप।

चुप्पी के चार दिन।

पाँचवें दिन फोन पर पूछा—"कहानी का क्या हुआ?"

"रुकी पड़ी है।"

"तो तुम चल दो।"

"कहाँ चल दूँ?"

"गाँव, गोमा के गाँव चल दो।"

"गाँव चली जाऊँ?"

"क्यों नहीं चली जाऊँ?"

"वहाँ के लोग क्या साहित्यकार हैं जो मुझे कहानी का अन्त बताएँगे!"

"लोग नहीं, लोगों से संवाद बनेगा, संवाद से कहानी का रास्ता।"

मैं चुप रही।

उन्होंने अपना अनुशासन सुना दिया—

"साहित्य के मामले में मैं उस डांस मास्टर की तरह ही कठोर मास्टर हूँ जो नर्तकी के गलत स्टेप पर उसकी टाँगों में डंडे मारता है।"

मैं क्या कहती! मुझे जवाब देने का अधिकार ही कितना था! साहित्य की साधना के बीच व्रत भंग करने की कूवत मुझमें नहीं थी।

"हद है, तुम लोगों से उम्मीद करती हो कि वे तुम्हारी लिखी कहानी पढ़ें और खुद कहानी की आधारभूमि को नजरअन्दाज किए जा रही हो! क्या रचोगी? क्या रखोगी पाठक के सामने? यही कि गोमा अपने बात-व्यवहार से कथा में शामिल नहीं। वह लेखिका के अनुमानों पर खेल रही है जो स्वाभाविक नहीं लगता। मैं नहीं चाहता कि तुम अनुमानों की लचीली भूमि पर कहानी खड़ी करो कि पाठक लौट जाए!"

अब? सोचने के लिए क्या रह गया है?

बस गाँव, गाँव तक सफर।

दिल्ली से अलीगढ़। अलीगढ़ से इगलास बस में।

इगलास से गाँव तक, नहीं कजरौठ तक बस या इक्का।

कजरौठ से सिकुर्रा गाँव तक पैदल। मैं क्यों जाऊँ? नहीं जाती।

राजेन्द्र यादव की आज्ञा है या कहानी लिखने का जनून? शायद दोनों की साजिश है जिसने मेरा 'पन्थ अकेला' कर डाला है। 'तेरा मेला पीछे छूटा' जैसा कुछ...

रेत भरी डगर, जिस चौड़े रास्ते को हमारे यहाँ 'दगरा' कहते हैं, मैं शहर में रहकर आई नरम, मुलायम-सी मुसाफिर ऐसी ही जैसे गाँव की लड़कियाँ जब शहर वाली ससुराल से आती हैं तो उनकी धोती धोती नहीं होती, साड़ी हो जाती है। बिलौज भी ब्लाउज कहलाता है। हाल ऐसा ही होता कि रेत में चलने की अभ्यस्त नहीं रह जाती, शहरी चप्पलें भी बगावत कर डालती हैं। पुराने अभ्यास की यादें ताजा करने की जरूरत थी जब इसी रास्ते बस्ता लेकर पाँच किलोमीटर पैदल चलकर स्कूल जाया करती थी। तब तो इतनी परेशानी नहीं लगती थी। शहर ने खुरदरे जीवन से गुजरना भुला दिया। आराम और सुविधा आज भारी पड़ रहे हैं। आधे रास्ते आनेवाला पीर का थान लग रहा है कोसों दूर है। अभी जो पीर हमारी छोटी भाग-दौड़ के चलते नजदीक चला आता था और हम हाथ जोड़कर परिक्रमा करते थे, वह तो हमने बड़े होकर जाना कि पीर बाबा मुसलमानों का देवता होता है। बड़ा होना भेद-वाहक?

पीर जिसका भी देवता हो, हमारे बचपन का जिगरी दोस्त है। मुझे उसकी सफेदी अब दिखने लगी थी। और अब मैं एकदम अकेली नहीं थी। बचपन के दोस्तों की कल्पनाएँ साथ हो गईं।

और तभी के तभी देखिए कि ट्रैक्टर की आवाज आने लगी—भट-भट-भट! यह होती है पीर की मेहरबानी। बिलकुल मेहरबानी। इसी पीर ने हमको इम्तहान में पास होने की पुरजोर दुआएँ दी हैं वरन् पेपर बिगाड़कर भी हम पास कैसे हो सकते थे?

ट्रैक्टर और पास आ गया। मैं खड़ी हो गई, अपना पर्स कन्धे पर टाँगकर।

"अरे तालेवर!" मेरे मुँह से सहसा और सहर्ष निकल पड़ा।

तालेवर सिंह ड्राइविंग सीट पर बैठा था। और पीछे लगी ठिलिया में मेरे गाँव-नाते की चाची, भाभी, बहन, बुआ रंग-बिरंगी धोतियाँ पहने कचर-पचर की आवाज से रेतीले रास्ते को गुंजायमान करने लगीं। ऐसी आवाजें कि वे मुझे चिड़िया मैना और कोयल लगें। मेरे आसपास मेरा मायका उतर आया। मैं उनको देख-देखकर छोटी लड़की में तब्दील!

"हाय! देखो तो पुष्पा बीबी!"

"अरे, अरे पैदल! अरी मइया, बीबी कुम्हला गई हैं!"

ट्रैक्टर रुका खड़ा था। रामदेई भाभी उतरकर मेरे पास आ गईं—"हाय बीबी, तुम्हारे दस्सन है गये, समझौ पुन्न कमाय लियौ!"

मेरा हाथ पकड़कर ट्रैक्टर की ट्रॉली में चढ़ा लिया। मैं जैसे हवाई विमान पर सवार! धूल-भरी डगर पर मेरी नजर रंगीनी से भर गई।

"बीबी, जमजतिया के नहान कूँ गए हम। भइया दौज कौ मौखौ है न!"

जमजतिया, मतलब कि जमुना का नहान। मैं तो दिल्ली में रहकर सब भूल गई। आज न आती तो भूली ही रहती। गाँव न हों तो आधे से ज्यादा त्योहार तिरोहित हो जाएँ! संस्कृति के रखवाले गाँव जुग-जुग जिन्दा रहें, मेरे हृदय से यह आवाज दुआ की तरह निकली। और निश्चित ही उस चहल-पहल में अजान की तरह गूँजी।

अब मैं गाँव आ गई। मेरे ही पुश्तैनी घर के सामने बहुत बड़ा-सा चबूतरा है। वहाँ चार-पाँच चारपाइयाँ पड़ी हैं। मुझे वहीं बिठाया गया। वे चाची, ताई भी खाट पर बैठ गईं जिन्हें मैं बहू की तरह घूँघट में छोड़ गई थी। अब वे बड़ी-बढ़ी औरतों में शुमार हैं। भाभियाँ नीचे चटाई और बोरे बिछाकर बैठी थीं। मैं उनके लिए बहुत दिन बाद मिलनेवाली सौगात के रूप में थी। कोई साड़ी छुए तो कोई पाँवों की बिछिया देखे।

बातें, बातें और बातें! उल्ले-पल्ले मोहल्ले से लेकर मन्दिर वाले मोहल्ले और कुम्हार-खटीकों के घरों की बातें। लोंगसिरी बीबी का देहान्त और सन्ता बीबी की मृत्यु का शोक-सन्देश।

मैंने अपना मन्तव्य खोल दिया—

"चाची, किड्ढा की बहू गोमा के क्या हाल हैं?"

एक पल को चुप्पी सी छा गई क्योंकि उनको नहीं पता था कि मैं गोमा की बाबत पूछूँगी। और 'क्या हाल हैं' मैं क्या पूछना चाहती हूँ? मेरा उससे वास्ता क्या और क्यों?

रामदेई भाभी उड़ती चिड़िया पहचानती हैं सो कहने लगीं—

"हाय बीबी, गोमा की बात का पूछति हौ, मेरी सौत, जुलम कर रही है!"

और वह सारा 'जुलम' मैंने अपने घट में धर लिया। आकर कहानी पूरी की उन अनुभवों और सार तत्त्वों से जो मेरी चाची, भाभियों और बीबियों के अपने थे। उन गूँथे गए छोटे-छोटे किस्सों ने 'गोमा' को अविस्मरणीय चरित्र बना दिया, यह राजेन्द्र जी आप ही कहते थे। तब से मैंने मान लिया कि साहित्य सहूलियतों का खेल नहीं, मेहनत और धैर्य की तपोभूमि है। यहाँ कोई शॉर्टकट या रियायत काम नहीं आते... ऐसा कुछ कहने और समझानेवाला मास्टर मुझे राजेन्द्र जी आपके रूप में मिला।

बहरहाल, यह अनुशासन मेरी आदत बन गया। 'गोमा हँसती है' से पहली रचनाओं की परख में राजेन्द्र जी, आपने मुझसे इतनी मेहनत कराई जैसे कि कोई काई लगे मैले बर्तन को राख से माँजकर सोने जैसा दमकाने के लिए दिन-रात जुटा रहे। या कि खेत को उपजाऊ बनाने के लिए किसान खेत अनेक बार जोतता जाए और मिट्टी का कण-कण हो जाए।

ऐसे में मेरी हालत क्या थी? शारीरिक और मानसिक रूप से लस्त-पस्त होकर कागजों के बीच ही सो जाती। सबेरे इस चिन्ता के साथ उठती कि जो कुछ लिखा है, उस पर आपकी टिप्पणी क्या होगी। यों तो मैं घरेलू काम भी निपटाती लेकिन सोचती बस यही कि आप मेरी पांडुलिपि पढ़ते होंगे। एक-एक पृष्ठ से गुरजती आपकी नजर के साथ-साथ, यह मंजर खुशी और डर दोनों का होता।

आज मेरे घर की बुकरैक्स में जो किताबें हैं, मेरी हैं, मगर इनकी पांडुलिपियाँ आपकी नजरों से गुजरी हैं। पढ़ने की आवृत्तियों में आप भी कितने-कितने थकते होंगे! माना कि मुझे लेखक होने की धुन सवार थी जैसे कि नए लेखकों को होती है और अरसे तक रहती है, लिखते जाने का अरमान था क्योंकि अनुभवों का भंडार था, लेकिन आप पर कौन सा जनून सवार था?

लगा कि आप अपनी धुन के पक्के हैं तभी तो अपनी लगन के लिए कितना कुछ छोड़ दिया। वह समय भी अब अतीत होता जा रहा है जब राजेन्द्र जी आपके साथी रचनाकार पुरस्कृत हो रहे थे, पद-पदवियाँ हासिल कर रहे थे, तरह-तरह के पारितोषिक! तब आपने कुछ देखा था या अनदेखा करते रहे। मुझे तो लगा कि आप उन धूल-मिट्टी में सने अनगढ़-से मनुष्यों और देश के कोनों-अँतरों में ओझल पड़े लोगों की खोज में थे। वे मिट्टी की जैसी मूरतें, जिनमें जान भी थी और जिन्दगी भी कहीं आसपास ही थी लेकिन आजाद देश के इन नागरिकों के हक छीने हुए थे। साथ ही वे निर्वचन भी...

बस, यहीं ठहर गए आप! पास आ गए उन अनचीन्हे चेहरोंवाले लोगों के कि वे भी 'नीच', दलित, शोषित आपकी ओर बढ़े चले आए। 'हंस' कार्यालय की

ओर उनकी पदचाप सुनाई देने लगी। इसके बाद कतारों में आते हुए लोग जिन्हें साथी दुरदुरा रहे थे, उन्हीं राजेन्द्र यादव को बहुत प्यार करने लगे। मोहब्बत की युवा शृंखला अगर हमें दिखाई दी तो वह 'हंस' पत्रिका के कार्यालय के गिर्द बनती थी।

देखनेवाले देखते रह गए।

''राजेन्द्र यादव अब 'नीचों' का खुदा होने चला है! उनसे लिखवाएगा! ये लिखेंगे! 'हंस' को गँदला करना है। हाय, प्रेमचन्द का 'हंस'!''

आपके समकालीन संगी-साथी और मित्र ऐसी भाषा बोल रहे थे जो आप पर थूकने जैसी थी। और जिनका आपसे दुर्भावना का नाता रहता था उनको तो मानो 'यूरेका-यूरेका' मिल गया, जिसे मनमाने तौर पर बजाया और उछाला गया।

दूसरा और भी संगीन अपराध! पाप समान जुर्म।

औरतों से लिखवा रहा है! क्या लिखवा रहा है, पता है? अरे, देहमुक्ति वाली बात! गन्दी बात। सेक्स, सेक्स, सेक्स। आवारा औरतों ने कतारें सजा दीं। अब तक पता नहीं था आवारा औरतें कैसी होती हैं! अब वे राजेन्द्र जी आपके दफ्तर में पाई जाने लगीं। लोग तो सभ्य और सुसंस्कृत थे, लोग तो नैतिकता के पुतले थे, लोग तो शुचिता के हिमायती थे, वे क्या जानें आवारा औरतों के बारे में? वे रंडी, कुलटा और छिनालों के बारे में जानते हैं और मुँह बिचकाते हैं। आवारा औरतों से नया परिचय हुआ उनका। मन ही मन वे भी गद्गद हुए, उनकी आँखों में रस छलक आया तो राजेन्द्र जी उन्होंने आपको गालियाँ देकर खुद को शुद्ध साबित किया।

कौन समझाए, कौन बताए कि वे आवारा औरतें पढ़ने-लिखनेवाली वे प्रबुद्ध स्त्रियाँ हैं जिनको आप लोग भेड़ों की तरह बाड़ों में बन्द रखते पाए गए हैं। ये छिनाल, कुलटा और बदचलन इसलिए लग रही हैं कि ये आपके चेहरे से सुनहरा नकाब उघाड़कर उस भयानक जबड़ेबाज का पर्दाफाश कर रही हैं, जो अभी तक मालिक बनकर जीत का अट्टहास करता रहा है या जयघोष करता हुआ औरत पर कब्जेदारी जमाता रहा है।

'आँखें बन्द, कान बन्द, जुबान बन्द' जैसा हुक्म माननेवाली आज भी हुक्म मान रही हैं, बस कलम चलाना सीख गई हैं, इस जुर्म के एवज कत्ल कर दो राजेन्द्र यादव को। तथाकथित शालीनता को धता बता रही हैं और पहली लेखिकाओं को दहला रही हैं, फाँसी चढ़ा दो राजेन्द्र यादव को।

और हम भी मुजरिम हैं अपनी कलम की खातिर कि 'अच्छी स्त्री' को सम्भ्रान्तता और कुलीनता का भरम त्यागकर उन आख्यानों को रच दिया जिनसे अब तक स्त्री को लेकर लिखा साहित्य अपनी यात्रा में लड़खड़ाने लगा। बेशक!

यह प्रमाणित होने लगा कि औरतों ने औरतों को लेकर आख्यान रचनेवालों से अपने हिस्से की जमीन ले ली। उस जमीन पर वे मनचाहे तौर पर अपनी जिन्दगी की कथा रच पा रही हैं। रच पा रही हैं कि औरत की असलियत क्या है, जिसको पुरुष के छद्म ने ढँक रखा था।

''राजेन्द्र जी, मैं आपसे कहा करती थी कि स्त्री ने अब तक कलम नहीं चलाई तो इसका मतलब यह नहीं है कि उसने कुछ रचा ही नहीं। देखिए, वह लोकगीतों और लोककथाओं में किस कदर मुखरित है! और तो और, पर्व-त्योहारों को उसने आख्यानों में व्यक्त किया है। यह अलग बात है कि मर्दाना एरिया स्त्री की आवाज के लिए बधिर और उसके कौशल को देखने के लिए अन्धा बना रहा। उसका यह स्वाँग स्त्री को काबू करने का नायाब गुर था।''

''अरे डाक्टरनी, यही अभिनय तो पुरुष वर्चस्व को लागू करने और कायम रखने के काम आता है! यही उसकी गोपन रणनीति है।'' कुछ ऐसा कहा था आपने और आगे बोले—''तुमको लोकगीत आते हैं? आते हों तो हमें सुनाओ। मैं न बहरा हूँ, न अन्धा।''

''मैं आपको लोकगीतों में से कथाएँ निकाल-निकालकर दिखाऊँगी। आपको अगर पसन्द आए तो!''

कागज का पन्ना आगे कर दिया था आपने—''लिखो, इस पर लिखो।''

और फिर लिखो-लिखो की अनवरत ध्वनि जैसे मेरे कानों को लग गई। सोचा कि मैं कैसी स्त्री हूँ, राजेन्द्र जी को स्त्री-जीवन के किस्से सुना डालती हूँ और वे गँवई कथाओं के प्रसंगों को सुनते हुए ऐसे तल्लीन हो जाते हैं जैसे कोई जोगी समाधि में बैठा हो। यह कैसा शख्स है, मैं सोचा करती, क्या इसकी ऐसी छवि से लोग परिचित हैं?

''सजो, सुन्दर लगो। शील बनो, सुलक्षणी कहलाओ। सेवा करो, खुश रहो।'' ऐसा सब तो मैं क्या, मेरे आसपास की स्त्रियाँ और हमसे पहले की दादी-नानियाँ सुनती रही हैं और नियम मानकर निबाहती रही हैं।

यह 'लिखो-लिखो' वाला शख्स कुछ सामान्य-सा नहीं है! फिर जो औरतें इसके पास चली आती हैं, वे इसमें क्या देखती हैं? क्या इस पुरुष की असामान्यता ही उन्हें रास आती है? इस प्रश्न का समाधान राजेन्द्र जी आप नहीं करते थे तो लोग कर डालते थे—'हंस' पत्रिका की बिक्री बढ़ाने के लिए यहाँ औरतों का जमावड़ा लगा रहता है कि पत्रिका के पन्नों पर औरतों की खूबसूरत और जवान तस्वीरें लगाई जाती हैं।

उफ! आपकी धुन और दृढ़ता...जिस पर फूल नहीं बरसाए जाते, शाबाशी नहीं दी जाती, उत्साह नहीं बढ़ाया जाता, बस गन्दी-गलीज और फाहिश लांछनाएँ बरसा

दी जाती हैं। दूसरी पत्रिकाएँ, अखबार उन लांछनाओं की मुनादी करते हुए बाजार को गरम रखते हैं तो रविवारीय परिशिष्ट चटखारों के चाट भंडार से...इसके बाद आपके मित्र, घनिष्ठ मित्र आपकी चिढ़ी और कुढ़ी हुई मुद्राओं का जायजा लेने अक्षर प्रकाशन तक चले आते हैं मगर अफसोस वहाँ एक जोगी खटतारों की लय पर चुटकियाँ बजाता हुआ मगन मन बैठा होता है।

आपके सम्पादकीयों का इन्तजार करनेवाले भी वे ही होते, जो अक्सर आपको औरतबाज जैसी गालियों से नवाजते हैं। आप भी क्या...राजेन्द्र जी अपने ठहाकों से हमलों को शिकस्त देने की कला सिद्ध कर बैठे थे।

आप पर बस नहीं चलता तो वे हमारे पीछे पड़ जाते हैं। शुचिता का खंजर उनके हाथ में होता है और जुबान पर हमारे लिए तरह-तरह के गालीरूपी सम्बोधन। कितनी आसानी से जोड़ देते हैं आपसे हमारा शारीरिक सम्बन्ध! और यह मैं दावे के साथ कह सकती हूँ कि कोई स्त्री अनैतिक सम्बन्धों के लांछन को हटाने के लिए अपनी पवित्रता का सबूत नहीं दे सकती। ये सब तो तेरे-मेरे मुँह से निकली बातें होती हैं, किसी का मुँह पकड़ा जा सकता है क्या? वैसे भी हम सफाई देकर अपना अपराधबोध ही सिद्ध करेंगे, जैसे—गन्दी औरतें पवित्र बन रही हैं। कुलटाएँ सतियाँ बनना चाहती हैं।

पवित्र कैसे हुआ जाता है, हमें तो पता नहीं। सती स्त्री बनना कोई अच्छी बात नहीं, ऐसा ही कुछ सोचते हुए मैंने 'गोमा हँसती है' शीर्षक से कहानी लिख डाली और सोच लिया कि राजेन्द्र जी आप इसकी तस्दीक करेंगे।

गोमा हँसती है

"शहरी मध्यवर्ग के सीमित कथा-संसार में मैत्रेयी पुष्पा की कहानियाँ उन लोगों को लेकर आई हैं जिन्हें आज समाजशास्त्री 'हाशिए के लोग' कहते हैं। वे अपनी कहन और कथन में ही अलग नहीं हैं, भाषा और मुहावरे में भी 'मिट्टी की गन्ध' समेटे हैं।"

'गोमा हँसती है' कहानी के केन्द्र में है नारी और वह अपने सुख-दुखों, यंत्रणाओं और यातनाओं में तपकर अपनी स्वतंत्र पहचान माँग रही है। उसका अपने प्रति ईमानदार होना ही 'बोल्ड' होना है। हालाँकि वह बिलकुल नहीं जानती कि वह बोल्ड क्या है जिसे बोल्ड होने का नाम दिया जाता है। नारी चेतना की यह पहचान या उसके सिर उठाकर खड़े होने में ही समाज की पुरुषवादी मर्यादाएँ या महादेवी वर्मा के शब्दों में 'शृंखला की कड़ियाँ' चटकने-टूटने लगती हैं। वे औरत को लेकर बनाई गई शील और नैतिकता पर पुनर्विचार की मजबूरी पैदा करती हैं।

'गोमा हँसती है' अपनी कहानियों में नारी की अनैतिक नहीं, नई नैतिकता को रेखांकित करती है।

इन साधारण और छोटी-छोटी कथाओं को 'साइलेंट रिवोल्ट' (नि:शब्द विद्रोह) की कहानी कहा जा सकता है क्योंकि नारीवादी घोषणाएँ इनमें कहीं नहीं हैं। ये तो वे अनुभव खंड हैं जो स्वयं 'विचार' नहीं हैं मगर इन्हीं के आधार पर 'विचार' का स्वरूप बनता है।

यहाँ नि:सन्देह भावनात्मक नाटकीयता हमें चकित भी करेगी और मुग्ध भी। ये सरल बनावट की जटिल कहानी। 'गोमा हँसती है' सिर्फ एक कहानी नहीं, कथा-जगत् की एक घटना है।

—राजेन्द्र यादव

दौरे-सफर : एक दास्तान

राजेन्द्र जी, आपके सान्निध्य में रहते हुए अब तक तीन साल बीत चुके थे। इतना तो समझ में आ गया था कि लेखन की शर्त हुस्न नहीं, हुनर होता है। आकर्षण से प्रेरित आपको कोई सिर पर बिठा सकता है, आपके गीत गा सकता है लेकिन एक छोटे-से अरसे के बाद आपकी गति वही होती है जो गंगा में सिरायी जानेवाली सुन्दर देवी-मूर्ति की होती है। तब यह तस्वीर मनमोहक नहीं, दयनीय हो जाती है, पानी में डूबती-उतराती...

आपके विचार कुछ ऐसे ही रहे हैं और मेरे मन में उन स्त्री-मूर्तियों की स्मृतियाँ जाग उठी हैं जो आपके बहुत नजदीक ही नहीं, आपके हिसाब से अन्तरंग भी रहीं। रूपवती, कमसिन, स्मार्ट लगभग रीतिकालीन मुग्धा मध्या नायिकाओं की तरह। मगर वे नायिका नहीं थीं, बेशक, नायक आप रहे। वे आपके इशारे पर या मंजूरी पर आपको खुश रहने के लिए गद्गद भाव से आपके आसपास रहती रही हैं। हालाँकि उनका विश्वास यही रहा कि उनका मकसद साहित्य के लिए अपने आपको निछावर करना है। और साहित्यलोक की व्यवस्था राजेन्द्र यादव के हाथ में है। लेकिन यह व्यवस्थापक उन स्त्रियों को साथ चलाकर अपनी ही व्यवस्था स्थापित करता है, यह बात वे जानती थीं या नहीं, सवाल ज्यों का त्यों है।

दतिया में राष्ट्रीय संगोष्ठी थी। रात भर की यात्रा और यात्री दो—मैं और राजेन्द्र यादव। हमारी बर्थ रिजर्व थीं। नीचेवाली बर्थ पर राजेन्द्र जी रहते रहे हैं और मुझे अक्सर ऊपर की बर्थ पर ही होना होता है। चाहे राजेन्द्र जी रहें या निर्मला जी।

खाना! राजेन्द्र जी के सफर का जरूरी और दिलचस्प आयोजन। कौन क्या ले जाएगा? मैं क्या लाई हूँ—'राजेन्द्र जी, आलू के पराँठे और मिर्च का अचार, आपकी पसन्द। साथ में चार बालूशाही भी।'

रेल का सफर धक्का-मुक्कीवाला नहीं था। भीड़ आज की तरह नहीं थी। फिर

यों भी था कि संगोष्ठी में जाने का उल्लास नए मित्र जैसा था। 'इदन्नमम' उपन्यास की चर्चाएँ थीं। मैं 'जस थोरेउ धन खल बौराई' जैसी हालत में थी क्योंकि 'तुम उत्कृष्ट लेखन नहीं कर सकतीं' जैसे जुमले से मुठभेड़ कर रही थी।

मैं तो खुश थी लेकिन राजेन्द्र जी? उनका चेहरा भीतरी उत्फुल्लता से फूला नहीं समा रहा था। मैंने इस मुद्रा में उनको अब तक देखा नहीं था। हालाँकि गुस्से में लाल होते हुए भी नहीं देखा, लेकिन इस सूरत से गूँगे का गुड़ खाना जाहिर हो रहा था।

या यह गुलाब-गुलाब चेहरा और खुशबुओं के काफिले! मन मगन एक धीर पुरुष!! मथुरा निकल गया।

"खाना खाएँगे आप?"

वे जैसे मधुर स्वप्न से जागे हों और 'हैं' हड़बड़ाकर कहा हो।

मैंने खाना निकाल दिया। बालूशाही परोस दीं। अखबार करीने से बिछाया था।

राजेन्द्र जी ने खाना शुरू किया। खाना जारी रहा। न तारीफ के दो बोल, न बनानेवाली के लिए कृतज्ञता। खाते रहे, खाते-खाते कुछ सवाल पूछते जाते।

सवाल, पहेलियों जैसे। मैं कैसे सुलझाऊँ कि खुद ही उलझ जाऊँ!

"सुनो मैत्रेयी जी, उसने मुझमें क्या देखा?"

"किसने राजेन्द्र जी? किसने?"

"अरे, उसने मुझे इतना क्यों पसन्द किया? अरे भई, उम्र का अन्तर तो चलता है लेकिन मैं...और वह एक युवा सौन्दर्य की मूर्ति, मेरे सामने...आखिर उसने क्या सोचा?"

मैं राजेन्द्र जी की ओर निगाह न उठा पाई। इन सवालों के जवाब क्या दूँ? कैसे दूँ? क्या कह रहे हैं बार-बार? किसके बारे में कह रहे हैं?

उफ! बोले जा रहे हैं। पूछे जा रहे हैं और मेरे सामने एक बसन्ती छाया-सी प्रस्तुत कर दी है।

नशा भी तो नहीं हुआ इनको! शराब तो पी नहीं! मेरे लिए गुरुभाव के स्वामी हैं ये। सम्मान किया है। इतने बड़े कद का शख्स मुझ अदना स्त्री से क्या पूछ रहा है? यकायक मेरे भीतर बहुत-कुछ निष्पन्द होता जा रहा है...दतिया जाने का उल्लास, उपन्यास की दीप्ति में मेरा वजूद धुँधलाने लगा।

"बताया नहीं तुमने?"

मैं ऊहापोह में, चुपचाप सिर झुकाए हुए। उनकी ओर देखते न बने। खिड़की के पार आँखें अँधेरे जंगल में खोने लगीं। कहीं ऐसा तो नहीं कि राजेन्द्र जी इस अनजान और अनदेखी स्त्री की आड़ में मेरी ही आजमाइश कर रहे हों!

'नहीं, ऐसा क्यों होगा?'

'ऐसा ही होगा कि मैं इनकी पर्सनैलिटी की तारीफों में कसीदे काढ़ूँ। इनकी अपनी ख्वाहिशें भी तो होंगी ही। थाह ऐसे ही ली जाती है।'

कहूँ कि राजेन्द्र जी, आप लाखों में एक हैं। उनको आश्वस्त करूँ कि जो आप पर निछावर हो गई है, उसने आपको कामरूप इन्द्र के रूप में देखा है या नहीं, लेकिन हो सकता है कि वह आप जैसे साहित्य के अनमोल नगीने पर मर मिटी हो। स्त्रियों का ऐसा इतिहास भी तो रहा है कि उन्होंने प्रतिभावान पुरुषों की राजा-महाराजाओं से ज्यादा कद्र की है। बहुत-सी पतिव्रताओं को पति के बरअक्स अन्य पुरुष की नजदीकी रास आई है। अपवाद कहाँ नहीं है, ईश्वर की सत्ता को चुनौती देनेवाले लोग भी होते ही हैं। मैंने मान लिया कि वह नारी आपसे नजदीकी बढ़ाना चाहती है, आप उसके स्वप्नपुरुष हैं।

अपने भीतर मैं संशयों के बीहड़ में फँसी हुई थी कि हे युवा सुन्दरी, तुम जो भी हो, जिस नाम से हो, होती रहो। बहरहाल तो राजेन्द्र जी के सामने अपने युवा शरीर के साथ मैं बैठी हूँ। उम्र में बहुत छोटी मैत्रेयी। रेलगाड़ी की गति से भी ज्यादा तेज गति में आ गई थी मेरी धड़कन। या मैं पहाड़ की तरह जमी हुई थी?

और ये राजेन्द्र यादव न जाने कहाँ से इतने सुनहरे तारों का बंडल ले आए हैं कि बुन-बुनकर मेरे सामने ज्यादा से ज्यादा फैलाते जा रहे हैं! क्या मैं इस जाल में हिरन की तरह फँस जाऊँगी? क्या मैंने इनको सच ही लिखा है—पलाशवन के अहेरी? शिकार करने का हर नुस्खा है इनके पास? पैतरे के माहिर हैं ये।

''औरत क्या होती है, यह मैं तुमसे ज्यादा कैसे जान सकता हूँ?''

मैं रेल के डिब्बेवाले फर्श को घूर-घूरकर जैसे फोड़ देने की हालत में।

''बताओ, मेरे जैसे पुरुष के बारे में क्या सोचा होगा उस बाला ने?''

''क्या? क्या सोचा होगा? मुझे क्या मालूम राजेन्द्र जी?'' मेरी आवाज पीपनी से निकलते महीन स्वर जैसी रही।

वे आगे बोले—''ओहो! क्या नजारा था! एक जीती-जागती सुगढ़ जवान मूर्ति!'' यह बात कहकर वे ऐसा मुस्कराए कि मैं बेवकूफ की तरह उनकी ओर देखने लगी—क्या कह रहे हैं! मुझसे जो कुछ बाँटना चाह रहे हैं क्या मुझ पर इतना भरोसा है?

सफर है कि उलझन है! गाड़ी अभी बढ़ रही थी और मैं उस रूपसी की कहानी में उलझी हुई जहाँ की तहाँ।

भुवन मोहिनी के रूप का नशा ही था कि राजेन्द्र जी आठ में से छह पराँठे खा गए। इतना खाते किसी ने देखा नहीं होगा उनको। सुन्दरी का नशा सुरा से

ज्यादा। मुझे लगा कि मेरे सामने जो शख्स बैठा है, वह राजेन्द्र यादव नहीं, उनके चोले में ऐसा युवक उपस्थित है, जिसकी आँखें 'गोरी सोवै सेज पर' के प्रणय दृश्यों से लबरेज हैं। 'बाहर भी एक दुनिया है' इस चेतना के बाद भी वह सपनों और कल्पनाओं के जरिए अपनी सीमाओं को फलाँग रहा है। अपनी प्रभुता को माननेवाली के साथ मौन संवाद उस युवक की अपनी दुनिया का रचाव है। अपने भीतर उमड़ती प्यार की एक-एक लहर को उठते और लहराते हुए महसूस कर रहा है। फिर कहाँ अपने खाए पराँठों का ध्यान और भूखी मैत्रेयी की गरिमा का मान...

अनजाने ही आठ में से छह पराँठे खाने के बाद दो पराँठे कागज में लपेट लिये, बोले—"सबेरे नाश्ते में खाऊँगा।"

मेरे मन में घनघोर विवाद उठा जिसे मैं कंठ में घूँट रहने के लिए मजबूर हुई।

मगर कब तक बात टाली जाए? इस उतरती उम्र के आदमी को हुआ क्या है? क्या इसमें दस पट्ठों का बल आ गया? कैसा चमत्कार हुआ है...गाँव में कही जानेवाली कहावत सोलह आना सच हो रही है—'साँची-साँची बात है पुरिख नारि से हीन / सत्रह बिस्वे इस्तिरी पुरिख है बिस्वे तीन।'

जिस अपंगता ने उनको जब न तब कुंठित किया है, अब 'गोली मारो अपंगता को' वाला भाव उनकी रग-रग में समाया है। करिश्मा कर डालनेवाली का नाम राजेन्द्र जी ने खोला नहीं।

राजेन्द्र जी के हाव-भाव से जाहिर था कि वे उस नारी की रग-रग के ज्ञाता हो गए हैं जो पुरुष के आसपास स्नेह अभिव्यक्ति की ऐसी मणियाँ बिखेरती है कि पुरुष रहस्य वलय की तरह उसको अपने घेरे में...और स्त्री का अपने आपको छोड़ते चले जाना...

दतिया से पहले डबरा स्टेशन पर गाड़ी रुकी। राजेन्द्र जी उसी मदहोशी में अपनी बैसाखी के सहारे खासी चुस्ती से चलते हुए डबरा पर उतर गए।

"राजेन्द्र जी! यहाँ कहाँ...डबरा है, दतिया नहीं..." मैं चिल्लाई।

हे भगवान, इनको यह क्या हो गया है? भाँग-धतूरा खा लिया क्या?

"आइए, आइए जल्दी नहीं तो गाड़ी चल देगी।"

लगा कि मेरी बात सुन ही नहीं रहे। क्या मेरा गला घबराहट में रुँध गया है?

"क्या डाक्टरनी? यार, चिल्ला क्यों रही हो?"

"जल्दी आइए। चढ़ना मुश्किल होगा।"

"अरे यार डाक्टरनी, तुम भी...मैंने डबरा को दतिया समझ लिया तो क्या बुरा हुआ?"

वे मेरी आशा के विपरीत बैसाखी के साथ डिब्बे में ऐसे चढ़ आए जैसे अपंगता

ने हार मान ली हो। आज याद करती हूँ तो लगता है वे दिन राजेन्द्र जी के जवानी भरे दिनों से भी ज्यादा जवान थे।

इश्क का उड़नखटोला और उसमें विराजा मोहब्बत का राजकुमार!

''यार, क्या नजारा था!'' उन पर फिर मदहोशी का दौरा पड़ा।

''सुन रही हो डाक्टरनी? या बैठे-बैठे ही सो रही हो?''

मैं चुपचाप।

''देखो, आदमी जो इच्छा करता है, बरसों मन में दबाए रखता है, उसकी वह इच्छा कब और किन हालातों में पूरी हो जाएगी, वह खुद नहीं जान पाता।'' यह वाक्य उनके स्वगत कथन जैसा था। स्वगत कथन जैसे मन ही मन में लड्डू फूटें!

मैं भी उनकी इच्छा का आशय समझने के लिए नादान नहीं थी मगर वह इच्छा किसी भी तरह जाहिर न हो, बस इसी हादसे से खुद को बचा रही थी।

''तुमने वह देखी है न?''

मैंने मना में सिर हिला दिया। मुँह से भी कहा—''नहीं देखी।''

''अरे, बनो मत! जब तुम दफ्तर आई थीं तो वह मेरे सामने ही तो बैठी थी, मैंने नाम लेकर परिचय भी कराया था।''

मैं समझ गई कि बेशक, इश्क करनेवाला आदमी अपने इश्क को छिपाता है लेकिन इश्क को उजागर किए बिना उसको चैन भी नहीं आता। छिपाने से ज्यादा बताने का आनन्द!

यों तो मुझे उस दिन का बहुत-कुछ याद आ गया था कि एक मदमाती आँखों वाली स्त्री थी वह। मुझसे परिचय कराया था एक साक्षात्कारकर्ता के रूप में। याद तो मुझे वह दिन भी था जब प्रेस क्लब में मेरे उपन्यास 'इदन्नमम' पर गोष्ठी हुई थी और वह युवा महिला वहाँ भी मौजूद थी। मुझे उसकी पोशाक भी याद आ गई लाल-काले पटोला प्रिंट का कुर्ता और शायद सफेद चूड़ीदार। गोष्ठी में श्यामाचरण दुबे की अध्यक्षता थी। बहुत से लेखक थे। मेरा परिवार भी था।

वह महिला मुझे इसलिए भी याद रह गई कि राजेन्द्र जी ने उसको उसके घर छोड़ने का जिम्मा हमें दिया था। उसे हमने तो बुलाया नहीं था। मगर राजेन्द्र जी की बात माननी ही थी क्योंकि वह उनकी विशिष्ट अतिथि थी।

दतिया जाकर पता चला कि राजेन्द्र जी इस गोष्ठी में पहले तो आना ही नहीं चाहते थे। डॉ. के.बी.एल. पांडे का अनुरोध ठुकरा दिया था। मैं जा रही थी, मैंने तो सहज भाव से ही कहा—आप तो चलेंगे ही। हमारी झाँसी भी तो वहीं है। हमारे भाई-बन्धु मिलेंगे तो बहुत खुश होंगे आपको देखकर।

वे चुपचाप सुनते रहे। मना नहीं किया।

जब रेलगाड़ी में प्रेमकथा चली और मोहब्बत का नशा देखा तो मेरी समझ में

आता गया कि राष्ट्रीय संगोष्ठी में रूखी-सूखी भाषणबाजी, बहस-मुबाहिसों के बरअक्स उस नवोढ़ा का मादक प्यार था। यह तो हमारी ही जालिमगिरी रही कि राजेन्द्र यादव के व्यक्ति को बहस-व्याख्यानों और काँटे की बात के लिए आरक्षित कर बैठे। दिल का मालिक दिमाग के खूँटे से बाँध दिया।

हम देख ही नहीं पाए कि काले चश्मे के पीछे कोमल नजरवाली आँखें हैं या यह भी हुआ कि उस नजर के रंगीन इशारे हम जैसों के लिए वे जाया नहीं करना चाहते थे। यही बात थी कि प्रेयसी के लिए उनकी रसीली बातें और गद्‌गद भावनाएँ मुझे अटपटी लग रही थीं। मानिए कि सुनना मुहाल...

मैं निरुत्तर रह जानेवाली धैर्यवान श्रोता और राजेन्द्र जी के लिए निहायत सुरक्षित श्रोता। फिर तो यह गुण मेरी काबिलियत में शुमार होता गया। होते-होते यहाँ तक हो गया कि मैं यह दावे के साथ कह सकती हूँ कि उनके जीवन में जो भी गोपनीय घटित हुआ, उसमें मुझे बिना शर्त राजदार बनाया उन्होंने।

''कुछ लोगों के चेहरे विश्वसनीय लगते हैं जैसे कुछ सूरतें भोली लगती हैं, मैत्रेयी उन्हीं में से है।'' राजेन्द्र जी कहते थे।

एक और सफर

यह मार्च और अप्रैल के बीच का मौसम था। सन् वही था 1994!

दतिया की राष्ट्रीय संगोष्ठी से पहले कटिहार (बिहार) में एक महागोष्ठी का आयोजन होना निश्चित हुआ। लेखकों और समीक्षकों को न्योते दिए गए। मेजबान थे कटिहार के उदीयमान लेखक श्री सुबोध श्रीवास्तव। उनको मैंने राजेन्द्र जी के 'हंस' कार्यालय में ही देखा था। शरीर से दुबला-पतला युवक। लेखन के लिए भरपूर ऊर्जा से लैस ऐसी आँखें कि निगाह ही कहानी लिख डालने की योग्यता रखती हो जैसे। उन दिनों वर्तमान साहित्य का कहानी महाविशेषांक निकला था, अपनी काया में काफी मोटा-तगड़ा। सम्पादन किया था रवीन्द्र कालिया ने। उस अंक के आते ही कहानी की दुनिया में ऐसी हलचल हुई कि कई जाने-माने लेखकों को चुनौती मिली तो कई आलोचकों ने उम्दा कहानियों की रेढ़ पीटना अपना धर्म समझा और कई नए रचनाकारों के मन में नई से नई कहानियाँ जन्म लेने लगीं। साहित्य का क्षेत्र ऐसा उपजाऊ हुआ कि बिहार, मध्य प्रदेश, राजस्थान के अलावा उत्तर प्रदेश और दिल्ली से कहानीकारों की कतारें हंस के दफ्तर की ओर आने लगीं। यह भी ज्यादती थी कि कहानी विशेषांक 'वर्तमान साहित्य' का हो और लेखक 'हंस' में जमावड़ा बनाने लगें। अब उनमें से नाम भूले-बिसरे गीतों की तरह हैं।

जो भी था, जैसा भी था, सुबोध कुमार श्रीवास्वत उन्हीं दिनों की पौध थे। उन्होंने राजेन्द्र जी को अपनी कहानी जरूर दी थी। राजेन्द्र जी ने लेखक की तरह उनकी पहचान कराने के लिए वृहद् संगोष्ठी के एलान को अचूक नुस्खा बताया। जाहिर है कि यह नुस्खा काफी भारी था और सुबोध कुमार जी को ढोना था मगर इसके पीछे से चमकीला भविष्य जरूर झाँक रहा था कि एक साथ सुबोध कुमार जी के आह्वान पर डॉ. विश्वनाथ त्रिपाठी, डॉ. नामवर सिंह, डॉ. मैनेजर पांडे, गिरिराज किशोर, निर्मला जैन, रमेश उपाध्याय, विभांशु दिव्याल, हरनारायण, संजीव, शिवमूर्ति, दिनेश कुशवाहा के साथ और बहुत ऐसे ख्यात नाम हैं जो यहाँ दर्ज किए जा सकते हैं—खगेन्द्र ठाकुर, रामधारीसिंह दिवाकर। कटिहार पहुँचे।

इतने सारे लोगों का यातायात व्यय और रहने-खाने का प्रबन्ध सुबोध कुमार ने सहर्ष किया। इतना ही नहीं, जो इन्तजाम किया वह दिल्लीवालों को पसन्द नहीं आया, कहा कि यह तो धर्मशाला टाइप है तो फिर होटल लिये गए—साफ-सुथरे शानदार।

दिल्ली स्टेशन से हम कई लोग रेलगाड़ी में चढ़े थे, बिलकुल उस मूड में जैसे बरात में जा रहे हों। बोगी हँसी-मजाक के माहौल से गुलजार। चुहलबाजियों के नजारे।

पहली बार मेरे लिए ऐसा था कि इतने साहित्यकार साथ-साथ। पहली बार मेरे लिए यह था कि डॉ. निर्मला जैन और मेरी बर्थ आमने-सामने थी। मैं उनसे बेतकल्लुफ हरगिज न थी कि बातचीत कर पाऊँ। वैसे भी वे रेलयात्रा में मेरा नया छपा उपन्यास 'इदन्नमम' पढ़ रही थीं। वे पढ़ रही थीं और मैं डर रही थी। समीक्षक से नए लेखक को कितना डर लगता है, मुझे आज भी याद है। याद है कि उपन्यास में मैंने बहुत सी लीकें तोड़कर और कई 'आदर्श' ढहाकर जो मन की मुराद पूरी की थी, वही तब अपराध जैसी लगने लगी। खुद के लिए खुद खतरे खड़े कर लिये हैं। अब ये डॉ. निर्मला जैन मुझे क्या बख्शेंगी, जो अकादमिक और साहित्य जगत् में काफी दहशतजदा के रूप में मशहूर हैं। क्या रोब और क्या रुतबा...अल्ला बचाए अब! खुदा खैर करे!

खैर-खैर करके खाने का समय हुआ। विदुषी मैडम ने उपन्यास सिरहाने रखा, इसलिए कि राजेन्द्र जी ने हमारी बर्थ के पिछले बर्थ से आवाज लगाई—''निर्मला जी, खाने-पीने का धन्धा फैलाओ।''

निर्मला जी ने उतने ही तेज स्वर में सुना दिया—''पीने का तुम जानो, खाना हमारे पास जरूर है।''

वाद-विवाद और संवाद! मेरे लिए साहित्यिक-बिरादरी के बीच यह कौतूहल भरी यात्रा थी। अब तक तो यह साफ हो गया था कि लेखक लोग साहित्य को लेकर

लड़ाई की सीमा तक बहस-मुबाहिसे करते हैं मगर खाने-पीने को लेकर उनसे ज्यादा प्यारा दोस्त कोई नहीं होता। खाने-पीने के साथ हँसी-ठट्ठा स्वीट डिश की तरह हुआ करते हैं।

निर्मला जी का भोज पिटारा। मैं देखती की देखती रह गई—पूड़ी, कचौड़ी, सब्जी, अचार, बड़ा-सा टिफिन कैरियर भरा हुआ। खाने के बाद जब गुझिया निकालीं तो सारे साहित्यकार बन्धु बच्चों की तरह ललक उठे। मैं कौतुक से देखती हुई—क्या ये वही दिल्ली यूनिवर्सिटी की प्रोफेसर एंड हेड हैं? क्या ये वही समीक्षक हैं, जिनसे डर लगता है? अगर ये वही हैं तो यह कौन है जो यहाँ पकवानों और मिष्टान्नों के साथ अन्नपूर्णा बनी बैठी है? गृहस्थ में बनाई-पकाई रसोई की मालकिन।

खा-पीकर समझ में यही आया कि स्त्रियाँ साहित्यिक-सामाजिक या कलात्मक गतिविधियों के लिए अपनी अकर्मण्यता को घरेलू कामों के सिर डालकर खुद को इंसाफ देती रहती हैं तो यह एकदम नाइंसाफी है। मेरे सामने बैठी किताब का अध्ययन और विवेचन करती महिला तो पूरी अन्नपूर्णा निकली। मैंने पूरे पच्चीस साल घर में रहकर गँवाए और अपनी काहिली को घरेलू कामों के सिर चेंप दिया, इसी कारण घर मेरे ऊपर ज्यादा से ज्यादा हावी होता गया। पति तो एकदम परमेश्वर बन गए। आज तो यही लगता है कि गुलामी उनसे ही करवाई जाती है जो गुलाम होने के लिए खुद को तैयार करते जाते हैं। गुलामी रास आ जाती है फिर—सोचो नहीं, हुकुम बजाओ। यह सुविधापूर्ण तरीका हमें चिन्तन-मनन के झंझट से बचा लेता है।

निर्मला जी से मैंने सबक लिया कि जिन्दगी के लिए कोई काम गैर-जरूरी नहीं। जब वे इस मशीनी युग में नए जन्मे बच्चे के लिए अपने हाथों से बुना स्वेटर-सेट लाईं तो यह महज उपहार नहीं था, इसके एक-एक फन्दे में उनका प्यार बुना हुआ था। मैं इसे कहाँ धरूँ, कहाँ उठाऊँ? साहित्य हमारे जीवन का आईना होता है, इस आईने में पात्र ही नहीं, साहित्यकार भी अपनी झलक पेश करते जाते हैं।

कटिहार संगोष्ठी के सारे आदर-सत्कार और साहित्यिक बहसों में से जो अमृत निकलकर आया, उसे हमने ग्रहण किया। अमृत मीठा नहीं था, तर्कपूर्ण लेखे-जोखे के रूप में रचनाकारों के लिए बहुमूल्य सबक था। डॉ. मैनेजर पांडेय ने यह एलान कर दिया कि अगर कोई लेखक कूड़ा लिखता है तो बिलकुल जरूरी नहीं है कि उसे समीक्षक पढ़े ही। बेशक, यह कहना उनका अधिकार था। लेखक को भी यह अधिकार बराबर है कि वह किस आलोचक के निष्कर्षों को रचना की कसौटी माने। बहरहाल, मेरे लिए यह पहला अनुभव था कि मैनेजर पांडे की बात पर लेखक लोगों ने खासा एतराज जताया। हाँ भई, लेखक अपनी रचना के कूड़ेपन वाले

सम्बोधन को बर्दाश्त करने को तो नहीं लिखते। आलोचकों और लेखकों के खेमे बँट गए। मैं बाहरी व्यक्ति की तरह महज दर्शक थी। खेमेबन्दी में भाग लेने की भी अपनी एक योग्यता होती है जो अभी मैंने अर्जित नहीं की थी।

राजेन्द्र यादव इन खेमों से अलग मेरे उपन्यास के बारे में खगेन्द्र ठाकुर से बात कर रहे थे और मैं सहमी हुई-सी एक ओर खड़ी थी। कहा था कि चार प्रतियाँ तो जरूर लेकर चलना। मैं तीन ही ले गई और वे ही खगेन्द्र ठाकुर, संजीव और रामधारीसिंह दिवाकर को भेंट कर दीं।

यह भी मेरे आश्चर्य का विषय था कि उसी गोष्ठी में अपनी बारी आते ही रामधारीसिंह दिवाकर ने 'इदन्नमम' के बारे में बोलना शुरू कर दिया। मैं तब नहीं जानती थी कि उनको इतनी जल्दबाजी करने की जरूरत क्या थी, बाद में समझा कि 'इदन्नमम' के शुरुआती पृष्ठ पर राजेन्द्र यादव की लिखी भूमिका ने उन्हें प्रभावित कर लिया।

'अप्प दीपो भव' के शीर्षक से लिखी गई भूमिका—

"महानगरीय मध्यवर्ग की संघर्ष करती और पाँवों के नीचे जमीन तलाश करती कथा नारियों के बीच गाँव की मन्दा एक अजीब, निरीह, निष्कवच, निश्छल, संकल्प दृढ़ नारी का व्यक्तित्व लेकर उभरती है—बाढ़ के बीच धीरे-धीरे उगते टीले या द्वीप की तरह, मगर वह द्वीप नहीं है, उसके साथ है एक भरी-पूरी दुनिया—रूढ़ियों, परम्पराओं, अभ्यासों, आकांक्षाओं, ईर्ष्याओं से भरी एक-दूसरे के अधिकार झपटते, कुलचते, चूसते और न्याय की रक्षा करते लोगों की जिन्दगी। मन्दा को इन्हीं के बीच रहना और रास्ता निकालना है। उसकी लड़ाई दोहरी है—औरत होने की और वंचितों के अधिकारों की...

"बऊ (दादी), प्रेम (माँ) और मन्दा...तीन पीढ़ियों की यह बेहद सहज कहानी तीनों को समानान्तर भी रखती है और एक-दूसरे के विरुद्ध भी। बिना किसी बड़बोले वक्तव्य के मैत्रेयी ने गहमागहमी से भरपूर इस कहानी को जिस आयासहीन ढंग से कहा है, उसमें नारी-सुलभ चित्रात्मकता भी है और मुहावरेदार आत्मीयता भी। हिन्दी कथा-रचनाओं की सुसंस्कृत, सटीक और बेरंगी भाषा के बीच गाँव की इस कहानी को मैत्रेयी ने लोककथाओं के स्वाभाविक ढंग से लिख दिया है, मानो मन्दा और उसके आसपास के लोग खुद अपनी बातें कर रहे हों—अपनी भाषा और अपने लहजे में बुन्देलखंडी लयात्मकता के साथ...अपने आसपास घरघराते क्रैशरों और ट्रैक्टरों के बीच।"

मिट्टी-पत्थर के ढोकों या उलझी हुई डालियों और खुरदरी छाल के आसपास की सावधान छँटाई करके सजीव आकृतियाँ उकेर लेने की अद्‌भुत निगाह है मैत्रेयी के पास—लगभग 'रेणु' की याद दिलाती हुई। गहरी संवेदना और भावात्मक लगाव

से लिखी गई यह कहानी बदलते उभरते 'अंचल' की यातनाओं, हार-जीतों की एक निर्व्याज गवाही है...पठनीय और रोचक।

कामना करता हूँ कि 'विशिष्ट और महत्त्वपूर्ण' होने का बोध जागने से पहले ही मैत्रेयी कुछ और इतना ही सहज लिख डालें—सेमिनारों-गोष्ठियों में जगमगाते शहरी रचनाकार होने के प्रलोभनों से अपने को बचाए रखते हुए...

—राजेन्द्र यादव

राजेन्द्र जी!

कटिहार की संगोष्ठी के सन्दर्भ में इस 'अप्प दीपो भव' नाम की भूमिका को पढ़ते हुए आज आत्मालोचन से गुजरने लगी हूँ। क्या मैं 'इदन्नमम' के बाद के बीस-इक्कीस सालों वाले अरसे में थोड़ी सी शहरी रचनाकार होने का प्रलोभन पाल पाई हूँ? शायद नहीं। बिलकुल नहीं। गोष्ठियों में जगमगाने का सपना कभी आया ही नहीं। 'अप्प दीपो भव' इन तीन शब्दों को सार्थक करने की कोशिशों में मेरे पाँव बीहड़ों, जंगलों और दूर-दराज के कोनों-अँतरों में बसे गाँवों की ओर ही बढ़ते रहे हैं।

आपने ही तो कहा था राजेन्द्र जी—"अपनी जमीन पर खड़ी होकर लड़ना क्योंकि वहाँ तुम्हारे पाँव लड़खड़ाएँगे नहीं।"

उत्तर में मैं क्या कहती? क्या वादा देती?

कागज पर लिख लिया था—

"चलना लाजिमी है, ये क़दम गर लड़खड़ा जाएँ
तो तुम विश्वास मत खोना कि हम गिरने नहीं आए।"

बेशक, उस समय मुझे नहीं मालूम था कि मेरा साहित्यिक भविष्य क्या होगा। समाँ भी कुछ ऐसा बँधा कि 'अप्प दीपो भव' के दीपक को मटियामेट करने पर लोग तुल गए। मैं भी उत्साह की जगह दहशत में डूबने लगी। राजेन्द्र यादव नाम का साहित्यकार सम्पादक गुनहगार की तरह देखा जाने लगा क्योंकि उसने गँवई औरत की लिखी रचना को परवान चढ़ाने में कसर नहीं छोड़ी है। चमकदार भूमिका धुआँ-धुआँ हो उठी।

"राजेन्द्र यादव ने तुम्हारा जितना नुकसान किया है, उतना किसी ने नहीं। कहनेवाले तुमको बस चेता रहे हैं।"

ये सलाहें, नेक मशवरे देनेवाले वे ही थे जो राजेन्द्र जी आपकी दोस्ती का दम भरते रहे हैं। आपके दफ्तर में बैठकर आत्मीयता की पींगें बढ़ाते थे।

'राजेन्द्र यादव ने नुकसान किया है।'

'वह न होता तो तुम्हें उपन्यास का बड़ा सा लाभ मिलता।'

'देखा, साहित्य अकादमी पुरस्कार के लिए इदन्नमम टॉप पर था, लेकिन अवार्ड नहीं मिला। बस राजेन्द्र यादव के कारण।'

'अरे, राजेन्द्र को नामवर जी ने पूरे पाँच साल निर्णायक मंडल में नहीं रखा कि यह आदमी मैत्रेयी को साहित्य अकादमी पुरस्कार दे आएगा।'

'रखा तो था एक साल।'

'हाँ, रखा था जब कविता पर निर्णय होना था।'

राजेन्द्र जी, देखा आपने, मेरे और आपके रचनात्मक जीवन और निर्णयों को पराजित और परास्त करने के लिए लोगों को कैसे-कैसे और कितने व्यूह रचने पड़े! क्या सचमुच मैं इस साहित्य जगत् के लिए बड़ा खतरा बन गई थी? लोगों को डर लगने लगा था मुझसे और आपके साथ जुड़ाव से? या वे मुझे तरह-तरह से तोलते हुए हर बार पासंग दिखा रहे थे? मैं साहित्य में सौदागरी करने आई हूँ जो नफा-नुकसान का फलसफा बाकायदा जानती हूँ?

'आप मेरी रचना की तारीफों के पुल बाँधें या इसे खारिज कर दें, मैं इन समीकरणों को साधने में कोरी हूँ,' यदि मैं ऐसा कहती भी तो कौन मानता? बात यह भी है कि अपनी प्रशंसा सुनना सबको भाता है और निन्दा कौन सुनना चाहेगा?

आज जब यह सब लिखने बैठी हूँ तो यह सत्य मेरे सामने है कि रचना को न प्रशंसा बचा पाती है और न निन्दा मार पाती है। हाय-हाय और वाह-वाह सब वक्ती मामले हैं। ऐसा न होता तो प्रशंसाओं के रेशमी दुशाले तले दबकर कई रचनाएँ दम न तोड़ गई होतीं और निन्दाओं का विष पीकर कई रचनाएँ नीलकंठी न हो गई होतीं। तब, जिन्दा रहने के लिए अमृत से ज्यादा जहर की जरूरत होती है क्योंकि विषपायी कोई मामूली आदमी नहीं होता और रचना भी विषपायियों की दास्तानें हुआ करती हैं।

राजेन्द्र जी, आपको मैंने विषपायी इनसान के रूप में ही देखा, नीलकंठी साहित्यकार।

कटिहार से चलने का समय आ गया।

महानन्दा रेलगाड़ी से हमारी टिकटें बुक थीं। जाहिर है कि अपनी-अपनी बर्थ हमने बड़े आराम से ले लीं। फिर भी एक खट्टापन मन में था। राजेन्द्र यादव ने धोखा जो दिया था। वे अब सफर में हमारे साथ नहीं थे। वे भागलपुर से आए एक व्यापारी शिवकुमार शिव के साथ भागलपुर की यात्रा पर थे।

मुझे बुरा तो लगा ही, लगा कि मैं ठगी गई हूँ। यह बात दिल्ली में क्यों नहीं बताई? मुझे यहाँ आने का ऐसा अरमान नहीं था कि बिना राजेन्द्र जी के ही चली

आती। मैं तो ठीक से किसी को जानती भी नहीं थी। घर के स्वामी तो किसी भी हालत में मेरा घर से बाहर निकलना बर्दाश्त नहीं करते हैं। मैंने घर की व्यवस्था के प्रति अपना प्रतिरोध दर्ज किया था, खतरे उठाए थे।

पता नहीं क्यों, मुझे वे क्षण बड़े दुखदायी लगे। अपनी गहन उदासी छिपा नहीं पाई। मैंने शिकायतनामा पेश कर ही दिया तो उनका बड़ा सहज सा उत्तर था—"अरे, तुम अकेली थोड़ेई जा रही हो! निर्मला जी साथ हैं। आगे तो अकेले भी आना-जाना पड़ेगा।" यह निष्ठुर और बेपरवाह आदमी का-सा कथन लगा मुझे।

आज सोचती हूँ, ऐसा अहसास क्यों हो रहा था मुझे? राजेन्द्र यादव मेरे कौन थे? क्या इतने आत्मीय और अन्तरंग थे कि मैं अपना हक मानूँ और शिकवा करूँ? नहीं, ऐसा कुछ भी नहीं था लेकिन उनकी शख्सियत ऐसी थी कि अनायास ही उन पर अधिकार जमाने का मन कर आता। वे व्यक्ति को अपने इतने नजदीक ले आते थे कि कोई भी उनको सिर्फ अपना माने! रूठ जाए, शिकायत करे और लड़ने पर आमादा रहे। मगर उस समय मैंने खुद पर नियंत्रण किया और सबके सामने सामान्य बनी रही, बस इसलिए कि लोग यह कहकर हँसेंगे—नई प्रेमिका है, रूठेगी तो सही! और मैं किसी को भी समझा नहीं पाऊँगी कि भरोसे और विश्वास का भी एक रिश्ता होता है।

राजेन्द्र जी चले गए शिवकुमार शिव के साथ। मैंने देखा है कि लेखक बनने के लिए कोई भी व्यक्ति लालायित रहता है। लेखन की राह जाने के लिए उसके पेशे या व्यवसाय का कोई असर नहीं आता। मेरे खयाल में यह सब इसलिए कि मनुष्य तो हर कोई होता है। दुख-दर्द तो सबके जीवन में होते हैं। जीवन मूल्यों पर चल नहीं पाते मगर अन्दरूनी तौर पर चलना तो चाहते हैं। मेरे खयाल में रचना में प्रवृत्त होनेवाले व्यक्ति को हमें उसके पेशे से नहीं जोड़ना चाहिए। मगर साहित्यकारों की दुनिया में बिरादरी भाव भी आ जाता है तभी तो लोग कह रहे थे—

"उस ठेकेदार के साथ राजेन्द्र यादव कार में बैठकर चले गए हैं। उसे भी लिखने का शौक चर्राया है। कार लाया था, बिठाकर ले गया। चापलूस कहीं का! अरे, बड़ा झूठा है, धोखेबाज भी। पहले अवधनारायण मुद्‌गल के यहाँ धोक देता था। 'सारिका' बन्द हो गई तो राजेन्द्र यादव को पकड़ लिया। दो कौड़ी का लिखता है, सोचता है कि राजेन्द्र यादव इसे लेखक बना देंगे। राजेन्द्र जी गुरु हैं, दान-दक्षिणा समेट लाएँगे।"

कुछ इस तरह की बातें हो रही थीं और महानन्दा ट्रेन अपनी रफ्तार में दिल्ली की ओर चलती जा रही थी। हम लोग ताश खेलने के लिए तैयार थे और खेल शुरू भी कर दिया। इसके बाद खाने की तैयारी जो कटिहार से रखा गया था।

तभी अचानक!

जिस स्टेशन पर रेलगाड़ी रुकी। वहीं से भीड़ का रेला आया। रिजर्व डिब्बे में इस तरह भीड़ के रेले आते नहीं, लेकिन लोग धक्का-मुक्की करते हुए चले आ रहे थे। हड़बड़ी ऐसी कि साँस लेने की मोहलत नहीं। नौजवान थे सब के सब। जबर्दस्ती लोगों को सीटों से उठाने लगे। हम क्या कहें क्या न कहें, वे कुछ भी सुनने के लिए तैयार न थे। वे जत्थों में आए और सीटों तथा सीटों के नीचे फर्श पर फैल गए। हम जितने सिकुड़ सकते थे, सिकुड़ते गए।

वे नारे लगा रहे थे। जिन्दाबाद, मुर्दाबाद बोल रहे थे और हम प्रार्थना कर रहे थे।

उनकी उठती आवाजों के नीचे हमारी प्रार्थनाएँ दबने लगीं। हमारे 'कौन हो, कहाँ से आए हो, कहाँ जाना है' जैसे सवाल उनकी गर्जनाओं ने कुचल डाले। रेल के भीतर का माहौल दशहत में आ गया। वे मुसाफिरों के ऊपर लद गए। सारे कॉरीडोर घेर लिये। अफरा-तफरी और चीख-चिल्लाहट बहुत थी, मगर वे बहरे थे।

यह रैली है।

रैली!

ऐसी होती है रैली?

कम्युनिस्टों की रैली है।

रैली को देखकर हमारी आँखें फटी जा रही थीं और दिल डूब रहा था।

ये किसकी हिमायत में निकली रैली है?

जनता की हिमायत में। रूलिंग पार्टी के खिलाफ।

किस जनता की हिमायत में आए हैं ये लोग जो रेल में बैठी जनता को कुचल रहे हैं! ये गुंडई कर रहे हैं, रूल चला रहे हैं तो फिर किस रूलिंग पार्टी को गरिया रहे हैं?

कब्जेदारी का नजारा कि आरक्षित सीटों पर बैठने नहीं दिया उन मुसाफिरों को जिन्होंने सीट के लिए कीमत चुकाई थी। टायलेट तक जाने का रास्ता नहीं छोड़ा। बहुत से बीमारों को बीमार नहीं माना। वे जवान हैं, उनमें बल है, वे झुंडों में आए हैं, यही उनकी इनसानियत है। हार्ट पेशेंट से लेकर तमाम बीमारियों के मरीज त्राहि-त्राहि कर उठे। पीने के लिए पानी नहीं, दवा भी खाना मुहाल। हालत यह कि जिस स्टेशन पर महानन्दा रुके उसी स्टेशन से रैली का नया रेला चढ़े। निर्मला जी को देखकर कभी हिम्मत बँधे तो कभी घबराहट लगे।

आते-आते कानपुर स्टेशन पर कुछ जगह बनी। गिरिराज जी को यहीं उतरना था। प्रियंवद हमारे लिए स्टेशन पर रोटियाँ लेकर आए थे। हम बाढ़-पीड़ित नहीं

थे। रेल–पीड़ित भी नहीं, रैली–पीड़ित थे। रैली, जो जनता के हित में किसी मुद्दे को लेकर निकाली जाती है, वह जनता को कितनी–कितनी मुसीबतों में कि मरणासन्न स्थितियों में धकेल देती है। ये हमारे उत्साही युवक अनुशासनहीनता के उदाहरण बनकर सरकारों को अनुशासित करना चहाते हैं। सरकारी सम्पत्ति की तोड़–फोड़ से युवकों का गुस्सा शान्त होता है, मगर यह किस आन्दोलन की परिभाषा है? संघर्ष को कलंकित करती हुई रैलियाँ देश की बरबादी का कारण बनती हैं।

अब खुदा–खुदा करके यही मना रहे थे हम कि अच्छा हुआ साथ में राजेन्द्र जी नहीं हुए। अपाहिज आदमी का हाल यहाँ क्या होता...

मगर...लेखक तो लेखक ठहरे फिर अपनी सी पर आ गए।

'राजेन्द्र यादव ने सबको मूर्ख बनाया है। गोष्ठी के बहाने उनको अपने स्वार्थ साधने थे। 'हंस' के लिए आर्थिक सहयोग का मामला है यह, और कुछ नहीं।'

मुझे आज भी यही लगता है कि मूर्ख या बेवकूफ हममें से कोई नहीं बना सिवाय उस सुबोध श्रीवास्तव नाम के लेखक के। इतना यात्रा व्यय, इतने इन्तजाम का खर्चा और शारीरिक मशक्कत। पेय पदार्थ और भाँति–भाँति के व्यंजनों से सत्कार की कवायद...अरे, वह लेखक तो जब बनेगा, तब बनेगा, अभी तो सरेराह लुट गया! राजेन्द्र जी से पूछा जाए कि इस बालक को बकरा क्यों बनाया?

विगत समय ने भविष्य का दरवाजा जब खोला देखा और परखा कि साहित्य में रचनाकार के रूप में सुबोध कुमार श्रीवास्तव कहीं नजर नहीं आए।

"राजेन्द्र जी? सुबोध कुमार श्रीवास्तव का क्या हुआ?"

"अब वो साला लिखेगा नहीं तो लेखक क्या खाक बनेगा!"

"राजेन्द्र जी, लिखी तो थीं एक–दो कहानियाँ।"

"अजी हाँ, लिखी थीं, हल्दी की एक गाँठ पर कोई पंसारी नहीं बन जाता!"

लुब्बेलुबाब यह है कि साहित्यकार तो न सुबोध कुमार श्रीवास्तव बन पाए और न शिवकुमार शिव ही बने। ऐसे कई लोग रहे हैं राजेन्द्र जी के आसपास, इस दोहे को चरितार्थ करते हुए—

यही आस अटक्यौ रहे अलि गुलाब के मूल।
होइहैं बहुरि बसन्त रितु इन डारन वे फूल।

सफर था, आवारगी नहीं

कोई भी यात्रा यों ही नहीं होती। अबकी बार हमारी सवारी दिल्ली से जम्मू की ओर जा रही थी। क्या हासिल होगा इस सफर में, हम अन्दाजा लगा सकते थे, शर्तिया नहीं बता सकते थे एक-दूसरे को। यानी राजेन्द्र जी और मैं। मुसाफिर यों तो हम दो ही थे लेकिन बातों के बीच जैसे दिल्ली, भोपाल, लखनऊ के कितने-कितने साहित्यकार शामिल होते जाते। लेखकों की यही खासियत होती है कि उनकी बातें अछोर और साहित्य वार्ता बेअन्त होते रहने के लिए अभिशप्त होती है। यह भी अच्छी बात है, नहीं तो साहित्य को लोग गूँगा-बहरा मान लेंगे। अपनी मुखरता में हमारी रचनाएँ तेजस्वी हों, यही लेखकों की मनभावन कामना है।

सन् 1997-98 का साल था। अपना सुखमय अकेलापन वे मयूर विहार के फ्लैट में आनन्दपूर्वक जीने लगे थे या कहें कि राजेन्द्र यादव कभी अकेले नहीं हुआ करते। यहाँ आकर लेखक-लेखिकाओं की आमद कुछ ज्यादा ही थी क्योंकि गृहस्थ घरों जैसा यहाँ कुछ नहीं था। था एक औघड़ मलंग साहित्यिक गुरु का मठ जहाँ बीजक के रूप में कहानी और उपन्यासों के पाठ और संवाद हुआ करते थे। शिष्य कहो या चेले, प्रबुद्ध रचनाकार कहो या उभरते हुए साहित्यकार, सबका एक सा आसन, सबको एक सा व्यवहार दिया जाता।

चलताऊ मुहावरे में कहें तो—'बेफिक्र, बेखौफ, सींग समाए तहाँ जानेवाला आदमी' जैसा व्यक्ति राजेन्द्र यादव। यह वरदान उनको मन्नू दी ने ही दे डाला जैसे कह दिया हो कि—'जा बालक, अपनी दुनिया में जा, मनमानी तरह से खेल क्योंकि मेरा घर घर है, खेल का मैदान नहीं।'

यों तो किसी को घर से बाहर कर देना संगीन सजा का रूप होता है और राजेन्द्र जी ने इस दंड को दंड ही माना। लेकिन मेरे देखते ही देखते उन्होंने इस सजा को जीवन-संगीत बना लिया। फिर दोहरा दूँ कि सखा, सखियाँ और शाम सुहानी करने के लिए रिन्दों की महफिल। वे जितने खुश दिखते, मैं उतना ही यह सोचने को

मजबूर होती कि विवाह के नियमों में बँधकर औरत ही नहीं घबराती, मर्द भी छटपटाता है। बेशक, वह घर का मालिक माना जाता है लेकिन मालिक के लिए भी तो गृहस्थ की नियमावली होती है। हाँ, अगर पुरुष न घर चलानेवाला, गृहस्थी का आर्थिक वजन न ढोनेवाला हुआ तो उसकी मिल्कियत क्या और अहमियत क्या! राजेन्द्र जी पुरुष थे और पति भी थे लेकिन न मिल्कियतदार थे और न अहमियत वाले। अपने धुआँधार सम्पादकीय लिखकर समाज और सरकार की चूलें हिला देनेवाले इस व्यक्ति की इच्छा से घर का पत्ता तक न हिलता था। अब यह अलग बात है कि राजेन्द्र यादव साहित्यिक विमर्शों को खजाने की तरह सँजोकर अपने आपको रईस मान रहे हों और घर में महत्त्व अर्जित करना चाहते रहे हों मगर यह अक्सर होता नहीं है कि विद्वत्ता भरा साहस घर में भी जगह हासिल कर ले। अत: मेरी समझ में आया कि 'घर' साहित्यकारों, कलाकारों के लिए जो चुनौती बनता रहा है, वह एक सामाजिक सच्चाई है।

बहरहाल, जम्मू को जानेवाली ट्रेन में अपनी वैचारिक अमीरी से लबरेज राजेन्द्र जी प्रसन्नचित्त, मुदित मन और छलक-छलक पड़ती उत्फुल्लता की हिलोरों में तिरते-बहते मेरे सामने बैठे थे।

कई बार लगा कि पटरियों पर ट्रेन भाग रही है और राजेन्द्र जी का मन उलटी दिशा में दिल्ली की ओर दौड़ रहा है। यह बात कहने की नहीं, उनके मुस्कराने की थी। वे अपनी मुस्कराहट को काबू में नहीं रख पा रहे थे। और मेरा हाल यह कि आशंका पर आशंका...कहीं कोई नई प्रेम कहानी का नाट्य रूपान्तरण सशरीर मिलन में तो नहीं हो पड़ा! कहीं इस विजयगाथा को सुनाने का ज्वार तो नहीं उठ आया! हे भगवान्! मेरी श्रवणशक्ति पर तरस खाओ, दया करो प्रभु! राजेन्द्र जी को अपनी प्रेमलीला जज्ब करने की सामर्थ्य दो।

उफ, मैं तो स्पष्ट रूप से अब जान पाई हूँ कि जिन सम्बन्धों को स्त्रियाँ यथाशक्ति छिपाकर रखती हैं, पुरुष उन निजी रिश्तों के एकान्त क्षणों को ऐसे उलीचता है जैसे जादूगर की तरह अपनी मर्दानगी का करिश्मा दिखा रहा हो! मान लिया कि शर्म और झिझक स्त्री के लिए ही बनाए गए हैं।

पिटारा खुल पड़ा प्रेम का। उसमें से वह स्त्री निकली जिसको राजेन्द्र जी ने अपनी आत्मकथा जैसी किताब में 'मीता' नाम दिया है। पुस्तक का नाम है—'मुड़-मुड़ के देखता हूँ'।

आँखों पर काला चश्मा चढ़ा था, होंठों पर मिश्री घुली थी।

"मैंने उसे फोन किया था डाक्टरनी (मैं), मगर उसकी भाभी ने फोन उठाया और उसको मेरा फोन दिया ही नहीं। बताओ, इस पर क्या कहती हो तुम?"

मैं चुप।

''मेरी और उसकी उम्र के उतार का पड़ाव आ गया है, लेकिन उसकी भाभी अभी भी उस पर पहरा दिए बैठी है।

''क्या अब भी वह अठारह की और मैं बीससाला लड़का हूँ?''

''राजेन्द्र जी!''

''हाँ, बोलो। देखें तो तुम इस पर क्या कहती हो? वही जो उसकी भाभी...''

''राजेन्द्र जी, आप कितनी ही उम्र के हों, वे कितनी ही अवस्था पार कर गई हों लेकिन आपका प्रेम तो वहीं के वहीं हैं—बीससाला लड़के वाला। उनका भी अठारहसाला लड़कीवाला ही होगा नहीं तो भाभी बन्दिश क्यों लगाती? काश, प्रेम भी बूढ़ा हो जाया करता!''

''अरे, मार दिया डाक्टरनी! तुम तो मुझे भी ज्ञान पढ़ा रही हो! सच्ची कह रही हो!''

मैं थोड़ी शर्मिन्दा सी हुई। इतने बड़े राजेन्द्र यादव जी से क्या न क्या बोल दिया। आगे के लिए सावधान हो गई। अपने आप पर नियंत्रण किया। इसलिए भी किया कि प्यार-मोहब्बत की बातों के चलते, बढ़ते या खुलते-खुलते इतनी न खुल जाए कि सुनते हुए कहीं छिप जाने का दिल करे। सम्मान देनेवाला खुद भी तो सम्मान की परिधियों में घिरा रहता है।

अब रात हो गई थी। खाने के पहले अबकी बार उन्होंने शायद दो पैग शराब पी थी। मुझे फिर भी उनसे डर नहीं लगा जबकि मैं रेलगाड़ी में बर्थ पर बराबर में लेटे किसी यात्री के प्रति सशंकित रहा करती हूँ कि क्या पता शराब के नशे में...। राजेन्द्र यादव को मैंने कभी नशे में नहीं देखा। आँय-बाँय-शाँय बकते हुए नहीं पाया। अन्य कई शरीफ दिखनेवाले लेखकों को गाली-गुफ्तार करके तमाशा मचाते हुए देखा है। गिरते और धरती पर लोटते देखा है। बैल की तरह डकरते हुए देखा है। बाँहें पसारकर औरतों पर झपट्टा माारने के लिए दौड़ते-लड़खड़ाते हुए देखा है। ऐसे दृश्यों को देखकर मैंने यह भी सोचा है कि इन शरीफों के मुकाबले बेनाथ या बेकाबू माना जानेवाला राजेन्द्र यादव नाम का व्यक्ति अपने नशीले लम्हों में खुद पर नियंत्रण कैसे रख लेता है? बेशक, रख लेता है कि हम जैसी औरतें उस पर भरोसा रखें। स्त्रियाँ या लड़कियाँ जो उनके सम्पर्क में आईं तो राजेन्द्र जी ने उनको कौन सा विश्वास दिया या जादू-मन्तर मारा कि एक बार जो आईं तो आ ही गईं। बेशक, पुरुषों के मामले में ऐसा नहीं हुआ। उनके अभिन्न मित्र तक उनसे रूठे और दुश्मन हो गए या अलग-थलग पड़ गए। कुछ नगीने थे जो उनके साथ रहे।

''राजेन्द्र जी, आप तो हमारी सहेली हैं।'' मैंने कहा तो वे ठहाका लगाकर हँस पड़े और बोले—''तुमसे इसलिए ही कोई बात मैं छिपाता नहीं हूँ।''

बेशक, सखी, सखा! जिससे हम अपना सब कुछ बाँट सकें। जिसे मन के

गुह्यतम इलाके में ले जाकर रहस्यों की जानकारी दे दें। सखा, जो सब कुछ जानकर भी हमारा सखा बना रहे। सखी, जो हमारी बाहरी और भीतरी दुनिया की टूटन-फूटन पर अपनी आर्द्रता के साथ समझदारी का फेबीकोल लगाती रहे।

मुझे नहीं पता कि राजेन्द्र जी के साथ रहते हुए औरों के अनुभव क्या रहे लेकिन अपने बारे में तो यह दावे के साथ कह सकती हूँ कि वैचारिक मतों पर घनघोर असहमति होने पर भी इस परिवार विरोधी, पत्नी को सतानेवाले और बेटी का खयाल न रखनेवाले (एक कहानी यह भी) इस शख्स को मैंने अपना राजदार निःसंकोच बनाया। बेझिझक अपनी पारिवारिक बातें बताईं। सुना यह भी कि वे पति-पत्नी में दरार डलवा देते हैं लेकिन जब-जब वे मेरे और डॉक्टर साहब (पति) के बीच आए, पुल बनकर उपस्थित हुए। डॉक्टर साहब के विरुद्ध भूल से भी कभी एक शब्द नहीं कहा। डॉक्टर साहब भी मेरे लेखन से नाराज होकर राजेन्द्र जी के पीठ पीछे उनकी तस्वीर भले तोड़ते रहे, लेकिन राजेन्द्र जी के सम्मान में रत्ती-भर भी कमी देखने में नहीं आई।

भले ही कतिपय लेखिकाएँ कहती रहीं कि मैत्रेयी को राजेन्द्र यादव ने बिगाड़ा है। मैं कैसे बिगड़ी हुई हूँ, काश, वे मुझे बता देतीं!

हाँ तो!

जम्मू यात्रा पर थे हम। राजेन्द्र जी के मित्र श्री भारत भारद्वाज ने हमें बुलाया था। वे जम्मू में एक महत्त्वपूर्ण साहित्यिक गोष्ठी की योजना बना चुके थे। भारत जी ने जम्मू में साहित्य का दायरा इस कदर बढ़ा दिया था कि कोई भी गर्व करे।

मैं यह तो समझ रही थी कि उन्होंने राजेन्द्र यादव को बुलाया है। उनके साथ ही मुझे निमंत्रित कर लिया है। मैं न होती तो कोई और होता। हाँ, यह जरूर है कि उन दिनों की हवाओं में यह बात फैल चुकी थी कि मैत्रेयी राजेन्द्र यादव के लिए सबसे ज्यादा नजदीक मानी जा रही हैं। माना यह भी जा रहा था कि इस नजदीकी ने ही मुझसे उपन्यास 'इदन्नमम'और 'चाक' लिखवा लिये हैं। जो बातें फैली हुई थीं, उनको मैं क्या, कोई भी नहीं रोक सकता। हाँ, अगर मैं अपने पास आए भारत भारद्वाज के पत्रों का हवाला दूँ तो उनको 'चाक' सुरेन्द्र वर्मा के 'मुझे चाँद चाहिए' से आगे की रचना लगा था। डॉ. मैनेजर पांडे ने भी उसकी विशेषताओं को रेखांकित किया जबकि मैं उन दिनों बहुत ज्यादा झिझकी हुई थी। पता नहीं, आज भी किताब लिखने और छपने के बाद मैं बुरे परिणामों के बारे में ही सोच लेती हूँ, ऐसा क्यों? शायद 'स्नेह पाप शंकी' वाला मुहावरा यहाँ लागू होता है। अपना बच्चा बाहर जाता है तो सौ दुर्घटनाएँ दिल से गुजरने लगती हैं। बच्चा इम्तहान देता है तो कभी क्या हम फर्स्ट क्लास फर्स्ट की

कल्पना करते हैं ? यही हाल अपनी लिखी किताबों पर गुजरता है।

और हुआ भी वही जिसकी आशंका थी। 'चाक' पर चौतरफा हमलों का दौर शुरू हो गया। हमलों के ही बरअक्स जम्मू के अखबारों में 'चाक' पर लम्बे-लम्बे वक्तव्य छपे जिसकी जिम्मेदारी भारत जी को ही जाती है कि किताब पढ़वाई गई। मनोज शर्मा का लेख आज भी 'चाक' के साथ छपता रहता है।

हम किसी होटल में नहीं, भारत जी के घर ही रुके थे। मैंने तीनों कमरे घूम-घूमकर देखे। बिना घरनी का घर कैसा होता है। भारत जी की सुन्दर पत्नी की तस्वीर मैं बहुत देर तक देखती रही, जिसको पति ने सन् 1988 में खो दिया। वीरानी भरा घर था और उखड़े-उखड़े से भारत जी।

राजेन्द्र यादव और भारत जी रात को पार्टी में शराब पीकर सोते तो सबेरे ही उठते। भारत जी तो और ज्यादा देर में जागते। राजेन्द्र जी को चाय चाहिए होती।

मेरे लिए मुश्किल थी यहाँ, पराई रसोई जिसमें गैस का चूल्हा पूरी बगावत पर था और दीये जैसा भी टिमटिमाना नहीं चाहता था क्योंकि छेदों में चारकोल भरा हुआ था। पूरी माचिस फूँक डाली मगर बर्नर ने नोटिस तक न लिया। पतीला भी बेचारा न जाने कब से बासी तन-वदन, नहलाए-धुलाए यहाँ कौन ? चायपत्ती या पत्तियों का रेत चूरा ? बस चीनी अपने रूप में गोरी। चीनी रह गई थी साथ में कुछ चायपत्ती मिलकर उसके बीच शोभा बढ़ा रही थी जैसे गोरे वदन पर श्याम रंग तिल। चुनौती पर चुनौती। मगर हम गृहिणी थे, रसोई के पक्के मास्टर। बस सबसे पहले चारकोल को खुरच-खुरचकर बर्नर को आजादी दिलाई। साथ ही इस लुटी-पिटी गृहस्थी के मालिक के बारे में सोचती रही कि पत्नी को पति कितना चाहता होगा, कह नहीं सकती लेकिन उसके बिना किसी भी पति के होश-हवास ठिकाने नहीं रह पाते। लगा कि पुरुष कैसा भी उच्छृंखल, आजाद, बेतरतीब, बेपरवाह...वह घर की स्त्री पर बच्चे की तरह भरोसा करता है। वह अपने मर्दानेपन में अहंकार और संस्कारों के साथ कैसा ही तुर्रम खाँ बना रहे, उसकी दुनिया की असल कर्ता-धर्ता स्त्री ही होती है। वह इसलिए भी होती है कि किसी को सत्ता से नहीं, संरक्षण से अपना बनाकर रखती है।

राजेन्द्र यादव...अपने आपको सँभाले रहेंगे या बिखर जाएँगे ? माना कि 1994 के बीतते न बीतते मन्नू दी से अलग होकर आजादी का जश्न मना रहे हैं। वे ही बता सकते हैं कि पत्नी की सत्ता से मुक्त हुए हैं या संरक्षण से ? मुझे नहीं लगा कभी कि राजेन्द्र यादव जी ने पत्नी से अलग होना चाहा था भले ही वैवाहिक निर्णय और गृहस्थ जीवन आपस में अक्सर गुथमगुत्था होते रहे। ऐसा होना लाजिमी था क्योंकि दोनों के फैसलों के रुख एक-दूसरे की ओर नहीं थे, बस स्थितियाँ मुठभेड़ की बन जातीं।

यहाँ जम्मू में मैं दो पुरुषों को अपनी-अपनी पत्नियों से विलग देख रही हूँ

लेकिन अलग-अलग मन:स्थितियों में पा रही हूँ। इस स्थिति का नाम वियोग है मगर इसकी कसक दोनों में एक सी नहीं है।

जम्मू की साहित्यिक गोष्ठी मेरे लिए आज तक अनुपम यादगार है। वहाँ जिन-जिन लोगों से मिलना हुआ, भूलने के लिए नहीं है। मैंने जम्मू आकाशवाणी से मिला मोमेंटो सहेजकर रखा हुआ है। जितने दिन रहे, अलग-अलग घरों ने मेजबानी की। लजीज खाने क्या होते हैं, इसके लिए जम्मू याद रहेगा। प्यार की मिसाल कि भारत जी की वह मित्रता नमूने की तरह याद आती है।

कार्यक्रम हुआ। उपस्थिति में कमी का प्रश्न ही नहीं था। राजेन्द्र यादव की स्टार वैल्यू रंग ला रही थी। उनको देखने-सुनने और मिलने का जो उत्साह लोगों में था, गोष्ठी को शानदार बना रहा था। कौन कहता है कि हमारे यहाँ साहित्य की कद्र नहीं होती? हाँ, कद्र तब होती है जब हानि-लाभ के समीकरण न बिठाकर हम मकसद तक पहुँचने का संकल्प लेकर निकलें।

उस गोष्ठी में उन उपन्यासों पर चर्चा हुई जो हाल के वर्षों में आए थे और जिनमें बदलाव के स्वर सुनाई देते थे, जिनमें पात्र केवल कहते ही नहीं थे, कर्म-पथ पर भी उतरते थे। संवादों के जरिए ही क्रान्ति का बिगुल नहीं बजता था। मनुष्यगत सहज व्यवहार ही इस तरह घटित होता था कि जमी हुई रूढ़ियाँ चटकने लगें। कितनी ही वर्जनाओं को तोड़ने के केवल वादे नहीं थे, इरादों में क्रियाशीलता दिखाई दे रही थी। बोलनेवाले निष्क्रिय साहित्यिक किरदारों के बरअक्स अब साहस और सामर्थ्य का नया उद्यम प्रस्तुत था।

'मुझे चाँद चाहिए' ने स्त्री को नई चेतना से लैस करके वर्षा वशिष्ठ के रूप में उतारा तो लोग हक्के-बक्के रह गए क्योंकि अब न तो जैनेन्द्र की 'सुनीताएँ' थीं और न 'त्यागपत्र' की मृणाल। अब प्रेमिका 'उसने कहा था' की सूबेदारनी नहीं थी—'गोमा हँसती है' की गोमा थी। यहाँ तक कि मेरे मन में 'विराटा की पद्मिनी' रूप बदल रही थी, बेतवा नदी में कूदने की जगह जीना अख्तियार करने लगी।

ये जिन्दगी की कद्रदान जीवन्त स्मृतियाँ! राजेन्द्र जी को कैसे मन की मुराद मिल रही थी। इस तरह की नारी प्रकट होगी, ऐसी वे कब जानते थे, बस तमन्ना थी उनकी।

मैं गोष्ठी में बैठी बेहद फिक्रमन्द थी कि क्या बोलूँगी? क्या सुनना चाहेंगे यहाँ के लोग? 'चाक' की नायिका सारंग का दामन मैला है, उसके बारे में जवाब माँगा जाएगा कि क्यों उसे 'त्यागपत्र' की मृणाल जैसी सजा नहीं दी गई? वह कुलटा जैसी औरत गाँव का प्रतिनिधित्व करने किस मुँह से खड़ी हुई? पवित्रता,

नैतिकता और शुचिता को दाँव पर लगानेवाली लेखिका के वक्तव्य पर यहाँ कितने हमले टूटेंगे? मैं सोच रही थी। अपने आपको तैयार कर रही थी जैसे मैं ही सारंग नैनी हूँ और अपने चरित्र-बल की परीक्षा देने के लिए सारे हरबे-हथियार जुटा रही हूँ।

मैं बोली। जो लिखा था, उसकी रचनाप्रक्रिया बता दी। चाक यानी समय-चक्र में साल के बारह महीने और स्त्री-जीवन कैसे घूमता है उस पहिए पर या अपनी क्षमता और कार्यकुशलता से कैसे घुमाती है वह इस चाक को।

बोलने के बाद प्रश्नों की बौछार!

राजेन्द्र जी के लिए जो सवाल थे, मुझे लेकर थे कि मैत्रेयी ने एक अनैतिक अश्लील नायिका उतारी है तो आप उसके पक्ष में क्यों उतरे हैं? क्या अब तक जो लेखिका उठकर खड़ी भी नहीं हो पाई थी, आपको उसका कद ऊँचा करने की फिक्र चढ़ गई। कैसा समाज बनाना चाहती है यह रचनाकार? बेवफा पत्नी और चरित्रहीन स्कूल टीचर? बस यही सन्देश है इस किताब का? अतरपुर गाँव की औरतें बेहया हैं और ढीठ भी।

तीखे सवाल, हॉल के आर-पार हो गए।

मुझे काटो तो खून नहीं। मैं सोच रही थी कि भारत भारद्वाज को फिर इस 'चाक' में अच्छा क्या लगा था? क्या वे मुझे बहला रहे थे? यदि मेरा दिल नहीं रख रहे थे तो यह परीक्षाकाल क्योंकर उतारा! वैसे तो अखबारों में पहले से प्रशंसा और निन्दा दोनों हैं। हो सकता है यह भारत जी की आलोचकीय नजर हो। अब राजेन्द्र जी क्या बोलेंगे? कोई जवाब दें, यह जरूरी तो नहीं! वे इधर-उधर उग आए काँटों में अपना दामन क्योंकर उलझाएँगे? उन्होंने फ्लैप लिखा है लेकिन किसको पता है कि उन्होंने लिखा है, नीचे अपना नाम तो नहीं लिखा। मैंने भी नहीं लिखने दिया क्योंकि 'राजेन्द्र यादव' ये दो शब्द आग में घी का काम करते हैं। अब देखते हैं क्या होता है, कितना होता है! वैसे वे मेरे उपन्यास की हिमायत में क्यों खड़े होंगे? मैं उनके लिए क्या हूँ? यदि मैं उनके लिए कोई अपनी भी होती तो क्या मेरे पक्ष में बोलते? मुझे ऐसा नहीं लगता क्योंकि यह किताब का मामला है।

वैसे शायद ऐसा होता क्योंकि साहित्य में अपने नजदीकी लोगों की रचनाओं का जमकर पक्ष लिया जाता है। राजेन्द्र यादव के बारे में मैं कुछ नहीं कह सकती, कुछ अधिकारपूर्वक सोचूँ, ऐसी छूट उन्होंने मुझे कभी नहीं दी। वे अपने पाठकीय और आलोचकीय सत्य की रक्षा में अटल रहेंगे। फिर भी...

मन में तेजी से चल रही रस्साकशी के साथ मैं वक्ताओं के बराबर पर पड़ी अपनी कुर्सी पर शान्त बैठी रही। सोच यह भी रही थी कि साहित्य में इतनी अशान्ति फैलाने के लिए आखिर मैंने यह उपन्यास तो नहीं लिखा था! न यह सोचा था कि

मैं स्त्री के लिए तय नैतिकता की दीवारें ढहाने आई हूँ! मैंने किसी पवित्रता या पतिव्रत धर्म को फलाँगकर पार करने के मंसूबे नहीं बनाए। कैसे कहूँ कि 'चाक' की नायिका ही ऐसी बरजोर निकली कि शुचिता की दीवारें नहीं, बुनियाद भी हिल उठी। किससे कहूँ जो राजेन्द्र जी से कहा था—सुनो हमारे गाँव के गीत। समझो हमारे जीवन में उतरती गीतकथाएँ। देखो हमारी धरती से जुड़ी जिन्दगी। आओ तो कभी ब्रज-मंडल में। राजेन्द्र यादव आगरा के बाशिन्दे क्या नहीं जानते थे ? ब्रज की गोपिकाओं का प्रेम नहीं जानते थे कि उनकी सामाजिक रूप से वैवाहिक स्थिति का ज्ञान नहीं रखते थे ? वे ब्रज के कण-कण को जानते थे जो प्रेम की रेती से बने हैं, जो यमुना के कछारों में मिलते हैं।

'ऊधौ मोहिं ब्रज बिसरत नाहीं' यह राजेन्द्र जी ने बोला था जो मैंने उपन्यास के पहले पन्ने पर दर्ज किया।

ब्रज के नर-नारी और उनके किस्से राजेन्द्र जी और मैं। मैं भूल गई कि ब्रज के इस गोप के भीतर एक प्रतिबद्ध रचनाकार भी बैठा है। राजेन्द्र जी ने एक-एक किस्सा मोहर-अशर्फियों की तरह जाना-परखा और बोले—

"ये लोकगीत अगर तुम्हारे गाँव की धरती पर लयबद्ध होकर गूँजते हैं तो साहित्य में कलमबद्ध होकर गूँजेंगे मैत्रेयी। ये सिर्फ गायन नहीं हैं, जिन्दगी की वे कथाएँ हैं जो सामन्ती युग की शिनाख्त देती हैं। साथ ही, ये औरतों के प्रेम करनेवाले हौसले और मर्दों की कारगुजारियों का पता थमाती हैं। ये शिकायतनामे भी हैं और दावेदारियाँ भी।"

राजेन्द्र जी...

'मैंने कितना-कितना कहा था, यह सब लिखूँगी तो मेरा गाँव गुस्सा हो जाएगा। साहित्य में मैं कितनी सूक्ष्मता और प्रतीकों से घेरकर अपनी नायिका को पन्नों पर उतारूँगी ? वैसे भी मुझे कला के महीन बन्ध खोलने नहीं आते। मैं यहाँ लांछित और अपमानित होने नहीं आई।'

मुझे वह दिन ज्यों का त्यों याद है, राजेन्द्र जी अपने कार्यालय की कुर्सी पर बैठे हुए पाइप के लम्बे कश खींच रहे थे। काले चश्मे में से मुझे किस तरह देख रहे थे, मैं क्या जानूँ!

"तो अब क्या इरादा है ?"

"अब कोई इरादा नहीं, राजेन्द्रजी।"

"यानी कि हो गया पूरा लेखन-वेखन। भारतीय महान संस्कृति को छेड़ना सांस्कृतिक अपराध तो है ही। अच्छी महिलाएँ ऐसे अपराधों से बचें।"

मैं चुप। चुप्पी ही जैसे मेरा बचाव पक्ष हो।

"तुम गलत जगह आ गईं डाक्टरनी। अभी भी समय है, हमारी सोहबत से

बची हुई हो, जाओ श्री विद्यानिवास जी की शरण में चली जाओ। वे तुम जैसी महिलाओं का स्वागत करते हैं। और सुनो, इसलिए ही हम उन्हें 'विद्या विनाश' कहते हैं।'' कहकर वे हँसे लेकिन मुझ पर गम्भीरता तारी होती गई।

खेमे, टोले, ग्रुप, गिरोह अब इनका हिस्सा बनना होगा? साहित्य का रास्ता इन्हीं गुटों के बीच से गुजरता है? मैं किधर जाऊँ और किधर से खुद को रोकूँ? सोचते हुए मैंने अपने ऊपर से कई नैतिक-अनैतिक रंगों को उतारना चाहा।

राजेन्द्र जी, मैंने तो साहस के उज्ज्वल रंग को 'हंस' कार्यालय के उस कमरे में देखा है जहाँ हिम्मतवर साहित्यकार के सामने बैठी थी।

मैंने कहा—''मैं सोचती हूँ, राजेन्द्र जी।''

''क्या सोचती हो तुम?''

''वही, जो आप कहा करते हैं—

'कहा हम नूह को लाएँ / कहा तुम नूह को लाओ
कहा तूफान का डर है / कहा तूफान तो होगा।' ''

''तो फिर मैत्रेयी जी?''

''आपका ठहाका जो लगा है, वह क्या तूफान से कम है?''

भय और मेरा पतिव्रत धर्म इस ठहाके की गरजती आवाज तले दब गए। ताज्जुब नहीं कि मेरी कलम पर अब सारंग की आवाज राज करने लगी। उसी के संवाद जारी होने लगे। 'चाक' की नायिका मेरे भीतर समा गई।

और मेरी कलम बागी, मेरे शब्द तूफानी और मेरी शैली चन्दनाकथा में उतरती गई। संस्कारों की जकड़न तड़क-चटककर गिर रही थी। अनुकूलन का मुलम्मा टूट-टूटकर धराशायी था। लगा कि राजेन्द्र यादव और सारंग साथ-साथ हँसे। मेरी दयनीय स्थिति पर हँसते रहे। मैं औरत की तरह औरत, अपने वजूद पर कसे नियमों के लौह शिकंजों को तोड़ने में पापबोध महसूस कर रही हूँ और अपराधिनी भी हूँ—मूर्ख स्त्री।

अपमान हो रहा है! इसको लेकर जीना भारी हो जाएगा। सारंग नई स्त्री के रूप में मेरे सामने खड़ी है, चुनौती दे रही है मुझे कि कलम उठाऊँ।

उफ, अपनी रचनात्मक जमीन पर नूह को उतारूँ तो बन्धनों की पर्याय पत्नी का स्त्री धर्म छार-छार हो जाना है। भूलने लगी कि निजी जीवन के तौर पर पति से एक लम्बा आत्मीय रिश्ता रहा है और इसे सँजोते हुए खुद की शुचिता पर गर्व किया है। मगर यह क्या, मेरे ही फैसले क्रूर अन्धड़ की तरह सम्बन्ध को लपेटे में ले रहे हैं। विवाहेतर प्रेम और सम्बन्ध साहित्यिक रूप से क्या गुनाह नहीं हैं? यहाँ स्त्री समाज और शिक्षा के लिए क्या कर रही है? यह किस-किस की समझ में आएगा?

अब मेरा भगवान अगर कहीं है तो वह रक्षाकवच है।

"भगवान या ईश्वर तो औरत के लिए पति ही होता है।" राजेन्द्र वाणी मेरी सती-सुलभ कायरता का मजाक उड़ाने लगी।

अब राजेन्द्र जी का सामना करने के लिए मैं नहीं—'चाक' में मुख्य पात्र की तरह उपस्थित रहनेवाली खेरापतिन दादी थीं। सारंग तो थी ही, कलावती चाची और गुलकन्दी ने मोर्चा सँभाल लिया। पुरुषों में पुरुष रंजीत, श्रीधर, भँवर और गजाधर सिंह।

आखिर लिखा ही गया 'चाक'। अपनी सात आवृत्तियों में समापन की ओर पहुँचा यह उपन्यास। ढेरों पन्ने। तोल में कई किलो वजन। मगर ऊपरी खोल-खाल छीलकर निकली मींगी की तरह चार सौ छत्तीस पृष्ठ की रचना।

राजेन्द्र जी ने फिर फ्लैप लिखा, बिना अपने नाम लिखे—

अचल है चलने का व्यापार

"चाक का दूसरा नाम है—समय-चक्र। चाक घूमेगा नहीं तो कुछ बनाएगा भी नहीं। वह घूमेगा और मिट्टी को बिगाड़कर नया बनाएगा। नए रूप में ढालेगा।"

अतरपुर गाँव को, उसमें रहनेवाली किसान पत्नी सारंग को भी ढालकर नया बना रहा है चाक। लेकिन बनाना एक यातना से गुजरना भी तो है। न चाहते हुए भी सारंग निकल पड़ी है ढाले जाने की इस यात्रा पर। इसी यात्रा की कहानी है यह उपन्यास।

अतरपुर जाट किसानों का गाँव है और जैसा है वैसा ही बना रहना चाहता है। वह हर बदलाव का विरोधी है। यथास्थिति में जब-जब परिवर्तन होता है, कुछ मूल्य और विश्वास टूटते हैं। हर विकास परम्परागत मान्यता को बदलता और तोड़ता है। सारंग नहीं जानती कि वह इस परिवर्तन की शिकार है या सूत्रधार। 'इतिहास कागजों के पन्नों से पहले मानव शरीरों पर लिखा जाता है।'

पिछड़े इलाकों के अतरपुर जैसे गाँव परिवर्तन की मुख्य धारा के प्रवाह से अछूते नहीं हैं। अपने रीति-रिवाजों, जातीय संघर्षों, गीतों-उत्सवों, नृशंसताओं, प्रतिहिंसाओं, प्यार-ईर्ष्याओं और कर्मकांडी अन्धविश्वासों के बीच धड़कता हुआ अतरपुर गाँव सारंग और रंजीत के आपसी सम्बन्धों के उतार-चढ़ावों में समय को आत्मसात् कर रहा है।

मैत्रेयी पुष्पा का पहला लगभग क्लासिक उपन्यास 'इदन्नमम' दसवें दशक की महत्त्वपूर्ण उपलब्धि थी। 'चाक' उनकी कलम का अगला चरण है—गाँव के रग-रेशों में जीता हुआ आत्मीय दस्तावेज—पुरुष समाज में स्त्री की अपनी पहचान का

संकल्प-पत्र। 'इदन्नमम' का क्षेत्र बुन्देलखंड था और 'चाक' घूमता है ब्रज प्रदेश के किसानों के बीच।

'चाक' न राजनीतिक उपन्यास है, न समाजशास्त्रीय मगर उस समाज की रोचक या भयावह कथा है, जो इन दोनों से अछूती नहीं है।

"भाषा के बिम्बों और दृश्यों को उतारने की अद्‌भुत दृष्टि है कथाकार मैत्रेयी के पास। उनके इस नए उपन्यास को पढ़ना कथा-रस की 'पकड़' के सामने विवश होने के विलक्षण अनुभव से मुठभेड़ करना है।"

—राजेन्द्र यादव

राजेन्द्र जी का नाम नहीं था इसके नीचे मगर उनका एक-एक शब्द पहचान में आता है। यह फ्लैप था या थी भूमिका? किताब की शुरुआत में ही घटित होनेवाली बड़ी घटना थी, लेकिन इसे फ्लैप पर सिकोड़ दिया। तब अत्यन्त दुख हुआ था। कैसे थे द्रोणाचार्य, जिन्होंने दक्षिणा में एकलव्य से अँगूठा माँगा था, यहाँ तो मेरे द्रोण ने अपना ही नाम काटकर अलग कर लिया और अपनी शिष्या को जी भरकर अपना वरदान लुटाया। तब दुख हुआ था लेकिन आज शोक है बिना राजेन्द्र जी के...इस हिन्दी साहित्य के माहौल में हमारे लिए ऐसे-ऐसे मुकाम आए कि अपनी बात का धनी साहित्यकार अपने नाम की शपथ तक न ले सके।

"मेरे नाम पर लोगों को मैत्रेयी को घेरने का मौका मिल जाएगा। सोचता हूँ कि फ्लैप तो ऊपरी आवरण है।"

'इदन्नमम' के समय उनकी छोटी-सी भूमिका ने साहित्य जगत् में भूचाल ला दिया था। क्या राजेन्द्र जी डर गए थे? या मेरे लिए घबरा उठे थे? संरक्षक के रूप में कई बार मुझे बचाने की कोशिश करते जबकि खुद अपने सम्पादकीय लिखते हुए बेधड़क बिन्दास रहते।

हाँ, तो लौट आएँ अब जम्मू शहर!

वक्ताओं के बोलने के बाद राजेन्द्र यादव के अध्यक्षीय भाषण की बारी आई।

तीन-तीन समीक्षा 'हंस' में छापने के लिए उनको सवालों के कठघरे में तो पहले ही खड़ा कर दिया गया था। क्यों इस किताब को बदलाव की श्रेष्ठ कृति माना जा रहा है?

राजेन्द्र यादव अब तक के उपन्यासों पर विहंगम दृष्टि डालते हुए आगे बढ़ते

चले जा रहे थे। जब-जब परिवर्तन हुए, उन्होंने वे मुकाम चिह्नित किए, और उन्होंने यह भी बराबर माना कि ज्यादातर लेखिकाओं की नायिकाएँ यूटर्न ले जाती हैं।

अन्त में जो बोलना था मेरे लिए था। मेरे लिए क्या था? कहाँ से शुरू कहाँ पर खतम? आज बहुत-कुछ याद नहीं है क्योंकि फ्लैप पर जो लिखा था उसका ही विस्तार था।

जो नायाब था।

''लगी चहकने जहाँ भी बुलबुल, हुआ वहीं है जमाल ऐसा!
नहीं कमी कद्रदाँ की अक़बर, करे तो कोई कमाल ऐसा!''

राजेन्द्र जी!

मैं उनकी ओर देखती रह गई। हॉल में बैठे श्रोता भी मनमुग्ध से!

मेरा दिल धड़क रहा था और सिर झुक गया उस हुनरमन्द उस्ताद के अदब में जिसने अपने एक जवाब में जहान की जवाबगीरी समेट ली।

अब मेरी आँखें भर आई थीं। आँसू पोंछने का उपक्रम मेरे रोने का भेद खोल देगा। मैंने आँख झपकनेवाली पलकों पर नियंत्रण कड़ा किया और आँखें खोले ही आँसुओं से युद्ध करती रही। अब तक औरत होने के नाते जवान देह और आकर्षक चमड़ी पर लोग तारीफें लुटाते रहे हैं। लम्बे बालों की खूबसूरती पर कसीदे पढ़े हैं। साथ ही घरेलूपन को कुशलता से निभाने पर वाहवाही मिली है लेकिन ये जमाल की बातें और कमाल के किस्से मेरी रचना पर जगमगाने लगे, इतनी दिपदिपाहट मैं कैसे बर्दाश्त करूँ? राजेन्द्र जी, मेरी सहनशक्ति की परीक्षा पर उतरे हैं, नहीं जानते कि मैत्रेयी उनके इस शेर पर रोने लगी है...

"वह न बुत है न बुतखाने का बाशिन्दा
उसे प्यार से छुआ करे कोई।"

मैं इस नतीजे पर पहुँची कि राजेन्द्र यादव आदर योग्य व्यक्ति नहीं हैं, बस उन्हें प्यार किया जा सकता है। मैंने अपनी सामर्थ्य भर उनके और अपने बीच प्रेम का पौधा रोपा और विकसित किया। यह ऐसा समय था जब एक विख्यात सम्पादक और बेबाक लेखक के सम्पर्क की आपसी मधुरता साहित्य के माहौल में कड़ुआहट पैदा करने लगती है। बहुत जल्दी ही सामने आ गया कि मेरे लिए साहित्य का क्षेत्र ऐसा बीहड़ मैदान है जिसको पार करके उस किनारे तक पहुँचना है जहाँ व्यक्ति को रचनाकारों में गिना जाता है, मगर इस बियाबान में छाँह के लिए एक भी वृक्ष नहीं। क्या मैं यहाँ की लू-लपट में तपकर पिघलती हुई खत्म हो जाऊँगी? बेशक, यहाँ, इस जंगल में फँसकर अनेक लेखक-लेखिकाओं का असमय लेखकीय अवसान हुआ है। उफ! यह घना और घमासान जंगल...

राजेन्द्र यादव वटवृक्ष?

नहीं, मुझे भद्र महिला मानते हुए देखनेवाले कहते हैं—राजेन्द्र यादव जैसे लम्पट के साथ मेरा सम्बन्ध कैसा है और सम्पर्क हुआ कैसे? शराबखोर, औरतखोर साथ ही लालच का धनी...ऐसा आदमी श्रद्धा का पात्र कैसे बनाया जा सकता है? क्या मुझे इस व्यक्ति की कमजोरियाँ नजर नहीं आतीं? परिवार के स्तर पर तिरस्कृत यह व्यक्ति सबसे पहले तो अपने घर से ही बदनाम हुआ।

"मैत्रेयी अपने पति और परिवार के साथ किस मुँह से रहती है?"

इस सब पर मेरी प्रतिक्रिया क्या थी?

मैं तो अन्धी-बहरी हो गई थी राजेन्द्र जी को लेकर। राजेन्द्र यादव थे कि मेरी उँगली पकड़कर ज्ञान के संसार में ले चले। ऋषियों ने पढ़ी होगी वेदवाणी, मुनियों की गूँजी होंगी ऋचाएँ और देवतुल्य महात्माओं ने रचा होगा देव-असुरों का मुक्ति संग्राम। मगर मैंने तो यह सब कुछ नहीं सुना या मेरे ऊपर से गुजरता रहा। हाँ, जो कुछ मैंने सुना और फिर समझा, वह था—स्त्री का मुक्ति मार्ग, मुक्ति युद्ध का रास्ता!

मुझे क्या लेना-देना था उनके मदिरा सेवन से या ऋषि-मुनियों के भाँग-धतूरे से, मैं क्यों सवाल उठाती एक अपंग पुरुष द्वारा अपनी जीविका के लिए जद्दोजहद करने पर? या कौन होती थी उनकी शारीरिक जरूरतों की छानबीन करनेवाली? अनधिकार चेष्टा रखना मुझे अपराध सरीखा लगता है।

ज्ञानार्जन के लिए चलते हुए शिक्षक या गुरु के लिए जो धारणा मेरी बन गई थी, वह आधारभूमि मेरी माँ कस्तूरी ने ही तैयार की थी। यह संस्कार मुझे माताजी ने विरासत में दिया या पहली गुरु की तरह सिखा-पढ़ा दिया। माँ को नहीं पता रहा होगा कि उनकी बेटी के लिए यह कभी कितना खतरनाक सिद्ध हो सकता है! हो सकता है, माँ के पास राजेन्द्र जी जैसे टीचर या गुरु की कल्पना तक न हो। हाँ, उन्होंने ऐसे नष्ट चरित्र गुरु की परम्परा देखी नहीं थी। 'गुरु स्वर्गः, गुरु धर्मः गुरुहि परमं तपः' की अवधारणा में माँ का अटूट विश्वास था।

मगर मैं? मेरा समय? माँ की सोची-समझी और देखी परम्परा को शिथिल होते ही नहीं, नष्ट-भ्रष्ट होते हुए मैं इस साहित्य-संसार में देख रही थी जिस दुनिया से शुद्धता और पवित्रता के सन्देश की आशा की जाती रही है।

अब राजेन्द्र जी की असाधारण प्रतिभा का मैं क्या करूँ?

"कमलेश्वर से सीखा होता कुछ। वे भी तो बड़े और नामी साहित्यकार हैं।"

"पर चरित्र की शुचिता को लेकर वे क्या दूध के धुले हैं? दो स्त्रियाँ तो उनकी सन्तान लिये फिर रही हैं, ऐसी चर्चा साहित्यकारों के बीच होती रहती है।"

किस-किस का नाम लिया जाए, लेखक, कवि, आलोचक अपनी प्रतिभा के बल पर हैं, लेकिन वे—कुदरत ने तो पुरुष बनाए हैं और हमारे समाज ने पुरुषों के लिए शुचिता, पवित्रता और नैतिकता की तबाही पर क्षमादान का नियम बख्श रखा है। जब आती है, स्त्री ही कठघरे में लाई जाती है।

फिर भी, जगत्-व्यवहार को लेकर जब कभी मैं राजेन्द्र जी के लिए बहुत विचलित हो जाती, मेरी भवों में बल पड़ते, नजर तीखी हो जाती तो मैं यथासम्भव अपनी भावना का दमन करती। ऐसा भी हुआ है कि कुछ समय बाद जब कभी मैं खुद को रोक नहीं पाई, कुछ सच्ची और खरी बातें उगल बैठी तो उत्तर में राजेन्द्र जी की मुस्कराहट ही मिली और मेरे पास लज्जित होने के सिवा कोई चारा न बचा।

जैसे—"आपको मीता से मोहब्बत थी तो मन्नू दी से शादी क्यों की? और जब मन्नू दी से शादी कर ली तो मीता से अपना प्यार क्यों निभाते रहे?"

राजेन्द्र जी कुछ देर चुप रहे। इतनी देर कि मुझे लगा, अब जवाब नहीं देंगे और क्यों देंगे मुझे जवाब?

राजेन्द्र जी बोले—''और कुछ कहना है? कहो, वह भी कहो। ऐसे ही कहो जैसे मन्नू की सखी-सहेलियाँ कहती हैं।''

''मैं मन्नू की सहेली नहीं हूँ, हाँ, उनका आदर करती हूँ।''

''ठीक है। मगर एक बात बताओ, ऐसे ही लिखोगी उपन्यास? ऐसे ही दिखाओगी प्रेम के दृश्य? क्या तुम केवल कहने के लिए कहती हो कि 'प्यार छूट जाता है, तब क्या टूट भी जाता है?' ''

''नहीं, राजेन्द्र जी, मैं कहने के लिए नहीं कहती, यह मेरा अनुभव है और यह अनुभव किसी भी प्रेमी-प्रेमिका का हो सकता है। ऐसा न होता तो 'विछोह पक्ष' मिलन से ज्यादा भारी न पड़ता प्रेम में!''

''तब यह तुम्हारा ईजाद किया हुआ फलसफा मेरे ऊपर लागू क्यों नहीं हो रहा?''

राजेन्द्र जी मुझसे मुखातिब थे और मैं न जाने कहाँ देखने लगी थी।

''मैत्रेयी जी, जिन्दगी सीधी-सपाट नहीं हुआ करती क्योंकि वह सरपट नहीं दौड़ती। उसे तो कितने मोड़ पार करने पड़ते हैं और कितनी दीवारें लाँघनी होती हैं! मगर बात यह है कि जिन्दगी के टेढ़े-मेढ़े रास्तों, मोड़ों और पेचों को हम नजरअन्दाज कर देना चाहते हैं। दुनिया को सीधी-सादी राह पर चलकर दिखाना चाहते हैं। इसीलिए मैं कहता हूँ कि विवाह जिन्दगी की फ्लैक्सिबिलिटी को खत्म कर देता है। तभी तो विवाहित जीवन में घुटन और अवसाद के मौके पैदा होते रहते हैं।''

मैं अपनी ही बात काट रही थी, राजेन्द्र जी ने याद दिलाया। मैंने प्यार को एक नैसर्गिक भावना माना है और विवाह को सामाजिक जिम्मेदारी। दोनों को साथ-साथ निभाया जाए, ऐसा रास्ता कम से कम समाज ने तो बनाया नहीं लेकिन मनुष्य वृत्ति पति-पत्नी के प्रेम के बरअक्स नैसर्गिक प्रेम में लीन होना चाहती है। जो कहते हैं, उन्हें कभी प्यार नहीं हुआ, प्यार के लिए सिर्फ उनकी शादी हुई है, तो निश्चित है कि उनको शादी में आई पत्नी से भी प्यार नहीं होता, हाँ, सेक्स करने की निकटता का आकर्षण ही प्यार कहलाए, यह दीगर बात है। मेरी मान्यता भी समाज की मान्यता के विरुद्ध हो सकती है लेकिन मनुष्य की सहजता के खिलाफ हरगिज नहीं। हाँ, मुझे अपने विचार पर दृढ़ रहना चाहिए, न कि इस भावना के अधीन कि कोई भी व्यक्ति समाज में प्रचलित आचार संहिता के खिलाफ नहीं बोल पाएगा। हमारे सत्य के मूल्य फिर कहाँ बचेंगे? और विवाह नाम का हाथी अपने भारी पाँवों तले प्रेम को कुचलता जाएगा। यही तो होता रहता है कि न जाने कितने प्रेमियों के दिल विवाह संस्कार के तहत मसल डाले जाते हैं! कितनी ही अनारकलियाँ वैवाहिक दीवारों में चिनवा दी जाती हैं!

'राजेन्द्र यादव विवाह की खातिर ऐसा कुछ कर पाए होंगे कि उनका प्रेम दम तोड़ दे।'

इसीलिए उन्होंने लेखिकाओं द्वारा रचे और लिखे पर टिप्पणी की है—

''हिन्दी की लोकप्रिय लेखिकाएँ वही सब लिखती हैं जो हमें चाहिए—प्रेम और सपनों में डूबी नायिकाएँ, यातनाओं के बीच आत्म बलिदान और त्याग की मूर्तियाँ, ममतामयी माँएँ, गलतफहमियों के बीच मरती-जीती, अनसमझी 'मासूम आत्माएँ...' समाज के अत्याचारों की शिकार, गलत जगह जीनेवाली देवियाँ... आत्मधिक्कार के काँटों की शय्या पर शहीद। इस जनाने और बचकाने लेखन का सबसे अच्छा उदाहरण है अमृता प्रीतम का लेखन।

''मैं मीता का ऐसा रूप कभी देखना नहीं चाहता। मैंने उसको कुंठाग्रस्त होने के लिए बाध्य नहीं करना चाहा। वह पत्नी नहीं है, प्रेमिका तो है न? मेरी प्रेमिका।''

मुझे छोटी सी हँसी आ गई।

''राजेन्द्र जी, फिर तो जैनेन्द्र जी का कहना ठीक ही है कि लेखक को पत्नी ही नहीं, एक प्रेमिका भी चाहिए। कहते हैं, इस बात पर काफी हल्ला हुआ था, क्यों हुआ था?''

''देखो, जैनेन्द्र ने जो भी कहा हो, मेरी बात सिर्फ इतनी है कि मीता मेरे जीवन में मन्नू से पहले थी। हमने भरपूर प्यार जिया है।''

''तो फिर वही सवाल—मन्नू दी से शादी?''

राजेन्द्र जी अबकी बार हँस पड़े। मुस्कराहट तो बातों में तभी से अपना रंग रचने लगी जब से लबों पर मीता की बातें आईं।

''अरे डाक्टरनी, यार...क्या हर प्रेमी-प्रेमिका की शादी हो जाती है? क्या हम शादी के लिए प्रेम करते हैं? ज्यादातर तो प्रेम विवाह हो ही नहीं पाते, तब क्या प्रेम भी नहीं होना चाहिए? तुमको मैत्रेयी देवी (बांग्ला लेखिका) की किताब दी—'न हन्यते' क्या समझा उसमें से?''

''यही कि प्रेम मरता नहीं है, मारा नहीं जा सकता, आत्मा की तरह।'' मैंने छात्रा की तरह राजेन्द्र जी के सामने जैसे पाठ सुना दिया हो। मगर सोचने लगी—

बेशक, आपका और मीता का प्यार 'न हन्यते' की अमिट लाइन हो लेकिन उसमें आपका रोल क्या रहा, इस पर मैं मन्थन से गुजरने लगती हूँ। मीता के अपने प्रेम में कोई झोल नहीं, उन्होंने मोहब्बत को शादी में तब्दील करना गवारा नहीं किया।

...लेकिन आप तो विवाह की शरण में आ गिरे राजेन्द्र जी। ऐसा क्यों हुआ, इसकी आप कई-कई दलीलें देते हैं, मसलन—मन्नू की दिली इच्छा थी,

मसलन—दोस्तों का दबाव था, मसलन—मन्नू जी की बहन सुशीला जी ने कई-कई नेक वादे किए, मसलन—मन्नू जी ने गृहस्थ के फन्दे से मुक्त रहने का भरोसा दिया, लिखने की आजादी के लिए सहूलियतों और स्वतंत्रताओं का वरदान दे डाला। बड़ा लेखक माना और उसका वरण करना चाहा।

कितनी ही बातें कहिए राजेन्द्र जी, कितने ही वाजिब कारण गिनाइए और कितनी ही तफसीलें हमारे सामने रखकर हमें मूक-मौन बना दीजिए, मगर हम भी क्या करें, मोहब्बत के मामले में इतने अनाड़ी भी नहीं जितना कि आप समझ रहे हैं! कि जो बातें, कारण और मन्नू दी के साथ दोस्तों की इच्छा सहित उनके आग्रहों की फेहरिस्त है, वह एक 'प्यार' शब्द के आगे ठहर नहीं पा रही। आपने प्यार पर भरोसा छोड़कर विवाह के मंडप का आसरा ले लिया, भले वह मंडप छवाया न गया हो, क्या फर्क पड़ता है? मैंने बहुत से लोगों को मंडप और फेरों का बहिष्कार करने का ढोंग करते देखा है, लेकिन वे क्यों भूल जाते हैं कि कर तो वे विवाह ही रहे हैं! आप भी हमें अपनी शादी के तमाम आदर्शवादी, पाखंड और कर्मकांडविहीन तजरुबे सुनाते रहे हैं। तब क्या हम यह मान लें कि आपने शादी नहीं की? आपकी बताई सारी सच्ची दास्तान सुनने के बाद हमें यही लगता रहा कि शादी तो हर हाल में आपने की ही है, हाँ, पूरे मन से प्यार नहीं किया।

मैंने यह भी सोचा कि क्या स्त्री की तरह पुरुष प्यार नहीं किया करता? या उसका अपने प्रेम के प्रति दृढ़ आत्मविश्वास नहीं होता कि प्रेयसी की थोड़ी-सी विमुखता देखते ही वह टूटकर दूसरी के आगोश में जा गिरता है। हाँ, राजेन्द्र जी ऐसा ही था, आप अपने विवाह के लिए खुद ही जिम्मेदार रहे हैं, वरन् दोस्त, सखी-सहेलियाँ, घर-परिवार के लोग और आगामी जीवन की चुनौतियाँ तो मीता के सामने भी रही होंगी जो उन्होंने दृढ़ता के साथ स्वीकार कीं और अपनी मोहब्बत को जिन्दगी बख्शी। आपने कभी सोचा है कि आपने उनके बहादुर प्रेम को जब न तब कायर बनाने के रास्ते अपनाए। अपनी बेईमानी में उनको घसीटा। मगर फिर भी क्या हुआ? वे दृढ़ स्त्री की तरह प्रेम का गौरव बचाए रहीं, बावजूद इसके कि अपने युवा सौन्दर्य से आपकी शारीरिक अक्षमता के अहसास का निवारण करती रहें।

बाद में आप स्त्री-विमर्शकार के रूप में विख्यात हुए। विवाह संस्था पर अनेक तर्कपूर्ण सवाल उठाए। नारी के जीवन-मूल्यों पर लागू निषेधों की सूचियाँ तैयार कीं। अब ईमानदारी की बात तो यही है कि ये सारे सूत्र आपको मीता ने थमा दिए थे और आपको उन सूत्रों का तब भान हुआ जब आपने विवाह करके संस्था का संज्ञान लेने में वर्षों बिता दिए। काश, आप एक बार ही अपने सम्पादकीय में उस स्त्री का जिक्र कर देते...

आप तो यही कहते रहे कि आपका शादी जैसी संस्था में विश्वास नहीं था और न ही है। मन्नू भंडारी ने शादी को प्राथमिकता दी।

नहीं राजेन्द्र जी नहीं, आपने जो लिखा है, उससे यह बात जाहिर नहीं होती। उससे तो साफ-साफ यही दिखता है कि आपने अपनी अपंगता से उपजी कुंठा को मीता से जोड़ा—"कहा तो नहीं, मगर मैं जानता हूँ कि शुरू में मीता के बार-बार शादी की बात करके पीछे हट जाने के पीछे शायद चेतन-अवचेतन में यही भावना रही होगी (अपंगता की भावना)।"

"इसे मैं मन्नू का असाधारण साहस ही कहूँगा कि उसने कलकत्ते के बन्द समाज में खुलेआम मुझसे विवाह किया। चलो, जात-पाँत तो एक बार छोड़ भी दो, वैसे भी आजकल कोई नहीं मानता, मगर मन्नू बाई सा ने क्या सोचकर लँगड़े आदमी को चुना? अनेक तरह यह बात मन्नू को जरूर सुननी पड़ी होगी। मन्नू अपने स्कूल की बेहद लोकप्रिय बहन जी थीं। लड़कियाँ उन्हें पूजती थीं। खुशमिजाज और कर्मठ। लड़कियों ने जब सुना तो सबको धक्का लगा।"

तो आपकी शादी का राज यों खुला कि आप तहेदिल से अपनी शादी चाहते थे और देख रहे थे कि वह कौन सी वीरांगना होगी जो आपका वरण करेगी। मेरे मन में इसी से जुड़ा सवाल उठता है कि जैसे मन्नू भंडारी के साहस ने आपको प्रभावित किया अपने लिए, वैसे ही क्या मन्नू भंडारी को आपके उत्कृष्ट लेखकीय व्यक्तित्व ने अपने असर में नहीं लिया? क्या मन्नू जी किसी साधारण से लँगड़े पुरुष से शादी करतीं? यह शादी थी राजेन्द्र जी आपसी पसन्द होने के बावजूद अपने-अपने मकसद में चौकस। तभी तो मन्नू जी ने 'एक कहानी यह भी' में बड़ी ईमानदारी से लिख दिया है—'मैंने सोचा था राजेन्द्र से शादी करके मुझे लेखन के लिए राजमार्ग मिल जाएगा।'

दोनों ने एक-दूसरे की शर्तें विवाह के लिए ही स्वीकार की थीं। वचन नहीं भरे तो क्या, वादे लिये थे। किसने कितने निभाए, यह अलग बात है। इस अलग बात ने ही अलगाव के आसार पैदा कर दिए।

पुरुषों के चरित्र के कच्चेपन की कहानियाँ समाज में भरी पड़ी हैं। शादी करके आप जब शादी का निषेध करते हैं तो आपके आशय पर सन्देह होता है। मीता पर शक कभी नहीं गया हमारा। आपको माफी इसलिए कि आप एक पुरुष थे, आपने पुरुषोचित व्यवहार ही किया और आज भी यह सोचकर, यह लिखकर आपका अहं ही तुष्ट होता है—"मीता ने मेरे लिए कितने लांछन, आरोप और असुविधाएँ झेली हैं।" खुशफहमी है आपकी।

खामखयाली है यह भी, मीता ने आपके लिए नहीं, अपने लिए झेला है सब कुछ क्योंकि उसमें झेलने की कूवत थी, कूवत है और असलियत यही है कि उसने प्यार किया है।

आपको अपराधबोध था जिसे आप लिख रहे हैं—''घर के लिए पैसे नहीं होते और प्रकाशकों से एडवांस लेकर मीता के साथ पहाड़ों पर चला जाता। मरने और खटने के लिए मन्नू और मौज-मस्ती के लिए मीता...आज स्वीकार करता हूँ कि मन्नू के प्रति यह सचमुच मेरा अन्याय भी था और अपराध भी।''

फिर आप बैसाखी का सहारा लेते हैं—''मैं शायद घर के लिए बना ही नहीं था। इतनी सुख-सुविधाओं का अभ्यस्त भी नहीं था। वहाँ से बार-बार भागना भी शायद कहीं मेरा विद्रोह ही था।''

राजेन्द्र जी, जहाँ तक मैंने आपको इस मामले में समझा है, आपने इन दोनों स्त्रियों के साथ न्याय नहीं किया, न मीता के साथ और न मन्नू के साथ। और दोनों ओर के लिए उमड़ते-घुमड़ते और गड़गड़ाते अपराधबोध ने आपको अपराधी बना दिया क्योंकि शादी के समय भी आपने कहा था—पहले मीता अपना घर बसा लेती तो...आपकी आत्मा कचोटने लगी मीता के लिए और आगे भी—''यही मान लेना, हमारा-तुम्हारा साथ नहीं लिखा था।'' आपने एक पुरातनपन्थी पुरुष की तरह कहा। और—''सुनो, अब तुम भी सेटिल हो जाओ।'' यह उस राजेन्द्र यादव का वाक्य है जो विवाह और परिवार की मुखालिफत करता है 'हंस' पत्रिका के सम्पादक के रूप में। यह वही तो नहीं कि मीता ने विवाह नहीं किया—सिर्फ मेरे भीतर अपराधबोध बनकर साँस लेती रही?''

यह तो होना ही था क्योंकि प्रेम की परिणति आपने शादी में चाही और शादी के साथ मुक्तावस्था की कामना। आपने स्वीकार किया कि आप न अच्छे पति बन सके, न सच्चे प्रेमी। यह स्वीकृति जैसी भी है, आपकी ईमानदारी तो बयान करती ही है। दर्शाती है कि पुरुष हर हाल में अपने बारे में सोचता है, इसे जिन्दगी की वास्तविकता कहो या स्वार्थ!

मैंने मीता को देखा है

वह सन् 1998 का साल था और अक्टूबर का महीना। वह महीना राजेन्द्र जी के लिए बीमारी लेकर आया था तो उससे पहले वे प्रसार भारती के सदस्य चुने गए थे। खुशखबरी और बीमारी गड्डमड्ड थीं। और राजेन्द्र जी अपने स्वभाव में अलमस्त।

जब रोग बर्दाश्त के बाहर हो गया, अपने साथ बुखार और कँपकँपी ले आया तब वे जैसे अपने हंस कार्यालय में बेचैन हुए।

'डाक्टरनी' उनकी आवाज में अपने लिए पुकार। ऐसा जब भी होता मैं समझ लेती, राजेन्द्र जी को छींक आने से लेकर लिवर, शुगर, ब्लडप्रेशर, बुखार-खाँसी कुछ भी हो सकता है। कोई छोटा फोड़ा-फुंसी ही हो—'डाक्टरनी' की बाँग आ ही जाती है।

''आप हमारे 'तिरुपति आई सेंटर' आ जाइए राजेन्द्र जी।''

''तुम भूखे पेट बुलाओगी।''

''वह तो है। मगर टेस्ट के बाद नाश्ता कराने की मेरी जिम्मेदारी।''

वे आए, टेस्ट हुआ। शुगर लेबल खतरनाक स्तर पर मिला—400

राजेन्द्र जी को किसी भी भयानक या खतरनाक आदमी या बीमारी की खबर देना उनको दुखी करने या डराने जैसा नहीं होता था, रोमांचित होते तो लगता खुश हो रहे हैं। जैसे बिना दहशतों के रास्ता क्या और बिना खतरों के जिन्दगी क्या!

तब की बात करते हुए मुझे आज अर्चना वर्मा का वह लेख याद आ रहा है जिसमें उसने लिखा कि राजेन्द्र जी का शुगर लेबल खतरनाक ढंग से बढ़ रहा था और मैत्रेयी ने अपने यहाँ टेस्ट कराकर उसे नॉर्मल बता दिया।

अब कोई बताए कि ऐसे दुष्प्रचार के लिए मैं क्या करूँ!

पूछ ही सकती हूँ कि अगर उनके टेस्ट नॉर्मल थे तो डॉक्टर साहब (मेरे पति)

उनको लेकर एम्स क्यों गए थे? जल्दी से जल्दी कैज्युअलिटी में दाखिल क्यों कराया था? कमरा तो बाद में मिला।

ऐसी बिना सिर-पैर की बातें मेरे पास तमाम जमा हैं, उनका उल्लेख करना जरूरी नहीं क्योंकि मैं फिर 'राजेन्द्र-कथा' से भटक जाऊँगी।

राजेन्द्र जी के लिवर के ऊपर एब्सिस (फोड़ा) बन गया। मामला गम्भीर था।

राजेन्द्र यादव तब तक कैज्युअलिटी में ही थे कि मैं और डॉक्टर साहब अपनी गाड़ी लेकर मन्नू को लिवाने पहुँचे। हौजखास तक जाते हुए भी हम घबराए हुए थे। माना कि हम बहुत नजदीकी शुभचिन्तक थे लेकिन परिवारी या किसी तरह से सम्बन्धी तो नहीं थे। हमारी औकात इस समय 'निजी' के नाम पर कुछ नहीं थी। मन्नू भंडारी लाख दर्जे अलग रहती हैं उनसे मगर हैं तो उनकी पत्नी ही। उनका सम्बन्ध आधिकारिक है। हमने उनको नहीं बताया तो जवाबदेह हम होंगे। एकदम अपराधी घोषित कर दिए जाएँगे और बेपर की आशंकाएँ उठेंगी। ऐसे समय आपका प्रेम भले पहाड़ जैसा बना रहे मगर उसकी वकत राई भर भी नहीं होती।

उफ्! मन्नू दी तैयार नहीं थीं आने के लिए। बात भी ठीक थी कि जब वे अपनी बीमारी में राजेन्द्र जी को नहीं आने दे रहीं तो उनकी बीमारी में क्यों जाएँ? हम दोनों थे कि घबराहट के मारे हुए। गिड़गिड़ाने लगे कि मन्नू दी किसी तरह चलें। डॉ. साहब तो 'चलिए-चलिए' की रटन लगाए हुए थे।

मैंने डॉ. साहब से कहा—"तुम अस्पताल चलो राजेन्द्र जी के पास, मैं मन्नू दी को लिवा लाऊँगी। डॉक्टर नवल से कहना डायबिटीज एक्सपर्ट को बुला लें।"

मन्नू दी अब तैयार हों, जब तैयार हों, हमें भी हड़बड़ी मची थी। वे जो भी कुछ सोच-समझ रही हों, हमें देर हो रही थी।

खैर, मन्नू दी तैयार हुईं। हमारी जान में जान आई कि जिन्दगी भर साथ निभाने के वादे पर विवाहिता होनेवाली पत्नी ने हमारी अरज सुन ली, इन अलगाव भरे दिनों में कड़ुवे अनुभवों से गुजरते हुए। मुश्किल लम्हे उनके लिए भी और हमारे लिए भी। सद्भाव ने मुश्किल हल कर दी।

यह बात प्रसंगवश यहाँ आ रही है जिसे मैं कुछ पंक्तियों में 'गुड़िया भीतर गुड़िया' में भी लिख चुकी हूँ।

इसके बाद मन्नू दी रोज आती रहीं सबेरे के दस या ग्यारह बजे और उनके पतिव्रत की महिमा ने साहित्य का एरिया ऐसा पुण्य-पवित्र बना डाला जैसा कि पौराणिक कथा की सती शांडिनी की पति भक्ति ने। मन्नू दी के भाग्य में अकूत यश है, यह भी मैंने तभी जाना कि हर हाल में हर दिशा से उनकी ओर ख्याति खिंची चली आती है।

रात के समय का जिम्मा किशन पर रहा जो राजेन्द्र जी का ड्राइवर था और घर

में रहकर तीमारदार की भूमिका बखूबी निभाता रहा उनके अन्त समय तक।

अस्पताल से डिस्चार्ज होने के बाद मन्नू जी ने अपने अलगाव को सुरक्षित रखा। आने-जाने की औपचारिकता या लोक-लाज अस्पताल तक ही थी जहाँ तमाम साहित्यकार आते-जाते। वे इस नाजुक मौके की नब्ज पहचानती थीं कि राजेन्द्र जी के आसपास दिखने में उनके बड़प्पन और पति की बेजा हरकतों के ग्राफ की नाप-तौल होगी और वे उत्तम कोटि नारी की उपमा बनेंगी।

यदि इस तरह से सोची-समझी नीति न होती तो अस्पताल से छुट्टी होने के बाद राजेन्द्र जी को वे अपने घर हौजखास में आने देतीं जो कि उन्होंने किसी भी तरह राजेन्द्र जी को अपने घर टिकाना मंजूर नहीं किया। हाँ, इतना उपकार जरूर किया कि बेटी रचना से कह दिया कि वह कुछ दिन पिता को अपने घर रहने दे। काश, ऐसा तब भी कहा होता जब राजेन्द्र यादव हौजखास से निकलकर मयूर विहार केदारनाथ जी के फ्लैट में किराए पर आए थे। रचना तो तब भी मन्नू जी के घर के ठीक सामने वाले घर में रहती थी मगर तब उनका निकाला जाना दोनों ने तय किया था। और आज तक यह खुलासा नहीं हुआ कि वे क्यों निकाले गए?

मैं चाहती थी एम्स से डिस्चार्ज होने के बाद राजेन्द्र जी हौजखास ही रहें क्योंकि आगे कोई दिक्कत आती है और अस्पताल ले जाने की अनिवार्यता होती है तो हौजखास ही सबसे नजदीकी जगह है। डी.एल.एफ. तो कोसो-कोस दूर...

और हुआ भी यही। उनकी तबीयत फिर बिगड़ी। रचना के घर से उनको किसी तरह लाया गया और एम्स में भर्ती कराया फिर से।

अब पारी की दूसरी शुरुआत थी।

अबकी बार वे अस्पताल से निकलकर रचना के घर हरगिज न जाना चाहते थे। और यह भी कि पत्नी या बेटी में से कोई भी उनके साथ आने को तैयार है या नहीं? राजेन्द्र जी न जाने क्या-क्या विकल्प खोज रहे थे? या कि वास्तविक सम्बन्धों को ही विकल्पों में तब्दील किए जा रहे थे?

वे अस्पताल में ही मुझसे कुछ गोपनीय कहना चाहते थे मगर समय ने इतना एकान्त दिया ही नहीं कि वे अपने मन की बात कह पाते। मयूर विहार आकर उन्होंने मुझे बुलाया।

"आप ठीक तो हैं न?"

"हाँ, बीमारी के बाद मरीज जैसा होता है, वैसा ही हूँ।" वे बिस्तर पर लेटे हुए थे।

"तो मुझे किसलिए बुलाया?"

''तुम मेरी घनिष्ठ मित्र हो न, इसलिए।''

''ठीक है, मान लिया, अब बताइए भी न! कोई जरूरत?''

''नहीं डाक्टरनी, कोई जरूरत नहीं। बस एक काम था, तुम ही कर सकती हो।'' उनकी आवाज थी कि एक अनुनय...

''मैं कर सकती हूँ तो जरूर करूँगी।'' कहने के बाद मैं कई ऐसे काम सोचने लगी जिन्हें वे मुझे सौंप सकते थे, मसलन—कुछ दवाएँ, कुछ खास खाने की चीजें जैसा कुछ।

उन्होंने मेरी ओर कागज की एक बहुत छोटी चिट बढ़ाई। हाथ काँप रहा था।

''इसमें एक नम्बर लिखा है, टेलीफोन कर दो।''

''कहाँ करना है? अच्छा, मैं घर से मोबाइल फोन ले आऊँगी, आप ही कर देना बिस्तर पर लेटे-लेटे।''

''आगरा करना है, लेकिन मैं नहीं करूँगा।''

''क्यों, आप क्यों नहीं?''

''अरे यार, तुम भी! सारी बात पूछकर मानोगी। उसकी भाभी मेरी आवाज पहचानती है, उसे फोन नहीं देगी।''

''उसको किसको?''

उन्होंने मुझे नाम बताया लेकिन मैं यहाँ लिखूँगी नहीं क्योंकि उन्होंने हमेशा उनका नाम छिपाया और उनको मीता नाम से लिखा।

मुझे हँसी आ रही थी, इस उम्र में भी भाभी का पहरा! प्यार करनेवालों को किसी भी उम्र में आजादी नहीं मिलती...

फोन करने का जिम्मा मैंने ले लिया। क्या-क्या कहना है, यह भी सोच लिया—बीमार हैं। आपको याद करते हैं, बहुत याद करते हैं। मुश्किल से जिन्दगी बची है। यहाँ मयूर विहार वाले घर में अकेले हैं।

उधर से प्रश्न आएगा—तो?

—कहूँगी, आपको बुला रहे हैं, आप आएँगी न?

—वे कहते हैं कि आपने उनको बिना किसी दुविधा के अपनाया है। यहाँ तक कि उनकी अपंगता से उपजी कुंठा से भी बचाती रही हैं।

—वे बताते हैं—कभी देखा-देखी हुई, तब से अब तक संग-साथ नहीं हुआ। उसे भूल नहीं पाया मैं। कहाँ-कहाँ नहीं बुलाया था उसे रात-बेरात, जगह-बेजगह, वह हाजिर रही है। मई की चिलचिलाती धूप में भर दोपहर रेतीले मैदान में दो मील तक मेरे रिक्शे को धक्का देते हुए ले जाना पड़ा था उसे। रेत में पाँव धँस जाते थे।

इतनी सारी बातें! तमाम यादें और उद्‌गार!

मैं सोचने लगी हूँ, राजेन्द्र जी ने इनका असली नाम क्यों छिपाया? मन्नू दी ने

भी उनको 'मीता' ही लिखा है। दलील यह कि उनकी बदनामी होगी! अरे, जिसने मोहब्बत में जीवन होम कर डाला, उसको बदनामी डराएगी? प्रेम करने की सजा में प्रेमी ने ही गुमनाम कर दिया या शादी न करने का दंड दिया है!

अगर मन्नू भंडारी राजेन्द्र यादव से प्रेम करती रहतीं, शादी नहीं करतीं, तो उनका नाम मन्नू की जगह कुछ और रख दिया जाता? राजेन्द्र यादव का नाम जस का तस क्यों रहा? उनको बदनामी का डर नहीं? राजेन्द्र जी की यह कायरता चरम पर है। शादीशुदा जिन्दगी ने उन्हें अपने शिकंजे में ऐसा कसा है कि सिर उठाने तक का साहस नहीं। मन्नू जी ने ब्याह रचाया, यह हिम्मत भारी से भारी हुई कि मोहब्बत हौसला हार बैठी। जिसका नाम फख्र से लेना चाहिए था, उसको छिपाकर क्या सिद्ध किया? क्या आपका दाम्पत्य उसकी प्रेम तपस्या से भयभीत होने लगा? या आपको अपनी शादी प्रेम की हिलती-डुलती कीली पर टिकी महसूस होती रही?

एक निर्भीक स्त्री को लांछन, बदनामी और तोहमतों के झूठे पर्दे के पीछे छिपाना आपके द्वारा स्थापित किए स्त्री विमर्श पर कलंक है। अपने प्रेमपत्र लौटाने का तकाजा करना, आपको किस ऊँचाई पर ले जाता है? ऐसी कुछ बातें, ऐसे ही कुछ अपमान आपके विश्वासघात बन गए जिन्हें आपने समझा ही नहीं, जिया भी। खोए हुए रास्तों पर बार-बार जाने की अदम्य आकांक्षा आखिकार भटकन बनकर रह गई।

फोन आया, राजेन्द्र जी बोले—"डाक्टरनी, आओ देखो, कौन आया है!"

उनकी मोटी मर्दानी आवाज में मिश्री घुली थी। हिन्दुस्तान अपार्टमेंट के उस घर में खील-मखाने कि ब्रजमंडल से कोई गोपिका आई है इस इन्द्रप्रस्थ में।

राजेन्द्र जी का घर खील-मखाने हो रहा है। दरो-दीवार पुलकित हैं, द्वार और झरोखे मुस्करा रहे हैं। बहुत लोग आते-जाते रहे हैं यहाँ, इस तरह अपना कोई पहली बार आया है! चिड़िया कौआ भी अपनी लय, धुन बजा रहे हैं या आज ही सुनाई दे रही है!

मीता! गोरा रंग, लम्बा कद और अंडाकार के साथ गोलाई लिये चेहरा। आँखों में तैरती मुस्कराहट। बिना आवाज वाली बोली जैसा कुछ। वे हँस तो नहीं रहीं, घर ही खिलखिला उठा है। मैं गौर से देखती हूँ कि एक स्त्री को स्त्री की तरह। साड़ी बाँधने का सलीका और उठने-बैठने का आकर्षक अन्दाज। गरिमा से दीप्त व्यक्तित्व की स्वामिनी, मीता! कन्धे तक कटे बालों वाली आधुनिका की छवि। राजेन्द्र जी ने बताया कॉलेज में प्रिंसिपल...

मैं बराबर उनको देख रही हूँ। घूरना जैसा न लगे, नजर दूसरी ओर मोड़ लेती हूँ।

यह मीता, रेणु की हीराबाई? आधी सदी से ज्यादा वक्त गुजर गया, राजेन्द्र

यादव से लगा नेह फीका नहीं पड़ा या जीया जा रहा है अपने मन का जीवन? प्रमाणित कर डाला है कि प्रेम कहानियाँ न झूठी होती हैं, न काल्पनिक। इस तरह की प्रेमकथा में टूटन-फूटन के लिए भी जगह नहीं।

किससे प्रेम किया मीता? साहित्य-जगत् के खलनायक से? पत्नी के मुजरिम से? बेटी के गुनहगार से? नहीं-नहीं, और भी इल्जाम...सती-सावित्रियों का शील भंग करनेवाले से? इस 'सेक्स मास्टर' से मोहब्बत कैसे चलती रही मीता, यहाँ के नैतिकता के पुजारी आपकी निष्ठा पर भौचक हैं। ऐसी बहुत सी बातें मीता सुनती रही हैं फिर भी मानती रही हैं कि उनको राजेन्द्र से प्रेम है। निश्छल, निष्कपट प्रेम ने मानो कुछ नहीं सुना।

बीमारी से जूझकर उठे हैं राजेन्द्र जी। लगता है, बीमारी के बाद मीता का दरस-परस उनके लिए ताकत देनेवाला टॉनिक है, नहीं तो कमजोर आवाज खनक कैसे उठती!

घर की रसोई महक उठी है, मीता अपने हाथों भोजन की व्यवस्था कर रही हैं। वे राजेन्द्र जी की पसन्द की सब्जियाँ बनाने के जतन में रोज ही रहती हैं। मेंथी-पालक चुनती हैं। आटा भी खुद ही गूँथना है, मरीज के पथ्य के लिए जरूरी जो है।

और वह गीत वे गुनगुना रही हैं—

मन रे, तू काहे न धीर धरे...
वो निरमोही मोह न जाने, जिनका मोह करे...
इतना ही उपकार समझ जितना कोई साथ निभा दे...

मेरी समझ में आ गया कि उन्होंने इतना ही साथ स्वीकार किया है जितना राजेन्द्र जी ने दिया या मीता ने माना। राजेन्द्र जी खुद लिखते हैं—

''मेरे आग्रह पर वह कलकत्ता भी आई और साथ ही ठहरी भी। सारे दिन हम लोग कलकत्ता घूमते और रात को बातें करते हुए प्रतीक्षा करते कि कौन विवाह के लिए पहल करता है। ऐसी बातों के लिए उसमें स्त्रियोचित संकोच नहीं था। आखिर बात मैंने ही उठाई। बहुत खूबसूरती से उसने जो कुछ कहा, उसका आशय यही था कि हम मित्र हैं और जिन्दगी भर हमें एक दूसरे की मित्रता की जरूरत पड़ेगी। शायद मेरे सिवा उसने इतनी गहराई से किसी को जाना भी नहीं है इसलिए यह सवाल भी बेमानी है कि कहीं कोई और उसके मन में है।''

तब? वे तो मित्र थीं, मित्र रहीं, साथ नहीं छोड़ा। यों तो कई बार उमड़ आया होगा इस प्रेमिका के दिल का हाहाकार...राजेन्द्र जी, आप ही बेवफा हो गए।

कोई ईर्ष्या-डाह...कैसे पूछा जाए इस मुस्कराते होंठोंवाली स्त्री से? मैंने मान लिया राजेन्द्र जी बेघर हो गए पत्नी के घर से, मगर प्रेमिका के दिल में बड़े आराम

से रहते हैं। मीता, अपने आसपास के लोगों में कि पढ़ते समय सहपाठियों में शेरनी का दर्जा पाए रहीं। दबंग और दुस्साहसी, बेबाक ऐसी कि छल-कपट दूर-दूर भागें। राजेन्द्र यादव के प्रेमपाश की बुलबुल बनी रहीं। आज भी अपनी मोहब्बत की आजादी को बचाए हुए। राजेन्द्र जी बड़े लेखक तो मीता बड़े कॉलेज की प्रिंसिपल, एक दूसरे को लूटने-खाने के लिए साथ-साथ यात्राओं पर नहीं निकलते थे। शक-शुबहों से दामन छुड़ाकर 'अपना केवल प्यार' ही बचाने के उपक्रम थे।

मेरी निगाह में 'समकालीन साहित्य समाचार' में छपा मन्नू भंडारी का साक्षात्कार आ गया। वे कहती हैं—"राजेन्द्र ने अलग होकर मीता से शादी क्यों नहीं कर ली?" यह कैसा क्षुब्ध शहीदाना जुमला फेंका है मन्नू दी ने! किसी की जीवन भर की बनाई प्रेम तस्वीर पर गन्दे धब्बे की तरह पड़ा यह वाक्य। जीवन की सन्ध्या और शादी जैसा क्रूर मजाक! कैसे पूछा जाए कि राजेन्द्र यादव ने तलाक लिया या नहीं?

मुझे ही नहीं पढ़ना चाहिए था यह साक्षात्कार क्योंकि मैं मीता की सादगी और सहिष्णुता भरी गरिमा में डूबी थी। एक प्रेम सरोवर राजेन्द्र जी के घर लहराया था और उस सरोवर में प्यार का जीवित पंछी अपनी प्यास बुझाता था, यह लालन-पालन किसके बस का होगा? होंगी राधा, मीरा भी होंगी और मोहब्बत के मन्दिर में लैला, हीरा और सोहनी भी एकतारा बजाती हैं, लेकिन राजेन्द्र जी की मीता का प्रणयगीत आज हम लिख रहे हैं और आशा करते हैं, उनके प्यार की दास्तान की वजह से मेरी किताब जिन्दा रहेगी। कहते हैं न 'न हन्यते हन्यमाने शरीरे'—प्यार आत्मा की तरह कभी मरता नहीं।

आपके इस प्रेम में कितना सेक्स था, कितनी मोहब्बत और यह सब कब था, कब नहीं, इसके ब्योरे तो आप ही जानें! हम तो इतना ही जान पाए हैं कि अपनी इस प्रेम-कहानी को पूरी करते हुए आप दोनों काँटों की सेज पर सोए हैं। कोई नहीं समझ पाया कि तन-मन को मिलन की इतनी ही लालसा रहती होगी, जितनी कि मछली को पानी की रहती है, जितनी कि फूल को हवा की रहती है, जितनी कि आँखों को दरसन की रहती है। लेकिन इस सबके बिना भी जिन्दा रहना केवल उस मोहब्बत भरी जिन्दगी का ही साहस है जो आपने और आपकी मीता ने जी है।

एक जगह की बात है, सम्भवत: मुम्बई के कल्याण की, जहाँ एक कॉलेज में मन्नू जी पर लेख पढ़ा जा रहा था या जहाँ कहीं भी पर्चे पढ़े जाते हैं वहाँ अक्सर यह सुनने को मिल जाता है कि राजेन्द्र यादव ने अपनी दुष्टता और लम्पटता के चलते मन्नू जी को छला है। लेखन को क्षति पहुँचाई है, उनकी थीम चुराई है, नहीं तो आज मन्नू जी साहित्य को कितना कुछ दे चुकी होतीं! बेशक, हम भी यह मानते हैं कि निरन्तर लेखन करता हुआ रचनाकार समाज को समय के बदलाव के साथ

साहित्य के बदलाव को चित्रित करता जाता है। मन्नू जी भी आवाज बुलन्द करती हुई अपनी रचना साहित्य को अर्पित करतीं।

लेकिन मन्नू जी का काम राजेन्द्र यादव ने रोका, उनके लेखन में अड़ंगा लगाए, ये सब बेकार की बातें हैं। कोई किसी को नहीं रोक सकता। रोकेगा तो कब तक रोकेगा और फिर मन्नू भंडारी इतनी निरीह, मासूम और नादान नहीं हैं कि रुक जाएँ। उन्होंने अपने रसूखवाले पिता से विद्रोह किया है जिनके मुकाबले राजेन्द्र यादव किस खेत की मूली हैं! और फिर जो मैंने देखा है, राजेन्द्र जी को तो सम्पर्क में आया आदमी बिना लेखन किए सुहाता नहीं। दफ्तर में वीना, दुर्गा और किशन भी लेखक हो जाएँ तो उनका मन और कार्यालय खिल उठें।

मन्नू जी के लिए तो राजेन्द्र जी के लिखे सम्पादकीय गवाही देते हैं कि किसी न किसी बहाने वे मन्नू भंडारी का जिक्र ले ही आते हैं। यह बात सारे पाठक जानते हैं, निहितार्थ न समझ पाते हों, यह दीगर बात है।

अब किसने किसको छला?

पति-पत्नी का रिश्ता सीधा-सादा चले तो इससे आसान कोई राह नहीं और अगर कुछ उलझ जाए तो दाम्पत्य लड़खड़ाने लगता है। धोखेबाजियों के हाथ और छल-प्रपंचों के जाल में यहाँ कौन आया कौन नहीं, इसका फैसला इकतरफा नहीं होना चाहिए। क्या मीता इस प्रपंच की शिकार नहीं हुईं? उन्हें अपने नाम तक से बेदखल कर दी यादव दम्पती ने। कौन है मीता? कैसी है मीता? कितनी मीताएँ हैं शामिल? आप कल्पना करते रहिए, मीता को असली नाम पर गुमशुदा ही पाएँगे। पाठक भी ठगा-सा रह जाता है और मीता भी क्या आश्वस्त होती होगी?

बेशक, विवाह प्रेमी-प्रेमिकाओं को अपने वजूद से बेदखल करके ही मानता है। प्रेमियों के अस्तित्व का खात्मा यहीं होता है। हवनकुंड की आग में स्मृतियों को जलाने का नियम है। इसलिए ही तो वैवाहिक प्रेम की जिन्दगी को सुरक्षित मान लिया गया है। इसी प्रकार के प्रेम को साधते रहना विवाह की आदर्श स्थिति है। सवाल उठता है कि साधने की जरूरत क्यों पड़ती है? क्या वैवाहिक प्रेम में अपना बल नहीं होता कि उसे तमाम व्रत-उपवासों, सुहागिक गहनों और माँग सिन्दूर और माथे की बिन्दियों के रूप में पताका-सा फहराते रहना होता है।

...मगर यह प्रेम होता है, हम नहीं मानते क्योंकि जहाँ स्त्री-पुरुष को साथ रहकर सेक्स करने और बच्चा पैदा करने की सामाजिक अनुमति मिलती है, वहाँ प्यार की तड़प का क्या मतलब?

राजेन्द्र जी, सोचना तो यह भी लाजिमी है कि आप विवाह की ओर बढ़ लिये, लेकिन मोहब्बत की तलब से छुटकारा नहीं पा सके। मीटा छूट गई लेकिन प्यार ने आपका पीछा नहीं छोड़ा क्योंकि वह आपकी अनुभूत भावना थी। इसी भावना

की खोज में कभी आप भरे-पूरे हुए तो कभी आप लुट-पिटकर बेघर हो गए। कभी प्रेम के शहंशाह तो कभी गृहस्थ से धक्के खाते फकीर। ऐसे में ही जब कभी किसी स्त्री ने आपकी डगमगाती कश्ती की पतवार थाम ली तो आप किनारों की आस में बह उठे।

आप मानने लगे कि आप शादी के लिए नहीं बने थे। शादी का फैसला आपको ता-जिन्दगी चिढ़ाता रहा। क्या यहाँ हम यह न मान लें कि प्रेम की पहचान में आप चूक गए या विवाह और प्रेम के मामले में आप कनफ्यूज्ड रहे। कितने बुद्धिशील और तर्कवादी आप थे, स्त्री के मामले में आपकी समझदारी पर प्रश्नचिह्न लगते रहेंगे। किसी स्त्री ने आपकी प्रतिभा का लोहा माना और आपको वर के रूप में चुना, यह कैसा तालमेल है? पत्नी का अधिकार लेकर अपनी लेखकीय आकांक्षाओं को आसान गति देने के लिए राजमार्ग खोज लिया। बहुत खूब, उनका सोचा-समझा सब कुछ हुआ, आप ही सद्गृहस्थ नहीं बन पाए। पिता बने पर पिता के कर्तव्य क्या होते हैं, कंठस्थ नहीं किए। आप प्रेमी कदापि नहीं थे यहाँ, पति थे, याद क्यों नहीं रहा?

वैसे यह तो होता आया है सो आपके मामले में भी हुआ कि पाणिग्रहण संस्कार के बाद पति-पत्नी के बीच लाख छल-छद्मों का दौर चले, पत्नी घाटे में नहीं रहती। वह हक रखती है अपने कैसे भी व्यवहार-बर्ताव का, मोह का या क्रूरता का, इंसाफ का या नाइंसाफी का, वह बदनाम नहीं होती क्योंकि वह धर्मपत्नी होती है। क्योंकि उसके पास सारे हकों और गरिमामय जीवन के लिए वैवाहिक सनद के रूप में अचूक ताबीज होता है जिसे मंगलसूत्र या सुहाग कहते हैं।

मगर प्रेमिका? प्रभा खेतान की आत्मकथा यही तो कहती है कि मंगलसूत्र की महिमा युगो-युगों से है...

फिर क्यों प्रेम करती हैं स्त्रियाँ? प्रेम के बिना जिन्हें जीवन सूना लगता है, वे ऐसी ही योद्धा होती हैं जैसे एक वीर आदमी का युद्ध के मैदान में जाए बिना दिल नहीं मानता।

बहरहाल, इसमें कोई सन्देह नहीं कि मन्नू भंडारी का नाम ख्यात लेखिका के लिए तो रहेगा ही लेकिन राजेन्द्र यादव की पत्नी के रूप में भी अमर रहेगा, ऐसे ही जैसे कि पत्नी का रहता है। मीता को कितने लोग जान पाएँगे? कितने लोगों को पता चलेगा कि मीता ने ही स्त्री की स्वतंत्रता का सूत्र राजेन्द्र यादव को पकड़ाया था?

मैं यह दावा करती हूँ कि राजेन्द्र यादव नाम का व्यक्ति, जिसे आप महान लेखक और चिन्तक और अद्भुत विचारक मान रहे हैं, वह आजीवन मीता की जैसी मोहब्बत के लिए तरसता और तड़पता रहा। यहाँ न कोई छल था, न छद्म

था, न धोखेबाजी का खेल, सब कुछ मोहब्बत के रसायन में घुला हुआ और ईमानदार पछतावे।

मीता! आपके पास आज भी वह साड़ी जरूर होगी जो बिहार से आई खास मधुबनी चित्रकारी में सज्जित थी। मेरे सामने वह दृश्य ज्यों का त्यों है कि राजेन्द्र जी की तीमारदारी के बाद विदा वेला आती जा रही थी। मगर मनुहार थे कि नित नए ताजा। 'ठहर जाओ कुछ दिन और।'

'अभी न जाओ छोड़कर...' किसी ने गाया नहीं, लेकिन हर कोने से पुकार...

हम लोग मयूर विहार के हिन्दुस्तान अपार्टमेंट के फ्लैट के ड्राइंगरूम में सोफे पर बैठे थे। राजेन्द्र जी सामनेवाले सोफे पर ऐन मीता के सामने...दृश्य था कि मुग्ध समय!!

सुनहरे रेशम की साड़ी पर मधुबनी कलाकारी। राजेन्द्र जी को मीता के लिए यही साड़ी पसन्द आई।

उनकी गोद में धर दी वह सौगात।

हमें लगा वे अपनी प्रीति का दुशाला ओढ़ा रहे हैं। मीता की अपनी मोहब्बत की चादर के ऊपर जिस पर दूजा रंग चढ़ा ही नहीं।

साड़ी, साड़ी नहीं थी, मोहब्बत का परचम थी। राजेन्द्र जी का बीमार चेहरा अपनी रंगत में पीला-पीला नहीं था। प्रेम ही प्रेम था जिसके हम चश्मदीद गवाह बने। न जाने कितनी अधूरी इच्छाओं और दमन से बनी लौह कड़ियाँ टूटती चली जा रही थीं। वे चुपचाप बैठी थीं और मेरा दिल भर आया। राजेन्द्र जी उन्हें निहार रहे थे कि अब न जाने कब मिलें...

पूरे बीस दिन का साथ रहा, एक अरसा जैसा गुलजार दिन और तारों भरी रातें!

प्यार की अपनी माँग, अपनी जिद, घर ने आजादी दे दी।

जिन्दगी का बड़ा हिस्सा है विछोह, मोहब्बत ने समय का हिसाब माँग लिया।

अलग होना था, अलग हो गए।

दूर जाना था, दूर चले गए मगर मन गुँथा रह गया आपस में। वियोग की एक न चली। राजेन्द्र जी मीता का गीत गाते रहे...

हमें मालूम है उनका पता

जबर्दस्त प्रतिवाद हुआ और राजेन्द्र यादव फूले नहीं समा रहे थे।

''मैत्रेयी जी, जब आपके कहे या लिखे का चारों ओर से विरोध हो, विध्वंसक टिप्पणियाँ हों, समझो तुमने बहती धारा का रुख मोड़ दिया है। चली आ रही परम्परा को तोड़-फोड़ के हवाले कर डाला है। अब ऐसा कुछ करने का इरादा है जिसकी लोगों को उम्मीद न हो।''

मैंने ध्यानपूर्वक सुनी उनकी बात और आगे कुछ कहें, ऐसे देखने लगी।

''मैंने तुम्हें तुम्हारे जन्मदिन पर अपनी एक किताब भेंट की थी—'आदमी की निगाह में औरत', याद है न?''

''जी, राजेन्द्र जी।'' मैंने कृतकृत्य जैसी अवस्था में सिर हिलाया।

'' 'ओ की कहानी' शीर्षक से मैंने जो कुछ लिखा है, वह पढ़ा?''

''जी, पढ़ लिया।''

''क्या लगा तुम्हें?''

मैं चुप।

''अरे यार, क्या भारतीय नारी की आदर्श स्थिति ऐसी ही नहीं है? वह ऐसी मर्मान्तक कहानी है कि इसके लेखक या लेखिका की शिनाख्त करना मुश्किल हो गया। मुझे लगता है यह जरूर किसी महिला ने लिखी है।

''चलो छोड़ो, किसने लिखी है, ऐसी कहानियाँ हमारे यहाँ कागज पर नहीं, शरीरों पर लिखी जाती हैं। इस पर मेरी राय हाँ में है। स्त्री आतंक में जीती है, जिसे हम पिता की रक्षा, पति का संरक्षण और पुत्र का भरण-पोषण कहते हैं, इसी रूप में देखने के अभ्यस्त रहते हैं। हमेशा अनकहा आतंक स्त्री के ऊपर मँडराता रहता है जैसे पत्नी सेक्स या रोजमर्रा की जिन्दगी के दरमियान पति की जितनी दहशत मानती हुई कामों में प्रवृत्त रहती है, वह उतनी ही अच्छी पत्नी मानी जाती है। यहाँ तक कि पति द्वारा मारपीट को भी पति का प्यार और अपनापन मानती है और सेवा

में लीन हो जाती है। सेवाश्रम और सेक्स को समर्पित श्रेष्ठ कुलवधुओं की कहानी यही है। यातनाओं की दीक्षाओं में उतारकर ही उन्हें अपनाया जाता है। वे अपने मालिकों को निरन्तर प्यार करती रहती हैं और उनकी खुशियों के लिए कैसा भी त्याग-बलिदान करने के लिए तत्पर पाई जाती हैं। वे 'सचमुच' सुलक्षणी दुल्हनें होती हैं जिनके ऐसे कितने ही संरक्षक मिल जाएँगे जो बहन-बेटियों के रूप में औरतों का मवेशियों की तरह व्यापार करते हैं। औरतें फिर भी उनको पिता, भाई और पति मानकर अटूट प्यार करती जाती हैं।

"'ओ' की कहानी औरत के प्यार की कहानी ही तो है। इस कहानी में उसे यातना से मुक्त करो, बन्धनों से स्वतंत्र करो, इसके लिए वह तैयार नहीं होती। मुश्किल यह है कि उसका प्यार उस पर इतना हावी रहता है कि वह यंत्रणाओं का विरोध भी नहीं कर पाती। तमगा पहनाया जाता है—औरत तो अपने आपमें प्यार का रूप है। ममता का सागर है। मगर इसी रूप और सागर में जिन्दगी भर घुसपैठ जारी रहती है।"

"राजेन्द्र जी!"

"हाँ, पूछो मुझसे कि प्रचलित रूप में स्त्री की प्रेम-छवि को क्या सचमुच ही आप पसन्द नहीं करते? इतने दिनों से नहीं, युगों-युगों से मानी जानेवाली पवित्र परम्पराएँ आपको खटकती क्यों हैं कि आप विरोध में उठ खड़े होते हैं? तुम क्या, सारे लोग यही पूछ रहे हैं, मुझसे..."

"हाँ, मुझे बहुत खटकती हैं ये बातें जो भारतीय लड़कियों और औरतों की इस आकांक्षा को विस्तार देती हैं कि उन्हें मर्द के रूप में शासन करनेवाला पति चाहिए। यह गुलामी की प्रवृत्ति से जन्मा उनका विचार उनको स्वावलम्बी बनने से रोकता है।"

"राजेन्द्र जी, औरत जब नाक में नथुनी पहनती है तो मुझे भी उसे नाथे जाने का अहसास होता है अब। वह गहनों के जरिए गुलामी का आनन्द ले रही होती है। यह क्या किसी युवती की दमकती-चमकती यातना नहीं? स्वतंत्रता की चेतना को चमकीले आवरण में लपेटकर एक कोने में सरकाती हुई।"

"हाँ, चेतना का इस तरह खत्म होते चले जाना ही तो स्त्री की जिन्दगी को भयावह रूप से अश्लील बनाता है। ये परतें उखाड़कर देखने की जरूरत है मैत्रेयी।"

"आपका 'स्त्री विमर्श' क्या है राजेन्द्र जी, एक विस्फोटक, बम्बार्डमेंट जैसा। तभी तो आपके पास आने से लोग मुझे डराते हैं। आप घर के ही नहीं, समाज के गुनहगार हैं और इसलिए ही आपको जो गृह-निष्कासन मिला, वह लोगों को अखरा नहीं। यहाँ तक कि आपका अपंग होना भी किसी की अपने पक्ष में करुणा नहीं जुटा पाया। बैसाखी के साथ चलना आपकी अपाहिज लाचारी नहीं लगी। स्त्री को जीवन के लिए विध्वंसक डाइनामाइट खोजकर देने की कामना में आपने

लगभग सबकी हमदर्दी खो डाली। अब हंटर औरत पर नहीं, आप पर बरसाए जाने लगे क्योंकि आप खुले शब्दों में सेक्स की भी वकालत करते नजर आए—स्त्री का शरीर उसका अपना शरीर है, चुनाव भी उसी का होना चाहिए कि वह किसको अपनी देह सौंपे। कोई दूसरा उसके लिए फैसला लेनेवाला क्यों हो?''

आप वात्स्यायन नहीं थे राजेन्द्र यादव और न यहाँ की स्त्रियाँ सिमॉन द बउआर के पदचिह्नों पर चलनेवाली। कहें कुछ भी ये पढ़ी-लिखी महिलाएँ, कर्म के स्तर पर आते ही दहशत में छुप जाती हैं। और मालिक के 'सेक्स-सेक्स' को 'प्यार-प्यार' गाती-गुनगुनाती हैं।

मगर बहुत खूब राजेन्द्र यादव!

कि अपना अपंग की तरह चलना-फिरना और धीमी चाल को नजर न आने देना, आँखों की पुतलियों की बेतरतीबी को काले चश्मे का रुतबा दे देना और बेधड़क पाइप पीना, जैसे अपनी सारी कमजोरियों को अपूर्व शक्तियों में बदल डाला। स्त्री विमर्श की नई परम्परा व्यापक चर्चा का विषय बनी। कहा जा सकता है, अब तक की इस विचित्र सी दुनिया को मूर्तिमान करनेवाले राजेन्द्र यादव के साहित्यिक विमर्श ने देश की विभिन्न भाषा की पत्र-पत्रिकाओं में हंगामा मचा दिया। लोग सोचते रह गए कि ऐसा कुछ केवल फ्रेंच या अंग्रेजी में होता है, यह भ्रम खंड-खंड हो गया। आपके ही शब्दों को अपने शब्दों में कहूँ तो—''राजेन्द्र यादव बार-बार विचार और लेखन की दुनिया में जन्म लेगा। गुलामी की विभिन्न कहानियों में विस्फोटक विमर्श रखने के लिए!''

मैंने सुना है, तीन साथियों—मोहन राकेश, कमलेश्वर और राजेन्द्र यादव में अगर आगे-पीछे की गणना होती तो राजेन्द्र जी तीसरे नम्बर पर आते हैं, साहित्यिक उत्कृष्टता में। बहुत लोग उनको अपनी पत्नी मन्नू भंडारी से पीछे आँकते हैं। इसमें आपत्ति भी क्या है? रैंक देना न देना लोगों के अपने नजरिए पर निर्भर होता है।

लेकिन स्त्री विमर्श, दलित विमर्श जैसे सरोकार उनकी अडिग और अविचल ईमानदारी के लिए हमें राजेन्द्र यादव को महान नैतिकबोध सम्पन्न लेखक और विचारक मानने के लिए मजबूर करते रहेंगे। गुलामी के जीवन को जीनेवालों के सीने की आग को किसने सुलगाया और धधकाया? आडम्बरों और पाखंडों के खिलाफ अपने सम्पादकीय लिखनेवाला कोई राजेन्द्र यादव मिले, आज खोज क्यों जारी है? मुझे वे दिन याद आते हैं जब राजेन्द्र जी मंच पर होते और हम श्रोताओं के बीच उनके सामने। वे गम्भीरता के साथ ऐसे अर्थपूर्ण बिन्दुओं की खोज करते हुए विस्तार से व्याख्यायित करते कि हम उनके उस रूप को याद करते जो हमें बात-बात पर हँसने के लिए मजबूर कर देता है। क्या ये वही राजेन्द्र यादव हैं!

''साहित्य और समाज की सबसे बदनाम, बहिष्कृत और गुमराह औरतें वे हैं जो अपने शरीर और मन को अपने पतियों, स्वामियों या अभिभावकों तक ही सीमित नहीं रख पाईं। यानी शरीर की माँग ने जिनके भीतर एक स्वतंत्र इच्छाशक्ति जगा दी। उनको गुपचुप या सार्वजनिक रूप से सजा देने को हर समाज ने जायज माना। जहाँ वे अपने स्वामियों या अभिभावकों की ऐसी सजाओं से किसी कारण बच निकलीं, वहाँ वे भयानक ऐयार, तेज, षड्यंत्रकारिणी मानी गईं।''

सच राजेन्द्र जी सच, हम अपने मर्यादावान श्रेष्ठ घरों की तलाश में निकले तो आपकी बात की शिनाख्त होती चली गई। अपने प्रति अन्याय से उपजी प्रतिहिंसा से परिचालित मेरे गाँव की कई औरतों ने गृहस्थों का नाश किया था। वे आज तक कुटनियाँ, चुड़ैल और हत्यारियों के खिताब पाए हुई हैं। लेकिन ऐसा भी तो है कि वे नायिकाओं की तरह गाँव के इतिहास में जीवित रहती हैं, वरन् मेरे उपन्यास उनकी आजादी की गवाही क्यों होते?

हम स्वतंत्र निर्णय लेने के खरे प्रशिक्षण से गुजर रहे थे और लगातार ऐसी ही गतिशील नारियों से सम्पर्क साध रहे थे जो स्वतंत्र निर्णय लेने की अपराधिनी बनीं और हमें उनकी छायामात्र से दूर रहने की हिदायत थी। हम खतरों से खेल गए क्योंकि आपका उद्‌बोधन बराबर जारी था। मैंने अपने गाँव के लोकगीतों की बदनाम नायिका 'चन्दना' को चुन लिया, साहित्य में उतारने के लिए जिसको प्यार करने के अपराध में मृत्युदंड पति के हाथों मिलता है। इस मौत की सजा का गीत विवाहिताओं के बीच मुनादी की तरह गाया जाता है जिससे स्वतंत्रचेता स्त्री दहशत में आ जाती है। हमारी नई चेतना यहीं जाग्रत् होती है, राजेन्द्र जी और उपन्यास की नायिका सारंग इस मृत्युगीत को गानेवाली हमारी दादी-नानियों को बीच में ही टोककर रोक देती है—'दादी, इस गीत का अन्त बदल दो। यानी कि प्यार हमारा जन्मसिद्ध अधिकार है, इस पर सजा देना पुरुष सत्ता का अपराध माना जाएगा। इस अपराध को हमारे जीवन में रत्ती भर जगह नहीं...'

आप सही कहते हैं—''सारंग की यह हिम्मत व्यवस्थित समाज के लिए खतरा है। मगर मानवीय गरिमा या 'अपराधबोधहीन' औरत की भरपूर झलक देती है सारंग नैनी।''

नया यह हो रहा था कि स्त्री विमर्श ने स्त्रियों का खुला आह्वान किया। और इसे चारों ओर राजेन्द्र यादव की पुकार माना जाने लगा। हम मजाक में कहते—स्त्री विमर्श न हो गया कृष्ण की बाँसुरी हो गई! राजेन्द्र जी यह सुनकर मानो अपना खून बढ़ा लेते हों।

इसमें शक भी नहीं कि अब तक चला आ रहा दुहराव, बासीपन और एकरसता का घेरा टूट रहा था क्योंकि कुछ आत्मकथाएँ भी आने लगीं यानी उस दुनिया का खुलासा जो अभी तक औरतों के भीतर बन्द तहखानों में सिमटी पड़ी थीं। ताज्जुब भी कम न रहा कि लेखिकाएँ 'तेरी मेरी उसकी कहानी' को सिर्फ 'उसकी कहानी' बनाकर लिखें मगर जब अपनी कहानी की बात आए तो सारे साहस और बेबाकी धरे रह जाएँ। इज्जत के रेशमी दुशाले अपने ऊपर ओढ़ लिये जाएँ।

राजेन्द्र जी कह रहे थे—"अनेक बार दोहराई गई बात को फिर से कहने का जोखिम उठाते हुए मैं कहना चाहता हूँ कि रीतिकालीन सड़ायँध को दरकिनार करते हुए जिस तरह सन्त साहित्य में दलितों और स्त्रियों के लेखन में नई ऊर्जा, तेवर और लगभग सांस्कृतिक क्रान्ति के दर्शन हुए थे, ठीक वही युग वापस लौट रहा है, हिन्दी के अपने भीतर और बाहर छनकर हिन्दी में!"

जो स्त्री इस तरह का लिखने का सामर्थ्य रखती, उसका राजेन्द्र जी खास खयाल रखते। बहस और बात करने के लिए उत्सुक रहते। जब हम उनके सामने ऐसे विचार रखते जो नैतिक मूल्य-मान्यताओं में दरार पैदा करें तो उनको यह बिन्दु पकड़ में आ जाता और पूछने लगते कि जवाब दो—'हमारे अब तक के दिए हुए सांस्कृतिक सम्मान से तुमको शिकायत क्या है कि अपनी बात को अपनी जुबान से कहने की जिद ठाने हुए हो?'

वे हमें चिढ़ाते—'दहेजदहन, हत्याएँ, आत्महत्याएँ, वेश्यावृत्ति, बलात्कार या सती-वती जैसी बातें तो हमेशा से होती रही हैं, इनसे हमारी उनके प्रति श्रद्धा सम्मान या 'जय माता दी' की भावना का क्या लेना-देना? मत भूलो कि तुम घर की शोभा और इज्जत हो। धरती की तरह तुम्हारा शील, धैर्य और सहिष्णुता ही है कि दुनिया भर में भारतीय नारी की पूजा होती है।'

राजेन्द्र यादव उपरोक्त को सोचनेवाले कहाँ थे! वे तो स्त्री को अपने फैसले लेने के लिए ललकारते रहे।

वह भी तो अपना फैसला लेकर आई थी!

उस एक फैसले ने स्त्री की दुनिया के सारे पर्दे उखाड़ दिए कि खुद-ब-खुद हटाती चली गई वह लाज-लिहाज की चिलमनें?

आपने क्या समझा औरत की दुनिया को? भोली-भाली और सिर झुकाकर सहनेवाली? आपका बिगुल अपने स्वर में जो गूँजा, उसी का असर हुआ शायद कि उसने अपना मुकदमा आपकी पत्नी के कोर्ट में लगा दिया। लगाव, झुकाव या हमदर्दी आप यह गाढ़ा रिश्ता तो बनाते थे, लेकिन औरत के वजूद की नजरअन्दाजी

भी अपने आपमें संगीन अपराध है। वंचना अन्याय है और यह सब कौन कर रहा है, यह भी अपने आपमें काबिलेगौर है।

वह मोहब्बत की तस्वीर... ओ की कहानी की नायिका की तरह प्रेम कर रही थी आपको, यह आप कहाँ चाहते थे? इसलिए वह 'ओ' नहीं बनी। वह वैसी ही तो थी जैसी स्त्री होने का आप डंका पीट रहे थे। इसलिए ही आप उसके हमदर्द हुए, उसकी परेशानियों पर पशेमान हुए। उसके साहस को शाबाशी दी और उसे गले से लगाया। यहाँ तक कि आपने उसको अपने ऊपर अधिकार बख्श दिया, बस इसलिए कि वह इस नए धरातल पर थी कि—मेरा शरीर मेरा है, मैं इसका अपनी इच्छा से इस्तेमाल करूँगी। कोई पति या परिवारीजन मुझे आदेश नहीं दे सकता, राय नहीं लाद सकता।

आपके लिए सोने में सुहागा! आज की युवती का ऐसा गजब संकल्प कि किताबों में उतरी इबारत को देह पर उतार लिया। राजेन्द्र यादव की नई सोच को व्यावहारिक बना दिया। आप अहसानमन्द हुए कि निछावर होते चले गए उस यौन-क्रान्ति की सम्राज्ञी पर। वह आपको शारीरिक और मानसिक सुख दे रही थी तब आप हिन्दुस्तान की परम्परावादी दकियानूसी दुनिया को छोड़ अपने बनाए संसार में विचरण करने लगे थे। उस नई नायिका को जन्म देनेवाले आप उसके इशारों पर चलने में सौभाग्य मान रहे थे। उसको छूने की कीमत पर आपका आगामी सर्ग लिखा जा रहा था। वह ओ की कहानी की गुलामी को खंड-खंड कर रही थी कि भारतीय पत्नियाँ अपने मिजाज में दया, करुणा का सागर ही नहीं होतीं, पतिपरायणा ही नहीं होतीं, उनको सामाजिक इज्जत का खयाल हर समय नहीं सताता। निश्चित ही आप ऐसे समय में एक गम्भीर वैज्ञानिक की तरह अपने इस प्रयोग में डूबे हुए थे। और आप ऐसे उच्छृंखल पुरुष नहीं थे जिनके लिए कोई संगीन सजा तामील हो। आप न तो वेश्या-गमन कर रहे थे और न ही आपने कोई रखैल रख छोड़ी थी। फिर भी आप सद्गृहस्थ की उपाधि नहीं लेना चाहते थे।

आप बार-बार नैना साहनी की दुहाई दे रहे थे, आप देवराला की रूप कुँवर के सती होने को हत्या लिख रहे थे, आप जहर से मारी गई स्त्रियों के लिए शोक-सभाएँ करते जा रहे थे। यह आतंक औरत को काबू में रखने के लिए है, आप सम्पादकीय लिख रहे थे।

आपकी मनचाही औरत पास आई कि आप भूल गए कि पति कैसे हुआ करते हैं, कि आप कैसे पति हैं? कि आपने विवाह किया है, कि आपने वैवाहिक जिम्मेदारी कितनी निभाई? पिता होने का दायित्व क्या हुआ? सच में आपके लिए ये जिम्मेदारियाँ बन्धन रहीं। जरूरी नहीं कि बन्धन में रहकर बँधा हुआ रहा जाए।

मगर मुक्त स्त्री!

देखिए, अपनी पत्नी नाराज हो तो कलह करती है, लेकिन मुक्त स्त्री बिफर पड़ी तो कोलाहल मचा डाला।

जैसा कि मन्नू भंडारी की आत्मकथा में लिखा है, आपकी पत्नी भी ऐसी पतिव्रता नहीं थी कि पति व्यभिचारी है तो इस मामले को सड़क पर लाकर पूज्य मूर्ति को खंडित न किया जाए। बेशक, उनके सामने कितने ही पति परस्त्री-गमन को पुरानी मान्यता के रूप में लेते हुए सेक्स-सेक्स खेलते रहे। मन्नू जी ने अपने लेख 'कितने कमलेश्वर' के जरिए 'तहलका' पत्रिका में इसका ब्योरा दिया है। राजेन्द्र यादव भी अपनी प्रतिष्ठा के दम पर मनमानी कर रहे हैं, स्त्री मुक्ति का नाम लेकर। शानदार पतियों की पत्नियाँ उनको लम्पट कहने का हक खो चुकी होती हैं। 'मैं चुप रहूँगी' घर की गरिमा का रक्षक वाक्य है।

यौन शुचिता अब नए मुहावरे में कि स्त्री ने अपनी सहमति से सम्बन्ध बनाया है तो पुरुष लम्पट कैसे हुआ?

मैंने सोचा—

'मर्द बलात्कार तो कर सकता है, सम्बन्ध नहीं बना सकता क्योंकि सम्बन्ध का ताल्लुक आपसी सहमति से होता है।'

राजेन्द्र यादव तो बलात्कार भी नहीं कर सकते क्योंकि वे अपाहिज हैं जो बिना बैसाखी के खड़े तक नहीं हो सकते। यदि स्त्री नजदीकी सम्पर्क नहीं चाहती थी तो राजेन्द्र जी अपनी जिद में उसका सामना कतई नहीं कर सकते थे। सहमति से बने संसर्ग में आपत्ति किस बात की? यहाँ तो शादी के झाँसे की भी बात नहीं आती क्योंकि औरत शादीशुदा बताई जा रही है।

बड़ी मुश्किल, सम्बन्ध उन दोनों का बना और शर्मसार एक गरिमामयी स्त्री हुई! तब क्या अर्द्धांगिनी का नाम अपनी सार्थकता में जिन्दा है? नहीं तो राजेन्द्र यादव की पत्नी की ऐसी बेबसी क्यों? ऐसी त्रासदी ही तो भद्र महिलाओं को अवसाद की शिकार बना देती है या फिर धीरज की खोज में भटकनेवाली आत्मा हो जाती हैं वे।

''राजेन्द्र जी,'' बोलकर मैंने खुद को उनके सामने दृढ़ किया था। कुछ कहना और जरूर कहना अपना फर्ज माना था। जो कुछ मेरी समझ में आ रहा था, उसे उनके 'स्त्री विमर्श' में शामिल कर देने की मंशा थी मेरी।

—(राजेन्द्र यादव) माना कि औरत की मुक्ति का समय है क्योंकि सन् 1947 की आजादी को भारतीय स्त्रियों की आजादी नहीं माना है। बेशक, अपना गणतंत्र बना और हमें नागरिकता हासिल हुई लेकिन भारतीय परिवारों में कैद स्त्रियों के लिए क्या बदला, यह सोचने का विषय है। वोट देने का अधिकार विदेशी महिलाओं की तुलना में हमें बड़ी आसानी से मिल गया मगर वोट का व्यवहार अभी तक हाथ में नहीं आया। सब कुछ जाननेवाली औरत को परिवारीजन नासमझ और बेवकूफ

जैसी प्रतिक्रियाओं से गुजारते रहते हैं तो यह बेमकसद नहीं। इक्कीसवीं सदी में भी औरतें अपनी नागरिकता को प्राप्त करने में सशक्त दिखाई नहीं देतीं क्योंकि उनको अपने ही लोगों से संघर्ष करना है। यह संघर्ष उस स्वतंत्रता संग्राम से ज्यादा पेचीदा है जो अंग्रेजों के खिलाफ लड़ा गया था।

आप इस स्त्री मुक्ति पर कुछ सोचते हैं या नहीं? स्त्री मुक्ति केवल देह मुक्ति है, ऐसा हरगिज नहीं है। हाँ, देहमुक्ति उस आजादी का एक पहलू जरूर है।

आप जो बोलते हैं, जो लिखते हैं उसका प्रभाव सकारात्मक है कि हम मानते हैं, यह सोलह आने सच है कि 'औरत जब तक अपने शरीर के लिए दूसरों के फैसलों की मोहताज रहेगी, स्वतंत्रता से कोसों दूर रहेगी।'

इस दैहिक सम्बन्ध को या स्त्री के दैहिक चुनाव को समाज में उसके प्रेम से जोड़कर देखा जाता है। क्या आप भी नहीं मान रहे थे कि आपको समर्पित होनेवाली हसीना आपको चाहती थी, प्रेम करती थी। आप यह भी मानने के लिए तैयार नहीं थे कि औरत भी अपने पाँसे चलती है कि वह आपको एक मनचाहा मर्द नहीं चुन रही थी, 'हंस' सम्पादक मानकर अपना भविष्य बुन रही थी। अब यह कौन कहे कि आप भी सेक्स के लोलुप मर्दों की तरह उसे मेनका का निश्छल और स्वतंत्र प्यार मानते हुए आगे बढ़ते रहे और उसके बाद मुझसे पूछते रहे कि उस रम्भा ने आप पर रीझने की वजह क्या देखी? तब तो मैं कुछ कह नहीं पाई थी क्योंकि मेरी जानकारी कुछ नहीं थी और आपके सामने दो-टूक कहने की हिम्मत नहीं थी।

राजेन्द्र जी, आप बहुत कुछ जानते हैं, विद्वान हैं, परखना भी आता है, ऐसा मैं मानती हूँ लेकिन मैं जो कहना चाह रही हूँ, मेरे खयाल में वह भी गलत नहीं है।

प्रेम के नाम पर सेक्स क्यों किया जाता है?

समाज में सेक्स के लिए विवाह संस्था का प्रावधान फिर क्यों है?

प्रेम के लिए बन्धन तब तक नहीं होता जब तक कि वहाँ सेक्स की आशंका न हो।

हमारे समाज में अविवाहित या परकीया सेक्स पर निषेध है।

प्रेम सेक्स के बिना पूरा नहीं होता, ज्यादातर लोग यही मानते हैं और इसीलिए ही प्रेम विवाह की नौबत आती है। प्रेम के लिए प्रेम विवाह नहीं किए जाते।

राजेन्द्र जी! मेरी गुजारिश है कि प्रेम के साथ सेक्स न गूँथा जाए। आज आप जिस हसीना के लिए घर से बाहर हो गए, वह प्रेम के कारण नहीं हुआ, सेक्स की वजह से घटित हुआ है, वरन् आपकी चाहत में ही आपके घर आपकी महिला मित्र आती रही हैं।

लैला-मजनू, सोहिनी-महिवाल और हीर-राँझा की दन्तकथाएँ न जाने कितनी सच्ची हैं, कितनी झूठी? मर्द जात का प्यार बड़ी तेजी से औरत के शरीर को पहले

नजरों में और फिर बाँहों में जकड़कर ही सन्तुष्टि पाता है। सेक्सुअल फुलफिलमेंट के बिना प्रेम पूरा माना नहीं जाता मर्द बिरादरी में। प्रेम तो उनके लिए खोखला धान है।

फिर यहाँ मन्नू दी का गुस्सा जायज है। अगर कुछ नासमझी है तो यह कि एक मर्द से स्त्रीगत नैतिकता और शुचिता की उम्मीद पाल ली जबकि यह मर्द स्त्री से भी नैतिकता और शुचिता को छोड़ने का शपथपत्र भरवा रहा था।

"क्या ऐसा शपथपत्र आप अपनी पत्नी से भी..." मैंने पूछा।

राजेन्द्र जी, आपने सिर झुका लिया था। मेरे सवाल का जवाब नहीं दिया तो मैं समझ गई कि 'स्त्री मुक्ति / देह मुक्ति' का बिगुल आप पड़ोसियों के यहाँ बजाने निकले हैं।

खैर, आपके गृह निष्कासन से कई गिरहें और खुलीं। स्त्री सशक्तीकरण का बिगुल आपकी ओर से औरत के यौनिक स्तर पर बजा तो मन्नू जी की ओर से सम्पत्ति के अधिकार को सामने लेकर आया। राजेन्द्र जी, हम भावना में बहकर कुछ भी कहें लेकिन सम्पत्ति के अधिकार का सवाल यौनिक शुचिता के ध्वस्तीकरण से बड़ा बैठा।

"मैं आऊँ लौटकर, तब तक मुझे घर खाली मिले।" यह एक वाक्य जो स्त्री की जुबान पर आया और आपके आसपास गूँजा, वह अपने आपमें स्त्री की नागरिकता को स्थापित करता हुआ एक परचम था।

और इस परचम का मजबूत डंडा आप यह कहकर उखाड़ने में लगे थे कि—'हम तो ऐसे कई बार अलग हुए हैं, लिखने-पढ़ने के लिए। आई.आई.टी. कानपुर में भी महीनों रहा हूँ, गिरिराज के पास।'

आपकी बात पर लोगों को सहज विश्वास हो रहा था क्योंकि पत्नियाँ पति को घर से निकालती हुई देखी नहीं जातीं, अक्सर। यहाँ एक पुरुष को स्त्री की तरह वनवास का आदेश मिला है, विश्वास कोई करे तो कैसे करे? उसका निष्कासन नहीं होता, शायद इसलिए ही पुरुष का कोई मायका नहीं हुआ करता!

यह हुई न बात! मन्नू जी को बहुतों का सलाम मिला।

राजा लोग रानियों तक को महलों से निकाल बाहर करते रहे हैं। कउआहँकनी बनाकर छोड़ते रहे हैं।

फलसफा सम्पत्ति के स्वामित्व का बहुत सी स्त्रियों की समझ में आ गया होगा और राजेन्द्र जी के स्त्री विमर्श पर मन्नू जी का स्त्री विमर्श शिला सरीखा गिरा। अपनी ही पत्नी का यह रूप देखकर वे सकते में आ गए। यह थी ठोस और जोरदार आवाज, यह था नेठम ही अपना फैसला। यह था खुद को अपनी नजर से देखना। यह थी अपनी चाहना की मुहर। नहीं जीना था शहीदाना अन्दाज में तालियाँ बटोरते हुए और अब नहीं लिखनी थी रूढ़ियों के आसपास घूमती किताबें।

मेरा घर / मेरा हक!

वर्जीनिया वुल्फ का 'अपना कमरा One's room is own' का साकार नमूना था मन्नू जी के नाम पर रजिस्टर्ड घर।

सवाल यह भी उठा—क्या पति या पत्नी के नाम पर चढ़ा घर हो तो गुस्से में या अपमान से आहत होकर एक साथी को निकाल देना चाहिए? यह मानवीयता का तकाजा था या साथ गुजारे लम्बे वक्त की तरफदारी। ऊपर से अपंग, अपाहिज पति को अपमानित करके बाहर का रास्ता दिखा देना...

कमजोर दलीलें लगीं सब। सती शांडिनी का युग नहीं है कि कोढ़ी पति को कन्धे पर बिठाकर वेश्या गमन की उसकी इच्छा का सम्मान रखा जाए। सतियों के युगों से छुटकारा पाने के लिए दया, करुणा, प्यार-मोहब्बत जैसी लिजलिजी भावनाओं का बहिष्कार लाजिमी है।

वाजिब बात! दुनिया में, समाज में पति-पत्नी के रिश्ते पर पक्ष-विपक्ष की कितनी ही दलीलें दी जा सकती हैं, लेकिन साहित्य समाज इस मामले में प्रगतिशील माना जाएगा कि मन्नू जी के निर्णय का चारों ओर करतल ध्वनि से स्वागत हुआ।

दूसरी ओर का दृश्य यह भी कि राजेन्द्र जी के लिए वे ही लोग रहवास का इन्तजाम करने पर जुटे हुए थे जो मन्नू जी के फैसले पर तालियाँ बजा रहे थे। और दोनों के कॉमन फ्रेंड्स ने आखिर मयूर विहार में राजेन्द्र जी के ठहरने का इन्तजाम कर दिया।

सच में साहित्य के लोग, हम आपस में लड़ते-झगड़ते, लिखते-पढ़ते और हँसते-बतियाते एक परिवार के सदस्य हैं। मगर इस समय मेरा हाल बुरा था।

राजेन्द्र जी से कुछ जिक्र करो तो वे दार्शनिक मुद्रा अपना लें।

''सुनो मैत्रेयी, इस तरह के सारे हिसाब-किताब 'अहसास' को कितना कुछ ईमानदार रहने देते हैं? नैतिक, आर्थिक और सामाजिक सुरक्षाओं के बीच ईमानदार बने रहने की जोड़-तोड़ साहसिक तो कतई नहीं होती। सदियों की कैद का यही दुष्परिणाम है।'' यह सब राजेन्द्र जी किसके लिए कह रहे हैं? क्या वे नहीं चाहते कि उनकी पत्नी उनकी बूढ़ी मर्दानी अक्षमता को समझें और जवान औलाद के सामने इस प्रकरण को न उघाड़ें। नहीं चाहते ऐसा कुछ?

राजेन्द्र यादव आजाद हो गए!

क्या मर्द भी गुलामी में या बन्धन में होता है? इस मामले में तो हमें लग ही रहा था कि जिन आवाजाहियों पर पत्नी कोई अंकुश लगाना चाहती रही हैं या कुछ आमदों पर मनाहियों के पहरे हैं, वे सख्त कड़ियाँ यहाँ गायब थीं। ऐसे नए माहौल

की मुझे किसी से खबर नहीं लेनी थी, कोई गवाही नहीं चाहिए थी क्योंकि मैं तो चश्मदीद गवाह थी।

राजेन्द्र जी का रहवास! मयूर विहार फेज-1—

या प्रेमिका का रंगमहल!! सुबह, दोपहर, शाम जैसे वक्त का कोई हिसाब नहीं।

बदला-बदला सारा समाँ, बदले-बदले सरकार!!

अब न पुराना ड्राइवर गोपाल था, न उसके साथ वाले हौजखासी संगी-साथी, जिन्होंने पानी में आग लगाई थी।

अब तो किशन था भोला-भाला किशोर उम्र का, खामोश लड़का।

राजेन्द्र जी चैन की नहीं, सम्मोहन की बाँसुरी बजा रहे थे और राधेरानी खिंची चली आती थीं। यह गृह निष्कासन था या नसीब जगमगाने के सुनहरे दिन?

'दुनिया किसी के प्यार में जन्नत कम नहीं
एक दिलरुबा है दिल में जो फूलों से कम नहीं।'

हमने वो मंजर देखे हैं जो राजेन्द्र जी के डिजाइनर कपड़ों और हमारी हैरत से बने थे। कहें कि हमने एक बूढ़े का उत्सव देखा है। इस 'प्यार-प्यार' पर हँसें या रोएँ? मन्नू जी के लिए जी उमड़ आता, छत्तीस साल का संग-साथ उजड़ गया। मरे का सब्र हो जाता है, जीते हुए पर धीरज कैसे धरे कोई? मैंने दोनों को साथ-साथ रहते देखा है। बतियाते और हँसते हुए समय को उनके साथ जिया है। मिलान मैं करती नहीं थी, अनायास ही हो पड़ता—सौदागर (अमिताभ बच्चन वाली फिल्म) से जिसमें अमिताभ गुड़ बेचने का काम करता है और खजूर से गुड़ बनानेवाली (नूतन) माजू बी उसकी पत्नी होती है। सुगढ़ और गुड़ बनाने के हुनर में अव्वल माजू बी का अक्स मुझे बार-बार दिखाई पड़ता। मगर हुस्न का जादू नशे का काम करता है मर्द जात पर, तभी तो अमिताभ नई-नवेली मदमाती फूलबानो पर मर मिटता है। आशिकी भी हर समय ठीक बिन्दु पर जाकर नहीं ठहरती। फूलबानो बेशऊर, लापरवाह मगर अपने हुस्न की मालकिन है। कमसिनी उसकी खासियत है। सजना-सँवरना उसकी पहली पसन्द है तो सजना को रिझाए क्यों नहीं?

राजेन्द्र जी का रंगमहल और जानेमन का उठना-बैठना।

मैं अभी भी पहले ही मोड में मन्नू जी के लिए व्यथित हो उठती। राजेन्द्र जी के पहले प्यार के बारे में सुना था, सहजता से स्वीकार भी कर लिया था। यह हमारी 'स्त्री मुक्ति' के प्रति नाइंसाफी थी कि फूलबानो का प्यार हमें महज मदमस्त खेल लगे। नागवार गुजरा कि हम ही ऐसे जालिम हो गए कि राजेन्द्र जी के बुलाने पर भी जाना टाल गए।

उफ! मुझे भी क्या हो गया है? यह भी तो सुकून देनेवाली बात है कि मन्नू दी को इन कड़ुवे, जहरीले क्षणों से निजात मिली। आँख ओझल, सो पहाड़ ओझल।

मगर मेरी उदासी...

''डाक्टरनी, तुम हमसे नाराज हो शायद। मेरे और मन्नू के अलग होने का कारण तुम्हें माना जा रहा है। अब बताओ, इसमें हमारी क्या गलती है?''

''क्या?''

''हाँ, तुम्हारा नाम ले रहे हैं लोग।''

''मगर मैंने तो यह बात किसी के मुँह से नहीं सुनी! कौन कह रहा है?''

''जो बात है, मैंने तुम्हें बता दी।''

मैं चिढ़ गई और बोली—''कोई नहीं कह रहा, यह आप फैला रहे हैं क्योंकि आपको अपनी फूलबानो की चिन्ता है। उसके पति का डर है। राजेन्द्र जी, आप भी जानते हैं सच क्या होता है, झूठ के पाँव उखाड़ देता है।''

''अच्छा, ठीक है, ठीक है। तुम मत उखड़ो अब।''

वे मुझे चिढ़ाने पर जैसे आमादा थे या फूलबानो का जिक्र ही उनको आह्लादित कर जाता था।

''यार डॉक्टरनी, कहो चाहे कुछ भी, तुम उससे जलती हो।''

''मैं, मैं क्यों जलूँगी? मेरी तुलना आप गुंडियों से क्यों करते हैं?''

''गुंडी! अरे मार दिया! तुमने बड़ा अच्छा नाम दिया डाक्टरनी। तभी कहता हूँ कि एक-दो लेखिका फूलन देवी के इलाके से और आ जाएँ तो 'स्त्री विमर्श' का हुलिया दुरुस्त कर डालेंगी।''

मैं पता नहीं क्यों ऐसा सोच रही थी कि राजेन्द्र जी जो कुछ मुझसे कह रहे हैं, वैसा ही सोच-समझ रहे हों, जरूरी तो नहीं।

मगर वे ऐसा क्यों कहते हैं बार-बार—'यार मैत्रेयी, तुममें अहंकार भी कम नहीं। किसी को कुछ समझना ही नहीं चाहतीं।'

''किसको नहीं समझना चाहती मैं? आपकी फूलबानो को ही न?''

''अच्छा छोड़ो अब इस बात को।''

मैं समझ गई, राजेन्द्र यादव फूलबानो को हर हाल में बचा ले जाना चाहते हैं। वे सच में फूलबानो को बचा रहे हैं या अपने इन दिनों चलते सेक्सुअल रिलेशन को?

कैसे-कैसे बहलाता-फुसलाता है मर्द भी...एक दिन मुझे एक किताब के पहले खाली पन्ने पर अपना लिखा समर्पण दिखाकर बोले—''बताओ, कैसा है यह समर्पण?''

साधारण सा समर्पण था अगर बाएँ से दाएँ की ओर पढ़ा जाए तो। लेकिन मैं भी 'इश्क और मुश्क' की जात को जानती थी सो गहरी निगाह से पढ़ा कि ऊपर से नीचे की ओर फिसलने लगीं मेरी निगाहें और निगाहों की जद में फूलबानो ठहर गईं। मुझे बेसाख्ता हँसी आ गई।

''अरे! हँस रही हो! क्या हो गया?'' राजेन्द्र जी मुस्कराने लगे अनायास ही।

"राजेन्द्र जी, इश्क में बड़ा या बूढ़ा आदमी भी बच्चे की तरह व्यवहार करने लगता है। है न? आप फूलबानो को लॉलीपॉप की तरह दिखाना भी चाहते हैं और कोई छीन न ले, सो छिपा भी रहे हैं!"

"मैं डर रहा था कि इस कुटांट मैत्रेयी को क्यों दिखा रहा हूँ!"

"ऐसे खेल बहुत देखे हैं हमने! इश्क में मदहोश आदमी सामनेवाले को भी मदहोश मान लेता है! कितनी बचकानी और टुच्ची कला दिखाई आपने! मन्नू जी का तो खैर आपको न लिहाज और न डर। मैं सोच रही हूँ कि अब फूलबानो के शौहर साहब को एक गोपनीय फोन किया जाए जिसको आप उसकी मासूमियत के लिए धोखा दिए जा रहे हैं।"

"पागल हो गई हो क्या? प्रेम करना गुनाह तो नहीं है!"

"गुनाह नहीं है तो लुका-छिपी का खेल क्यों? बेईमानी के पर्दे क्यों? बेशक, आप डर रहे हैं क्योंकि अपने किए को गुनाह मान रहे हैं, उस औरत को भी डरना सिखा रहे हैं। प्रेम और स्त्री विमर्श औंधे मुँह गिरा क्योंकि आप एक पति की सत्ता से दहल रहे हैं।

"देखिए, मैंने उस फूलबानो से कहा था, प्यार करती हो तो डरना नहीं चाहिए। सेक्स भी करना है तो अपनी हिम्मत पर करो, चोरों की तरह नहीं। कह दो खोलकर कि तुमको राजेन्द्र यादव से प्रेम है और उनके लिए ही शरीर का समर्पण।

"मगर तुम नहीं कहोगी, मैं जानती हूँ क्योंकि सबसे ज्यादा चोरी उस इश्क के मामले में होती है जिसमें हमारी प्राथमिकता सेक्स होती है। सच यह भी है कि स्त्री के प्रेम/सेक्स से जितना बड़ा आदमी जुड़ा होगा, चोरी भी उतनी ही बड़ी होगी।"

मुझे प्रसंगवश उन दिनों अपने शिक्षा काल का वह साथी बार-बार याद आता, जिसकी लिखी कवितामयी चिट्ठी पर मैं मर मिटी थी और लड़के पर दिल हार बैठी थी। इंटर कॉलेज में पढ़ते हुए हमारे लगाव को साथ के विद्यार्थी समझ गए थे। बस मेरा नाम और उस लड़के का नाम कमरों की खिड़कियों और दरवाजों पर लिखा दिखने लगा—'पुष्पा बराबर जानकी / बाजी लगा दो प्राण की।'

जानकी शरण, यह लड़के का नाम था। मैं परेशान होने लगी। सोचा कि क्यों न जानकी शरण को चेतावनी दे दूँ कि वह मुझसे कोई वास्ता न रखे। न पास आने का और न देखा-देखी का। बोलूँ कि ऐसे न हँसा करो कि हँसी भी प्यार लगे।

मैंने हिम्मत बाँधकर सब कुछ कहा।

उसने कुछ नहीं कहा सिवा इसके—"प्यार भी करोगी और छिपाओगी भी? दोनों काम साथ-साथ नहीं होनेवाले!"

राजेन्द्र जी, कैसे कहूँ कि प्यार तो नई उम्र के लड़के ही करते हैं, कर सकते हैं क्योंकि मासूम होते हैं। आप जैसे लोग तो इतना लम्बा रास्ता पार कर आए कि

तमाम छद्मों के कौशल आते हैं आपको। यह भी आता है कि अगर स्त्री विवाहिता है तो उसके लिए कौन से रास्ते बनाने हैं। आप कुछ भी कहें, आप स्वेच्छाचारी पुरुषमूर्ति हैं और सारी स्वतंत्रताओं की स्त्री के लिए दुहाई देते हुए भी आपके पास उसको छिपाने के कई-कई तहखाने हैं। आपका तर्क भी अपनी जगह आपको सही सिद्ध कर देता है—

''पत्नी के साथ गृहस्थ के बन्धन और जिम्मेदारियाँ होती हैं। प्यार निर्बाध झरने-सा अपनी गति में बहते रहना चाहता है। मैंने तो मन्नू से भी शादी के लिए इनकार किया था क्योंकि मैं जानता था कि पत्नी का अधिकार मेरे पहले प्रेम को बर्दाश्त नहीं करेगा।''

'प्रेम' यह शब्द तो पूजा से भी बड़ा है राजेन्द्र जी, कुदरत का करिश्मा है जिसे प्रेमी ही महसूस कर सकता है, बाकी लोग भी समझ लें, यह जरूरी तो नहीं। स्थापित मिसालों के रूप में प्रेमकथाएँ पढ़ना और सुनना हृदय को गुदगुदा जाता है इसलिए ही तो प्रेमिल आख्यानों को सहेजा गया है। वह मोहब्बत जो दो विपरीत लिंगी लोगों के बीच घटित होती है रूप-रंग से लेकर जाति-गोत्र, बोली-भाषा के भेद से इनकार करती हुई। अमीरी-गरीबी यहाँ खारिज नाम हैं। ऐसे प्रेम की प्रतिष्ठा में हमें अपना सलाम पेश करना चाहिए।

''ये सब कहने-सुनने की बातें ही हैं मैत्रेयी। कौन सलाम पेश करता है? मैं अब विवाहित पुरुष, मेरा पहला प्यार भी अवैध, अनैतिक, व्यभिचार।

''दिल था कि दिलदार का दामन न छोड़ता था। पत्नी और तुम्हारे द्वारा नामकरण की हुई फूलबानो भी मीता की जगह को नहीं भर पा रही थी। या मेरा अपराधबोध ही मोहब्बत के कई-कई रंग उलीचने लगता कि मीता के लिए मैं ज्यादा से ज्यादा प्यार लुटाने पर आमादा हो जाता। लगता, ऊँचे से ऊँचे पहाड़ों पर चढ़ जाऊँ, उसके साथ समुद्री यात्राएँ करूँ। स्वतंत्र और समानान्तर जिन्दगी का फलसफा मैंने ही गढ़ लिया और उस जीवन की सवारी मैंने ही की। मैं असफल या कमजोर घुड़सवार नहीं था, अयोग्य पति जरूर बनता जा रहा था। बार-बार सोचता कि पति होना जब मेरे स्वभाव में नहीं है तो पति की नकली भूमिका कब तक मन्नू को दिखाता रहूँगा? इस सवाल का जवाब मिलता तो मैं खुद भी घबरा जाता। मैं और मन्नू अलगाव में...नहीं-नहीं...यह भी तो मंजूर नहीं। अनैतिकता बरतने के लिए उद्यत आदमी को नैतिकता की रस्सियाँ जकड़ने लगतीं।''

इन दिनों स्त्री विमर्श का खासा बोलबाला था। दबी हुई स्त्रियों को दबंग बनने के लिए आह्वान करनेवाला राजेन्द्र यादव नाम का व्यक्ति अपने ही विवाह, गृहस्थ और पारिवारिकता के नैतिक दबावों के नीचे लगभग पिस जाने की स्थिति में आ गया।

"क्यों चाहिए मिलन? विछोह तो मोहब्बत की पराकाष्ठा है। मिलने की तड़प का नाम ही तो इश्क है। मीता भी तो इसी दर्द से गुजर रही है। उसने तो वियोग को जिन्दगी का नाम दे दिया है। मैं बार-बार अपने आपको खँगालता हूँ तो मीता को किसी तरह खो देना चाहता हूँ। वह खो क्यों नहीं जाती...आमने-सामने अपनी छवियाँ बिखेरती जाती है।

"मैंने विवाह क्यों किया? दर्दनाक जिन्दगी को खुद ही गले लगा लिया!"

राजेन्द्र जी, आपने जो कुछ बताया उसे मान लेने में कोई बुराई नहीं है। मैंने वह किताब भी पढ़ी है जो मनमोहन ठाकौर ने लिखी है। वह पुस्तक आपकी जिन्दगी के कई सत्य और तथ्य सामने लाती है, उसमें ऐसी भी बातें हैं जिन पर विश्वास करना मुश्किल था लेकिन बाद में होने लगा।

उसमें ऐसे भी संकेत हैं जैसे आप मन्नू भंडारी से शादी करने के पक्ष में नहीं थे और मन्नू जी ने ही जिद करके आपका संग-साथ पकड़ा।

लोगों के कहने से आप कितना करते थे या नहीं करते थे, यह अन्दाजा मुझे है और मैं इस निश्चय पर पहुँची हूँ कि आप अपनी मर्जी के बिना शादी की मंजिल तक नहीं पहुँचे। विवाह के लिए आपको किसी ने नहीं उकसाया। याद करिए, आपके भीतर उपेक्षा और अपमान का वह तीर भी धँसा हुआ था जो आपके पिता ने छोड़ा था—'यह लँगड़ा है, इसकी शादी कौन करेगा?'

कोई और होता तो इसे भूल जाता या पिता के बोल वचन मानकर गौर करना छोड़ देता लेकिन आप संवेदनशील प्राणी की तरह तिलमिलाते रहे। अपमानित महसूस करते रहे और अनजाने ही शादी आपके लिए चुनौती बन गई।

मीता से प्यार हुआ, विवाह के सपने देखे, इस बात से आप इनकार नहीं कर सकते। विवाह नहीं हो पाया, इसका कारण आपने अपनी अपंगता को मान लिया और पिता का वह वाक्य नए सिरे से दिल में नेजे की तरह खुभ गया। क्या यही कारण नहीं था कि मन ही मन शादी के लिए आपने कमर कस ली होगी, भले दिखाने के लिए मना करते रहे हों और यह खुद्दारी भी प्रदर्शित होती रही कि आप अपंग के रूप में किसी पर बोझ बनना नहीं चाहते। जैसे ही मन्नू भंडारी का प्रस्ताव मिला आपने विचार तो उस पर किया ही। और होते-हवाते शादी भी कर ही ली।

होश आया कि मीता तो ज्यों की त्यों रह गई। अकेली रहने की ताउम्र प्रतिज्ञा कर बैठी। शादी वाला पक्ष आपका मजबूत हो गया, तब आपके पास बचा सिर्फ रहम। रहम, जिससे मीता का कुछ लेना-देना नहीं था।

आगे का रास्ता कठिन से कठिनतर होता गया क्योंकि शादी के सब्जबाग सूखने लगे। मीता और भी याद आने लगी। मीता, एक आग जो लगभग झुलसा रही थी,

मीता एक अपराधबोध जो आपको सजाओं में उतार रही थी कि आदमी जीते हुए मरता रहता है और मरने की ख्वाहिश में जीने के लिए मजबूर...उस पत्नी का क्या करें जिसका हाथ थामा है, बेशक, उसे बता तो दिया था—देखो, छत जरूर हमारी एक होगी लेकिन जिन्दगियाँ अपनी-अपनी होंगी, बिना एक-दूसरे की जिन्दगी में हस्तक्षेप किए, बिलकुल स्वतंत्र, मुक्त और अलग।

अब इस बात को आपका साथी भी मान ले, यह जरूरी तो नहीं। आपकी समानान्तर जिन्दगी ने मन्नू जी की जिन्दगी हिलाकर रख दी।

लेखक-लेखिका प्रेम करें या विवाह करें, होते तो मनुष्य ही हैं। मन्नू जी लेखिका जरूर थीं मगर थीं तो बताए गए संस्कारों से लैस।

दुविधाएँ, कितनी दुविधाएँ...वैसे आपको अन्तर्द्वन्द्व बहुत पसन्द आते हैं राजेन्द्र जी। कोई कथा-कहानी द्वन्द्व के बिना हो, आपको जँचती नहीं। यह समाँ आपको कैसा लगा? जिन्दगी ही कहानी बन गई।

धर्मपत्नी की साफ-शफ्फाफ बातें जो अपना हृदय रोमानी सम्बन्ध को पोंछकर कोरी स्लेट-सा लाई तो बदले में ऐसा ही निर्मल मन उसे पति का भी चाहिए। शायद आपने ऐसा वादा भी दिया और सबूत भी कि मीता का सम्बन्ध अब शून्य है।

आप दोनों ही विभ्रम के शिकार हुए। पहले प्रेम को कौन भूला है आज तक, मन तो मन है कोई स्लेट नहीं जिसे पोंछकर साफ कर दिया जाए। हमारी अपनी छोटी-सी समझ में तो वही ही आया कि 'प्यार छूट जाता है, तब क्या टूट भी जाता है?' यह ऐसा सवाल है जिसका उत्तर प्यार के पक्ष में ही जाएगा।

विवाह तो सामाजिक जिम्मेदारी और पारिवारिक संवर्द्धन के लिए होता है, इसमें व्यक्ति गृहस्थ की नई भूमिका में आता है। प्रेमी-प्रेमिका के मामले में ऐसा कुछ नहीं होता। वहाँ न भूमिका बदलती है, न आपसी सम्बन्ध।

अब चलन में यह भी शामिल हुआ कि विवाह के बाद पत्नी आपके अतीत की नंगी पड़ताल करे। आपके पहले प्यार पर खुफियागीरी का डाका पड़े और आप पकड़े जाएँ। विवाह से पहले लिखे प्रेमपत्र गवाही दें कि आप पाक-साफ नहीं हैं।

मगर आपने और मीता ने तो अपने प्रेमपत्रों को आपस में लौटा लिया था, जो पकड़े गए वे क्या शादी के बाद के गुनाह थे?

मेरा मानना तो यह है कि ये प्रेमपत्र ही मनुष्यता की गवाही देते हैं। पति-पत्नी एक-दूसरे के खतों को सहेजें तो लेखक-लेखिका होने के नाते अपनी सुन्दरता में आत्मीय रचना का जन्म होगा। पति भी अपनी पत्नी के पहले प्यार को नैसर्गिक वृत्ति समझकर छोड़ता चला जाएगा? उसे जलील करने की हद तक नहीं घसीटेगा? मेरे विचार से यदि दोनों में से कोई भी पहली मोहब्बत की छीछालेदर करता है तो वह अपनी मनुष्यता के प्रति अपराधी है।

प्यार छिपाने का कारण? वह दहशत जो समाज ने हमें संस्कारों के रूप में दी है। यह संस्कार नहीं क्रूर संस्कृति का हिस्सा है। राजेन्द्र यादव, आप परिवर्तन के समर्थक अपनी मोहब्बत के साथ चोरों की तरह क्यों पेश आए? संस्कारों के प्रतिरोध में दिन-रात विमर्श उगलनेवाले आप विवाह संस्कार को निभाने की आड़ में ऐसे कायर होते चले गए कि मीता से मिलना तक चोरी का काम मान लिया! आपकी पत्नी तो इस सम्बन्ध को विवाह से पहले ही जानती थीं। अब मान नहीं रही थीं, यह उनकी भूल ही साबित हुई। इसी भूल के दायरे में कभी ईर्ष्या-द्वेष के अंगारे सुलगे तो कभी डाह में झुलसते रहने के लिए खुद को तैयार कर लिया। लेकिन आप भी कितने बच पाए राजेन्द्र जी, समानान्तर जिन्दगी कहकर रूढ़ संस्कारों से भिड़ तो गए लेकिन अपना ही सिर फूटता रहा। विवाह और प्रेम साथ-साथ नहीं निभाए जा सकते क्योंकि क्रमशः एक जिम्मेदारी चाहता है और दूसरे को चाहिए आजादी।

विवाह में आजादी के सपने जैसे शेखचिल्ली के सपने! ताले जड़े बक्से में रखे प्रेमपत्र अपनी रक्षा में असफल हुए। निजी डायरियाँ महफूज नहीं रह पाईं। पत्नी ने उनको आँखों से नहीं, आँसुओं से पढ़ा। आप अपनी मोहब्बत के मुजरिम सिद्ध हुए। जब यह प्रेम पत्नी को मालूम था तो पत्र और डायरियाँ किससे छिपा रहे थे? जब आपकी पत्नी ने अपने पहले प्रेम का राज भी खोला है तो उनको आपके प्रेमपत्रों और डायरियों से क्यों एतराज हुआ? क्या वे पत्नी बनकर प्रेमिका भी खुद ही होना चाहती थीं? ऐसा नहीं होता, कभी नहीं होता कि आप प्रेमिका का प्रेम छीन लें क्योंकि प्रेम का मजबूत पक्ष विछोह होता है जो मीता के पास सुरक्षित रहा। वियोग पक्ष पर आप पति-पत्नी का कोई दखल नहीं।

'यही सच है' यह कहानी क्यों लिखी गई? कहानी का अन्त जो दिखाया है, वही सच हरगिज नहीं होता। सच तो गुजरा हुआ वह जमाना होता है जिसे हम भूल नहीं पाते। माना कि वह फिर आता नहीं लेकिन मन उसको बराबर दोहराता है।

राजेन्द्र जी, मैं यह सब इसलिए कह रही हूँ कि मैं शादी में वे प्रेमपत्र ले आई थी जो एक लड़के ने मुझे विवाह से पहले लिखे थे। उसने मुझसे प्यार किया था और मैंने भी। विवाह की रीति-रस्म के चलते वे पत्र मुझसे छोड़े नहीं जा रहे थे या मैं अपने प्यारे दोस्त का परिचय पति को देना चाहती थी अथवा मैंने पति के मनुष्यत्व की परीक्षा लेनी चाही थी? कि मैं अपनी आजादी के साथ वैवाहिक वेदी पर प्रस्तुत हुई थी!

आपसी बातें थीं कि रात-रात भर के संवाद। अपने संवादों के बीच कुँआरेपन के तमाम अनुभव। पति ने जब अपने प्रति आकर्षित होनेवाली लड़कियों की

फेहरिस्त बड़ी ईमानदारी से मेरे सामने खोली तो मैंने भी अपने साथी, दोस्तों की दास्तानें यहाँ शामिल कीं—

"हम लड़कों के साथ पढ़ते थे, उनके साथ ही रहते थे, साथ-साथ आते-जाते थे सो हमारे दोस्त भी लड़के ही हुए न! ये देखो लव लेटर हैं हमारे सबसे प्यारे दोस्त के। पढ़ो इनको। कितना अच्छा-अच्छा लिखता है वह!"

आप लोगों की उलझी हुई जिन्दगी देखकर सोचती हूँ, मैंने ऐसा क्यों किया? मेरे पति को भी तो एतराज हो सकता था। फिर हम एक-दूसरे पर कीचड़ उछालते और अलग हो जाते। लेकिन ऐसा तो कुछ भी नहीं हुआ। पति ने मुस्कराकर पत्रों का स्वागत किया और उपहार में मुझे शैफर्स पेन भेंट किया, कहा—'हमको भी लिखना जानम, प्रेमपत्र।'

इसे आप लोग मजाक समझेंगे लेकिन वह मेरा इंटर कॉलेज वाला दोस्त आज भी मिलता है। 'इदन्नमम' उपन्यास की पहली प्रति उसी को भेजी थी।

आप कहेंगे, यह कोई प्रेम हुआ जिसमें स्पर्श तक नहीं। शरीर-सुख नहीं। मैं कहती हूँ, यहाँ ऐसे सुख नहीं, प्रेम है जो मन को अच्छा लगता है। स्पर्श और शरीर-सुख के लिए तो पति होता है।

राजेन्द्र जी, अगर विवाह किया तो शारीरिक सम्बन्ध पर समाज में पत्नी का हक माना जाता है और इसमें बेईमानी हुई तो जाहिर है आपकी पत्नी को उज्र होगा। पति-पत्नी में सेक्स सम्बन्ध न बने तो बात कोर्ट-कचहरी तक चली जाती है, प्रेमिका के साथ तो ऐसा कोई कानून लागू नहीं होता।

साफ बात यह है कि आदमी प्रेम चोरी से नहीं करता, सेक्स चोरी से ही करता है। प्रेम है तो सेक्स भी जरूरी होता है, ऐसा बहुत से लोग कहते हैं, लेकिन यह दावा बेमानी है। अगर ऐसा ही होता तो वियोग पक्ष इतना प्रबल क्यों रहता? उन प्रेमी-प्रेमिकाओं के नाम पर ही लोग क्यों प्रेम को पहचानते हैं जिन्होंने एक-दूसरे को छुआ तक नहीं। जो प्रेम करता है उसके लिए प्रेमी ईश्वर सदृश हो जाता है कि जिसके मिलन के लिए वह दीवाना हो जाए।

बहरहाल, आपने मुझसे एक बार पूछा था कि तीन आत्मकथाएँ आई हैं—1. एक कहानी यह भी, 2. अन्या से अनन्या, 3. गुड़िया भीतर गुड़िया।

राजेन्द्र जी, मैंने आपको अपना जो व्यू बताया था, आपने अपना बनाबर उसे अपने सम्पादकीय में लिख दिया—मन्नू की आत्मकथा में एक पत्नी प्रेमिका होने के लिए जद्दोजहद करती दिखाई देती है तो प्रभा खेतान की आत्मकथा में एक प्रेमिका पत्नी होने के लिए तरसती है। मैत्रेयी को 'गुड़िया भीतर गुड़िया' में ऐसा कोई अभाव नहीं सालता। वह पति के साथ रहते हुए दोस्तों को भी भरपूर जगह देती है।

ऐसे वक्तव्य का बड़ा विरोध डॉ. अर्चना वर्मा ने किया था और मेरी आत्मकथा को 'तोता-मैना का किस्सा' कहा था। मुझे पढ़कर हँसी आ गई थी राजेन्द्र जी क्योंकि जो क्रोध अर्चना आपके ऊपर दिखा रही थीं, उसकी भागीदार तो मैं थी क्योंकि ये मान्यता मेरी थी। मुझे यही लगा था, आज भी लगता है। क्योंकि हम स्त्रियाँ एक पुरुष को लेकर डाह की आग में जलने लगती हैं, जहाँ डाह हो वहाँ प्रेम कैसे हो सकता है ? जहाँ एक औरत दूसरी को उसके संस्थान से उखाड़ने के लिए हरबे-हथियार जुटा रही हो, वह प्रेमिका या पत्नी का निर्वाह कैसे कर सकती है ? आपने जो चुना, वह लिया फिर दूसरे के हक को हड़पने की हवस क्यों ? मेरी समझ में इन महान लेखिकाओं का चलन हरगिज अपने उचित रूप में नहीं आया। ये तो अपनी जगह पर कब्जा करके दूसरे की जमीन पर सेंधमारी करने में जिन्दगी बिताती रहीं। मन्नू भंडारी पत्नी की गरिमा से सुशोभित पति की प्रेमिका को खदेड़ने की मुहिम में संलग्न तो प्रभा खेतान प्रेमिका के रूप में गर्व भरी स्त्री, मगर डॉ. साहब की पत्नी को पति के साथ बाहर निकलते देखकर जलकर खाक होनेवाली। दोनों ही अपने लिए लोगों की हमदर्दी बटोर-बटोरकर भी सन्तुष्ट न होनेवाली रहीं। पाठकों के दिल में महान छवि की निर्मात्री क्या वाकई महानता से जिन्दगी के साथ पेश भी आईं ?

बात राजेन्द्र यादव की है, ऊपर जो लिखा, सब प्रसंगवश चला आया। इसमें कोई शक नहीं कि स्त्रियाँ राजेन्द्र जी की कमजोरी उसी तरह रही हैं जैसे अक्सर पुरुषों की कमजोरी हुआ करती हैं।

'वो हँस के मिले हमसे, हम प्यार समझ बैठे'—काले चश्मे में से उनकी निगाह क्या देखती थी क्या नहीं, यह तो मैं नहीं बता सकती लेकिन उनके अतिरिक्त झुकाव को उनका व्यवहार व्यक्त जरूर कर देता था। एक मोहतरमा और विशिष्ट हुईं 'हंस' कार्यालय में। राजेन्द्र जी की तो जैसे मन की मुराद पूरी हो गई।

चलिए, हम उनका नाम 'मुराद' रख देते हैं।

जब रिक्त स्थान की पूर्ति हो तो बेचैनी को चैन आ जाता है। यहाँ भी कुछ ऐसा ही बन पड़ा था। किसी स्त्री के चेहरे-मोहरे या शारीरिक गठन पर बात करना मेरा मकसद नहीं है यहाँ। मेरा मकसद है उसके आचार-व्यवहार और बदलते स्वभाव पर पैनी नजर रखना।

ऐसा नहीं होता कि कोई राजेन्द्र जी के नजदीक आए और उनका शुभचिन्तक न हो उठे। बेशक, काला चश्मा, होंठों में पाइप, रोबीला चेहरा और मजबूती की मिसाल सी दिखती चौड़ी हड्डी वाली कद-काठी। 'डॉन' कहलानेवाला राजेन्द्र यादव नाम का व्यक्ति अपना कौन सा कोमल रेशमी गलीचा 'हंस' कार्यालय के खुरदरे पुराने फर्श पर बिछा देता था कि स्त्रियाँ लहालोट हो जातीं। दिल्ली की ही

नहीं, सुदूर दक्षिण, बिहार, जम्मू कश्मीर यानी कि देश भर से और तब लगता कि इतने बड़े हिन्दुस्तान में अगर कोई भाषा है तो हिन्दी है और कोई पत्रिका है तो 'हंस' है, सम्पादक है तो राजेन्द्र यादव है।

राजेन्द्र यादव की बातों में लटके-झटके और न लच्छेदारी। न कोमलकान्त भाषा और न रिझाऊ छाया वाक्य। फिर आखिर क्या था कि कामिनियाँ उस पतली-सी गली के आखिरी मकान में चलते 'हंस' ऑफिस में चली आतीं। सीधी-सपाट बातें, हँसी के रूप में बेधड़क ठहाके तो फिर किसी को रिझानेवाले फॉर्मूले क्या थे? उनका व्यवहार अक्खड़ सा और स्पर्श सख्त, हाथ मिलाते हुए। एक पाँव से अपाहिज और एक आँख दोषपूर्ण!

फिर भी 'मुराद' आई थी।

'हंस' में छपने का लालच हो, ऐसा भी नहीं लगता था। यों लिखनेवालों के लिए तब 'धर्मयुग', 'हिन्दुस्तान', 'कादम्बिनी' और 'सारिका' जैसी पत्रिकाएँ रही हैं, इनके सम्पादकों की अदाएँ धीरोदात्त और धीरललित नायकों की भंगिमाएँ थीं कि एक-एक अदा पर मोहर और अशर्फियाँ निछावर कर डालें कामिनियाँ! अपनी पत्नियों की सहेलियों को रिझाने में वे माहिर रहे हैं। होटलों में चाय-कॉफी के निमंत्रण दफ्तर में आनेवाली लेखिकाओं या कवयित्रियों की खिदमत में पेश किए जाते हैं और प्यार की लुका-छिपी का मनभावन खेल भी वे खिलाने के उस्ताद थे। मगर नहीं जी, स्त्रियों की सवारी दरियागंज ही आकर रुकती। मैं सोचती राजेन्द्र जी के पास वीना नाम की साधारण सी लड़की स्टेनो, क्लर्क, कोषाध्यक्ष के साथ पत्रिका डिस्पैचर है। हंस का मलिन-सा कार्यालय किताबों और पत्रिकाओं के साथ धूल में लिपटा पड़ा है। दुर्गा और किशन अपनी विविध भूमिकाओं में, बाहरी काम से लेकर चाय बनाना और गाड़ी की ड्राइविंग करना।

लंच का समय होता तो किशन टिफिन में से एक रोटी और सब्जी निकालकर उनकी टेबल पर अखबार बिछाकर परस देता।

मुराद उस लंच में शामिल रहतीं।

राजेन्द्र जी के साथ दिल्ली में होनेवाली गोष्ठियों में जातीं। घर के बन्धन उनके साथ न थे, न वे मानती थीं।

मेरे लिए फुरसत सी हो गई कि राजेन्द्र जी के रोग-धोग भी सँभाल लेनेवाली अब कई पैदा हो गईं। अब वह जमाना बदलता जा रहा था जब एक छींक आने पर भी राजेन्द्र जी मैत्रेयी को आवाज लगाएँ। हालाँकि लोग अब भी मुझे उनकी स्वास्थ्य संरक्षिका कहकर बड़ी पदवी बख्शते। कहने के लिए तो बहुत-कुछ या कुछ न कुछ कहा जाता ही क्योंकि दो स्त्री-पुरुष लेखकों को लेकर रचना की बात होने के बजाय स्त्री-पुरुष के गोपनीय सम्बन्धों पर चर्चा करने का चलन है यहाँ।

मन बहलता है इसलिए ऐसा ही कुछ लोगों का जी चाहता है। तो मुराद राजेन्द्र जी की तबीयत का खयाल रखनेवाली मुस्तैद महिला मानी जा सकती हैं। साथ ही और भी तथाकथित युवा लेखिकाएँ अब दफ्तर ही नहीं, घर की भी परिक्रमा लगाने लगीं। यह राजेन्द्र यादव के स्नेह का करिश्मा था कि असीमा भट्ट मुम्बई से यहाँ आएँ और राजेन्द्र जी के यहाँ न जाएँ, ऐसा हो नहीं सकता था। अपूर्व सुन्दरी मुक्ता का भी यही हाल रहा है। कविता ने लेखन की शुरुआत यहीं से की, यही उसका मायका है। औरतें ही नहीं, अपने-अपने फ़न के माहिर तमाम युवक जमा रहते थे—अजय नवरिया, भरत तिवारी, विवेक मिश्र, सुनील। पीना-खाना न चले तो कोई कितनी देर बैठें? बहसें न हों तो किसको रस आए? अत: नशीला पेय, स्वादिष्ट भोजन और दरस-परस के नजारे!

मुराद ने गहन अध्ययन किया राजेन्द्र जी के घर जुड़नेवाली इस महफिल का। नतीजा यही निकलकर आया कि राजेन्द्र यादव के पास यह मजमा जुटाने के लिए 'हंस' (पत्रिका) है। लोगों को ललचाते हैं। इसमें क्या शक है कि राजेन्द्र जी ने एक समय 'हंस' सम्पादक बनने का प्रस्ताव अरविन्द जैन को दे दिया था। मुझे भी 'हंस' से जुड़ने का न्योता कई बार दे चुके थे। मैंने मना किया और पंकज बिष्ट का नाम प्रस्तावित कर दिया था सम्पादक के लिए। ऐसी ही बातें चलती रहती थीं और आगे जाकर दम तोड़ देती थीं। एक बार तो सुना कि राजेन्द्र यादव जी ने 'हंस' से जुड़नेवाले लोगों के नाम पर अपनी स्वीकृति की मुहर लगाकर वसीयत कर दी है। वह वसीयत जिस वकील की मार्फत हुई, उसकी विश्वसनीयता का लोहा माना सबने। उसमें शामिल लोगों में से किसी न किसी ने तो उसकी सी.डी. बना ली, ताकि सनद रहे। मिसाल भी पेश हुई राजेन्द्र यादव के लोकतांत्रिक व्यवहार की कि एक सम्पादक अपने परिवार के अलावा बाहरी लोगों को हिस्सेदारी और जिम्मेदारी दे रहा है।

मेरा जितना भी नजदीक या दूर का सम्बन्ध रहा हो, मैं ऐसे मामलों में कहीं नहीं होती थी। एक बार जब राजेन्द्र जी ने हंसाक्षर नाम से ट्रस्ट बनाया था तो सदस्य के रूप में मेरा भी नाम लिखा था। जब मैं एक दिन उनसे मिलने गई तो उन्होंने वह कागज मेरे सामने रख दिया और बोले—"डाक्टरनी, अपने नाम के आगे Sign कर दो।"

मैंने पढ़ने को तो पूरी लिस्ट पढ़ी। घर से बेटी-दामाद के अलावा पंकज बिष्ट, संजय सहाय, दूर्वा सहाय, सुनील के नाम थे। और भी थे जो मुझे अब याद नहीं हैं।

मैंने अपने नाम के आगे हस्ताक्षर नहीं किए, अपना नाम ही काट दिया।

राजेन्द्र जी ने देखा तो लगभग गुस्से में आते हुए बोले—"यह तुमने क्या किया?"

"जो करना चाहिए था राजेन्द्र जी।"

"यह करना चाहिए था?"

"हाँ, यही सही है। आपका परिवार मुझे कितना बर्दाश्त कर पाएगा, यह आप भी जानते हैं और मैं भी। बात मुझसे उनकी दुश्मनी की नहीं है, आपसे मिली पक्षदारी शायद वहाँ नहीं स्वीकार की जा रही। घरवालों की गलती नहीं हुआ करती, यदि कोई बाहरी व्यक्ति उनके अपने पति और पिता का घनिष्ठ बनता है तो खीझ होती ही है।"

जो कुछ भी चल रहा था, राजेन्द्र यादव अपने विशेष ग्रुप को आसपास पाते। अपने एकान्त को भरनेवालों के शुक्रगुजार रहते। शाम के सात बजे और मेहमानखाना गुलजार होने लगता।

मैं इन महफिलों से दूर रहने के लिए मजबूर थी या अभ्यस्त थी। वैसे भी पीना-पिलाना मेरी आदत या शौक में नहीं है और फिर भी मैं किसी की पत्नी, जिसके लिए राजेन्द्र यादव परपुरुष थे और महफिल में आवारगी। घर का प्रोटोकॉल लाख बदलो क्या बदलता है? या अपनी लेखकीय आजादी को बरकरार रखने के लिए मैंने ये हदबन्दियाँ खुद ही बना लीं? दिल कसमसाया तो इस आचरण को त्रिया-चरित्र जैसी रणनीति मान लिया। सोचती मैं यह भी थी कि मैं अभी उतनी आजाद नहीं हो पाई हूँ जितनी कि राजेन्द्र जी किसी स्त्री की स्वतंत्रता परिभाषित करते हैं। मैं इतनी निडर भी कहाँ हुई हूँ कि राजेन्द्र जी की महफिल में रात को आनेवाली किसी स्त्री सरीखी हो जाऊँ। मैं साहित्यकार तो हो रही हूँ लेकिन साहित्यकारों की शराबी संगत निभाना नहीं आता। मैं क्यों नहीं कहीं भी किसी के साथ चली जाने के लिए तैयार हो पाती? मुझे कौन रोकता है, कौन डराता है, कौन खींचता है?

मैं मन ही मन या एकान्त में क्यों कहा करती हूँ—'राजेन्द्र जी आप तो मेरी सहेली हैं।'

निश्चित ही मेरे लेखकीय समय में जो तूफान गुजरे, वे मुझे जड़ से उखाड़ने पर आमादा रहे। वही समय था गृहस्थ जीवन में जो तेजाबी बारिश होती, उससे मेरे जलकर खाक हो जाने की सम्भावना पूरी-पूरी होती।

फिर एक पुकार...राजेन्द्र जी...

"क्या हुआ? डाक्टरनी क्या... ?"

"मुझे नहीं रहना इस दुनिया में।"

"अरे यार, फिर वही। एक तो अपने गुस्से के लिए तुम डॉक्टर साहब को जिम्मेदार मत ठहराओ। धीरज रखो। उनकी ओर से सोचो कि तुम उनकी पत्नी हो, लेखिका नहीं। लेखिका अपने पाठकों के लिए हो जैसे माँ हो अपने बच्चों के लिए।

"तुमको कोई रोकता, खींचता और डराता नहीं, तुम खुद अपने आपको रोकती, खींचती और डराती हो। अगर वे मेरे लिए कुछ कहते हैं तो तुम क्यों खीझती हो? किसी भी पति को लगेगा कि मैं उसकी पत्नी को लेखन के लिए

उकसा रहा हूँ। मैं तो अपने दफ्तर में वीना को भी लिखने के लिए उकसाता हूँ, उसका पति सुने तो वह भी यही कहेगा। धीरज से काम लो। लिखोगी, बाहरी दुनिया में निकलोगी, पब्लिक फिगर बनोगी तो कुछ तो मुश्किलें आएँगी! अपने आपको सँभालो। क्यों बिखरी जा रही हो?''

राजेन्द्र यादव, मन्नू भंडारी के पति, अपने गृहस्थ को खंड-खंड तोड़कर बेघर-बेदर होनेवाले, परिवार संस्था के धुर विरोधी, मुझे ऐसे समझाते रहे जैसे कोई पिता या बड़ा भाई अपनी बेटी या बहन को गृहस्थी चलाए रखने की सलाह देता है।

''पर उपदेस कुसल बहुतेरे!'' मैं रोई हुई सी आवाज में कहती।

''तो तोड़ दो परिवार। देखें, तुम्हारे तोड़ने से टूट जाए! मन्नू जैसी साहसिकता डॉ. साहब में कहाँ से आई! वे तुम्हें छोड़कर नहीं रह पाएँगे और तुम तो अलग जाने की सोच भी नहीं सकतीं।

''अरे यार मैत्रेयी, ऐसी सुघड़, सुन्दर पत्नी को कौन छोड़ेगा?'' कहकर जोर से हँस पड़ते राजेन्द्र जी।

मेरे मन का कलुष-कोप सूखे पत्ते-सा झड़ जाता।

''राजेन्द्र जी, आप तो मेरी सहेली हैं,'' कहकर फिर आश्वस्त हो जाती क्योंकि जब-जब दर्द की बारिश होती, दुख के बादल घुमड़ते, मैं राजेन्द्र जी की ओर दौड़ती। 'हंस' के कार्यालय में पनाह लेती। एक बार ऑफिस तक नहीं पहुँच पाई, ऑफिस के बाहर ही ठोकर खाकर गिर पड़ी। वहाँ खड़ी गाड़ी का बम्फर मेरे माथे में लगा, बस चक्कर आ गया और चोट-दर्द भूल गई। मुझे कब कोई राजेन्द्र जी के ऑफिस के बाहरी कमरे तक ले गया, पता ही न चला। बहरहाल, जब चेत आया तो सीधी गाड़ी में बैठकर घर चली आई। रास्ते भर लगता रहा, यह मेरा अन्त समय है।

घर पहुँचने के बाद राजेन्द्र जी का फोन आया लगभग डाँटते हुए—''कहाँ गिरी थीं। यहाँ क्यों नहीं आईं? बेवकूफ हो! मुझे बताया तक नहीं और चली गईं! वीना न बताए तो मुझे पता तक न लगे! मैं आता हूँ शाम को।''

मैं फूट-फूटकर रोने लगी। चोट और दर्द के कारण नहीं, राजेन्द्र जी की हमदर्दी ने मुझे उसी तरह रुलाया जैसे बच्चा मुसीबत में किसी अपने को देखकर रोता है।

राजेन्द्र जी मेरे पूरे परिवार के बरअक्स अपनी हमदर्द मोहब्बत लिये खड़े थे। लोगों के हिसाब से एक स्वार्थी आदमी, पैसा खा जानेवाला दैत्य, यौन मनोरोगी, कुंठित मर्द, पत्नी का अपराधी, प्रेमिकाओं को छलनेवाला और नजदीकी स्त्रियों के लिए मनगढ़न्त लिखनेवाला क्योंकि यौन शुचिता उसके लिए गाली है।

''आपने मुझसे पूछा था राजेन्द्र जी।''

''तुम्हें क्या लगता है मैत्रेयी?''

मैं चुप थी। कुछ कहते-बताते बन ही नहीं रहा था।

"मैं पूछ रहा हूँ, तुम्हारा और मेरा सम्बन्ध बरसों पुराना है, तुम्हें क्या लगा?"

"मुझे? मुझे? मुझे लगता है कि या तो ये राजेन्द्र यादव कोई और व्यक्ति हैं या वह राजेन्द्र यादव कोई और हैं जिनको इतने विशेषणों से नवाजा गया है!"

मैंने बहुत मन-मन्थन किया है कि मुझे भी उनसे ऐसी शिकायत कब-कब हुई? ऐसे मौके याद आते नहीं हैं।

दूसरी स्त्रियों के साथ ऐसा कुछ हुआ है तो उसमें स्त्री की भागीदारी बराबर की नहीं, कुछ ज्यादा ही रही होगी क्योंकि राजेन्द्र जी अपंग हैं। भय के कारण कोई औरत राजी हुई हो, ऐसा हो नहीं सकता क्योंकि राजेन्द्र यादव से डर नहीं लगता किसी को। लालच 'हंस' में छपने का या स्वार्थ किसी लेन-देन का हो सकता है तो इसके लिए वह स्त्री जिम्मेदार क्यों नहीं है जो राजेन्द्र जी के नजदीक आती है खुद-ब-खुद!

प्रचारित यह भी हो रहा था कि यह यौन मनोरोगी नजदीक रहनेवाली स्त्रियों से अपने अन्तरंग सम्बन्ध बताते हुए लेख लिखता है, जिससे उस स्त्री की बदनामी हो। अक्सर अपने आसपास दो-तीन लड़कियाँ बिठाता है और वहाँ रहनेवाले कुछ लोग तुरन्त उलटी-सीधी तस्वीरें खींच लेते हैं। यह सब क्या है? सामान्य आदमी की हरकतें तो नहीं हैं! ये सब आपराधिक यौन-प्रवृत्तियाँ हैं। यही कारण है कि 'होना सोना एक खूबसूरत दुश्मन के साथ' जैसा पोर्न लेख लिखा। और बाद में तो गन्दगी की खाई में गिर पड़ा यह।

मैं स्तब्ध! 'होना सोना' में तो राजेन्द्र जी ने यह बताया था कि—देखो स्त्रियो, तुम्हारे पीठ-पीछे मर्द लोग तुम्हारे बारे में किस भाषा में बात करते हैं? उस समय उन पुरुषों पर मर्दवाद का नशा हावी हो जाता है और हर तरह से औरत को नीचे पटकते रहते हैं। तुम्हारी देह को हर कोण से देखते, नोचते, खरोचते, सहलाते हुए अपनी मर्दानगी का परचम लहराते रहते हैं। कहाँ जाती है फिर गरिमामयी, सम्माननीया, गरिमामयी नारी? साथ ही राजेन्द्र जी अपने लेख में वे कुछ शब्द लिखने से नहीं चूके जिनको हमारे प्रिय और आदरणीय पुरुष अपने हर तीसरे वाक्य में 'माँ-बहन' की करते हुए बात पूरी करते हैं।

हमें ज्ञान हुआ कि औरत को नैतिकता और शुचिता का पाठ पढ़ाते हुए ये लोग औरत के जननांगों के साथ अपने-अपने सम्भोग की व्याख्या करने में फख्र महसूस करते हैं कि सारी गालियाँ स्त्रियों को लेकर ही समाज में अवतरण करती हैं और किसी को भी न माँ की शर्म आए, न बहन-बेटी की बल्कि गालियों द्वारा उनका बलात्कार करना अपनी आदत में शुमार करके ही दम लेते हैं। यहाँ गाँव और शहर का फर्क नहीं होता। यहाँ अमीर-गरीब की बात नहीं होती। मौका लगे तो दलित भी अपने पुरुष होने को परिभाषित कर देता है।

पढ़-गुनकर मैं इस नतीजे पर पहुँची कि जो कुछ लोग कहते हैं, वह पूरा सच नहीं तो आंशिक सच तो हो ही सकता है क्योंकि राजेन्द्र जी भी तो एक पुरुष ही हैं। पुरुष भी ऐसे जो स्त्री को उसकी देह-मुक्ति के लिए समझाते हैं, तमाम मिसालें देकर साबित करते हैं कि सबसे पहले पुरुष ने स्त्री के शरीर को कैद किया है। पुरुष ने मान लिया है कि स्त्री उसके लिए शरीर है, सेक्स है। वह डर भी रहा है कि शरीर और सेक्स को लेकर औरत में चेतना न आ जाए, वह स्वतंत्र न हो जाए और स्वच्छन्द व्यवहार करने लगे। मैं याद करती हूँ, राजेन्द्र जी के कुछ वाक्य—

''सामाजिक आचार संहिताओं यानी मनु और याज्ञवल्क्य से लेकर स्मृतियों, व्यक्तिगत कामसूत्रों तक औरत को बाँधने और जीतने की कलाएँ हैं। क्या यह आकस्मिक ही है कि औरत को जीतने या अपनी गुलाम बनाने के लिए अनगिनत वशीकरण, साधनाएँ, सिद्धियाँ, औषधि, आसन हैं, पौरुष और काम संवर्द्धन के लिए दुनिया भर के कुश्ते और दवाइयाँ हैं! एक भी नुस्खा औरत की कामशक्ति बढ़ाने के लिए नहीं है। न उसके लिए कोई कामसूत्र है। बल्कि यहाँ ऐसी गोपनीयता और निजता बरती गई है कि ये सारे गुर और मंत्र सिर्फ पुरुषों के लिए हैं। औरत को इनका पता भी नहीं लगना चाहिए।''

राजेन्द्र जी के इस तरह के सम्पादकीयों का हजार बार विरोध होने के बावजूद मैं अपने आपको इन विचारों से सहमत मानती रही। बेशक, मेरी नजर में 'अच्छी स्त्री' सिर्फ पवित्रता की गठरी के रूप में रही है। किसी कवि की कविता में स्त्री का खुद यह स्वीकार-भाव है—'तुम स्वेच्छाचारी मुक्त पुरुष, मैं प्रकृति प्रेम जंजीर'।

पुरुष ने स्त्री में यह भावना कूट-कूटकर भर दी कि वह सिर्फ शरीर है और इस शरीररूपी मन्दिर को पवित्र रखना उसका कर्तव्य है। अर्थात् पति के सिवाय सब परपुरुष हैं, जिनको देखना, सुनना, छूना और जिनसे बोलना-बतियाना, हँसना-मुस्कराना गुनाह है। वह हमारी प्रकृत्तिप्रदत्त इन्द्रियों का स्वामी है। अत: इस कब्जेदारी से बाहर झाँकनेवाली औरत कुलटा, छिनाल, रंडी, पतिता और गुमराह जैसी होगी, इसलिए ही सजा की भागीदार बनेगी। और क्या, तभी तो आजाद-खयाल स्त्रियाँ हमारे सन्तों-महन्तों के साथ तुलसी, कबीर से भी प्रताड़ित और अपमानित हुई हैं।

ऊपर जो कुछ कहा गया, सब राजेन्द्र जी के ज्ञान का निचोड़ है लेकिन फिर भी नहीं माना गया कि वे स्त्री को सम्मान देने और समानता कायम करने के अभियान में अग्रसर पुरुष थे। कहने का ढंग वही डंके की चोट—अपना सेक्स—अपनी इच्छा और अपनी देह—अपना मालिकाना हक। अहमियत में अपना चुनाव।

— जब ये नियम बने थे, तब कोई राजेन्द्र यादव वहाँ नहीं था, सिवा याज्ञवल्क्य के संगी-साथियों के?

— जब स्मृतियाँ बनाई गईं तब कोई स्त्री वहाँ मौजूद नहीं थी, सिवा पुरुषों के और स्वामियों के?

— जब इन कायदों को लागू किया गया तब किसने स्वीकृति में सिर हिलाया?

राजेन्द्र जी समझाया करते—''यार, बेवकूफों की तरह सवाल मत करो। पहले तो यह बताओ, तुम्हारा नाम मैत्रेयी किसने रखा?''

मुझे लगा था मेरा चेहरा और भी बेवकूफ होता जा रहा है।

''गार्गी की कथा पढ़ी तो होगी!'' उसने स्वीकृति में सिर ही तो नहीं हिलाया था। उलटे प्रश्न कर बैठी। तर्क पर उतर आई।

''मुनिजनों का अहं फुफकार उठा। स्त्री की यह जुर्रत?''

''चुप रहो गार्गी, नहीं तो सिर धड़ से अलग कर दिया जाएगा।''

मैं सोच में पड़ गई। वैदिक और उपनिषद काल से आज तक पुरुषों का हमारे ऊपर शिकंजा कितना ढीला हुआ है? वे भी तर्क कहाँ झेल पाते हैं? बहस के लिए हमारे सामने खड़े होना अपनी तौहीन मानते हैं। उनका आप्तवाक्य होता है—अक्ल नहीं है तो औकात में रहो। वे सिर धड़ से अलग नहीं करते लेकिन मतलब सिर्फ हमारे धड़ से रखते हैं। हमारा दिमाग बेकार की चीज हो जैसे क्योंकि जानवर की तरह हम सेवाश्रम और सेक्स के लिए मान लिये गए हैं।

अब जिन राजेन्द्र जी को साहित्य समाज में उनके मित्र भी 'औरतखोर' जैसे शब्दों से नवाजते रहे, उनसे ही मैं बूँद-बूँद ज्ञान प्राप्त करती रही। कतरा-कतरा चेतना जगाती रही। मुझ सिर झुकाकर रहनेवाली को उन्होंने सिर उठाकर बोलना सिखाया। खुद अपनी बातों को काटने के लिए आमंत्रित किया।

''मेरी बात पर भी गौर करो। उसे लकीर की तरह मत पीटो वरन् तुम चेतना-सम्पन्नता कैसे अर्जित करोगी? इसलिए मेरी बात के समानान्तर कोई बात कहो और नए से नया कुछ जोड़ो।''

राजेन्द्र जी की ये बातें उत्साहवर्द्धक कम, चुनौती के रूप में ज्यादा थीं। मैं अपने अनुभव खँगालने लगती। उनका ही कहना था कि स्त्री होने के नाते स्त्री की पीड़ा, उसके अपमान और प्रतिरोध के तजरुबे तुम्हारे पास ज्यादा होंगे। मैं स्त्री होकर सोचता हूँ और पीछे से मेरा पुरुष प्रस्तुत हो जाता है, हुकुम चलाने लगता है।

और मैं? मैं क्या-क्या नया कहना चाहती हूँ?

पढ़ने लगती हूँ उनकी ही लिखी किताब—'आदमी की निगाह में औरत' खोल लेती हूँ वह अध्याय—'एक धार्मिक अनुष्ठान के लिए निमंत्रण पत्र'।

देश आजाद है और आजाद देश की नागरिक रूप कुँवर भी है। मगर वह तो अपने मुर्दा पति के साथ जनसमूह के सामने गाजे-बाजे और जयकारों के बीच जिन्दा जल जाती है। —सती माता की जय बोली जा रही है।

देश आजाद है, तब क्या यह समाज भी आजाद हुआ है ? समाज एक जिन्दा औरत को जलाकर इसलिए जश्न मना रहा है क्योंकि वह अपने मुर्दा पति के साथ जली है। ऐसा तो अंग्रेजों ने भी नहीं किया था। राजेन्द्र जी की सलाह पर ही मैंने 'आदि विद्रोही' (स्पार्टाकस) पढ़ा था। मुझे वे रोमन लोग याद आ रहे हैं जो जिन्दा गुलाम को सलीब पर चढ़ाकर कीलों से उसकी देह को ठोककर लटका देते थे फिर उसकी प्राणान्तक तड़पती देह को देखकर आनन्द भरी किलकारियाँ मारते थे। मनोरंजन और मनोरंजन।

यहाँ भी औरत (जन्म-जन्म की गुलाम) चिता में पति का सिर गोद में रखकर बैठती है—चेहरे पर सजीला श्रृंगार है, चमकीले लहँगा-चुनरी और सलमा-सितारे दमक रहे हैं। घी सामग्री डालकर आग लगा दी जाती है। पति की मृत देह जलने लगती है, मगर जिन्दा औरत यकायक उछलने की मुद्रा में...मगर उसके हाथ-पाँव बँधे हुए...जय-जयकार ढोल, मृदंग, मजीरे का अनहद नाद! लोग तालियाँ पीट रहे हैं। भजन गा रहे हैं। स्त्री के लिए विधान / पुरुष व्यवस्था का संविधान!

सती!

मुझे याद आई चित्तौड़गढ़ की पद्मिनी जिसने जौहर व्रत किया था। एक पुरुष के लिए अपने आपको होम के विधान के वास्ते चित्तौड़गढ़ पद्मिनी को आज भी याद करता है हमारा समाज...

मैंने राजेन्द्र जी को बताया था—

हमारे यहाँ कबूतरा बस्ती (जन्मजात अपराधियों की रिहाइश) है, वहाँ भूरी कबूतरी रहती है। वह कहती है कि वे लोग रानी पद्मिनी के वंशज हैं। वह मानती है कि रानी पद्मिनी ने जौहर व्रत करके खुद को और सखियों को जला नहीं डाला था। औरत अपने आप कभी नहीं जल मरना चाहती। वह तो मर्द है कि औरत को जला डालने में भी अपनी इज्जत की बढ़ती मानता है। जल जानेवाली को सती कहता है। सो पद्मिनी ने तो किले के चारों तरफ आग जलवा दी थी और खुद सखियों और सिपाहियों को लेकर भाग निकली। हम उन्हीं सखियों-सिपाहियों की औलादें हैं। हम महलों में नहीं, जंगलों में जन्मे हैं। आज तक बस्तियों में नहीं रह पाए।

राजेन्द्र जी ने यह कथा नई सुनी, एकदम नई-नकोर। हुलस उठे। यार, तुम्हारे पास तो कथाओं का अद्भुत खजाना है। इतिहास को पलट देनेवाले लोग हैं। मैं ऐसे ही लोगों की तलाश में रहता हूँ। इन कहानियों के जरिए साहित्य के तेवर बदलेंगे। स्त्री ही बदलेगी इस जंग लगे समाज को।

'अल्मा कबूतरी' लिखा गया और राजेन्द्र यादव फूले नहीं समाए। आज मैं यह लिख पा रही हूँ कि इतिहास कहीं झूठी कहानियाँ छापकर स्त्री संहार को स्त्री उद्धार का जरिया बनाकर प्रस्तुत करता रहा है। ऐसे इतिहास को बदलना लाजिमी है। जो

राजपूत स्त्री के भस्मीकरण को अपनी आन-बान-शान के रूप में पेश करते रहे, उनसे ज्यादा कायर और कापुरुष कौन हो सकता है! वे राजपूतों के नाम पर गुलाम ही तो थे जो मुगलों को अपनी बहन-बेटियाँ देकर जागीरों की बख्शीशें पाते रहे!

"राजेन्द्र जी—'अल्मा कबूतरी' आपका प्रिय उपन्यास है?"

उनके चेहरे पर उल्लास-भरे गौरव की लहर दौड़ जाती, जैसे यही भाव उनका उत्तर हो। रोज की दिनचर्या कि 'अल्मा कबूतरी' को दफ्तर में अपनी मेज पर रख लें और जो उनसे मिलने आए उसे उपन्यास दिखाएँ, उसके बारे में बातें करें। मन-पसन्द किताबें केवल उनकी पसन्द की ही नहीं होती थीं, वे उन पुस्तकों से प्रेम करते थे। लोगों ने जितना आकर्षण उनका स्त्रियों के प्रति देखा है, मैंने उससे कई-कई गुना रीझना उन किताबों पर देखा है जो उनको अच्छी लगी हैं। दीवानगी कि वह किताब न मिले तो बेचैन हो जाएँ—कौन ले गया? तुम ले गईं? वह ले गया होगा जरूर! बस खोज, खोज और खोज!

"यार, तुम्हारी आदत बड़ी खराब है, किताब चुरा ले जाती हो!"

"नामवर जी तो अगर किताब ले लें, लौटाने का नाम नहीं लेते!"

" 'रात चोर और चाँद' यहाँ से कौन उड़ा ले गया?"

"मेरे पास नहीं है राजेन्द्र जी, मैं कहाँ से लौटाऊँ?"

"और गुरदयाल सिंह का 'परसा'?"

"अपनी प्रति दे दूँगी आपको, और क्या करूँ?"

"अरे, वह बलवन्त सिंह का उपन्यास क्या हुआ?"

"सारा हिसाब आप आज ही लेंगे?"

आज मैं अकेली आपकी कथा लिख रही हूँ राजेन्द्र जी। आपको मैं कहाँ से खोजकर लाऊँ? किताबें तो मैंने ढूँढ़ लीं, मेरे पास हैं, आप तो न जाने कितनी दूर...इतनी किताबों का मैं क्या करूँ?

और हाँ, हाथ में उस बिना कवर के उपन्यास को उठाए हुए हूँ जिसके पन्ने भी पीले और पुराने पड़ गए हैं, मगर वह अपनी इबारत में मुझसे बात करता है। मैं आपसे किस विध बोलूँ-बतियाऊँ? जी बहुत छटपटाता है...

अनबन

वह 31 जुलाई की शाम थी। प्रेमचन्द जयन्ती का दिन 'हंस महोत्सव' का दिन होता है। आज की शाम हमारे लिए जश्न से कम नहीं, इसी उल्लास और उत्साह में 'एवाने गालिब' जाने के लिए मैं तैयार हो रही थी, वहीं तो 'हंस' पत्रिका के सम्मान में दिल्ली शहर और देश के कोने-कोने से आए उत्साही लेखक एकत्रित होते हैं। जल्दी से जल्दी पहुँचना और आपस में स्नेहपूर्ण भेंट करना। साथ ही, वरिष्ठ लेखकों के बीचोबीच बैठे राजेन्द्र यादव से अभिवादन करके अपनी उपस्थिति को दर्ज करना। एक-एक व्यक्ति को राजेन्द्र जी अपना मेहमान मानते हुए प्रणाम और नमस्कार ऐसे स्वीकार करते जैसे उनके घर शादी-ब्याह का समारोह हो और लोग अपने रूप में अभिवादन की सौगात पेश कर रहे हों!

मैंने दिल्ली में होनेवाले तमाम आयोजन देखे हैं। राजेन्द्र यादव के 'हंस' का समायोजन अपने आपमें अकेला था जहाँ लोगों का ऐसा हुजूम उमड़ता कि बड़े से बड़े हॉल छोटे पड़ जाते। कुर्सियाँ भर जातीं, फर्श घिर जाता और खड़े होने की जगह मिले तो बड़ी गनीमत!

31 जुलाई, 2010, उस दिन ऐसी ही भीड़ थी। वहाँ पहुँचने से पहले घर में जब मैं तैयार हो रही थी, एक फोन आया। फोन के दूसरी ओर एक व्यक्ति बोल रहा था—"आपको पता है—'नया ज्ञानोदय' के इस महीने यानी अगस्त अंक में क्या छपा है?"

"नहीं, मुझे नहीं मालूम। क्या छपा है?"

"एक इंटरव्यू, जिसमें महिला आत्मकथाकारों को 'छिनाल' कहा गया है।"

"किसने कहा है?"

"विभूति नारायण राय ने।"

मैं चुप।

"क्या कहती हैं इस पर आप?"

"क्या कहूँ? मैंने देखा नहीं है।"

"दिखा भी देते हैं। कृष्णा सोबती और मन्नू भंडारी ने अपना विरोध दर्ज किया है।"

"विरोध दर्ज कराने की तो बात है ही। आपत्तिजनक बात है। कहनेवाले और छापनेवाले दोनों का विरोध होना चाहिए मेरी ओर से भी।"

'हंस' की गोष्ठी में विभूति नारायण राय मुझे मिल गए। मैंने पूछ लिया—"आपने कोई इंटरव्यू दिया है?"

वे मुस्करा पड़े जैसे सहर्ष स्वीकार कर रहे हों। मुस्कराते हुए ही बोलने की भाषा पर आ गए—"देखिए, मैंने किसी का नाम नहीं लिया, आपका नाम तो नहीं लिया।"

बात यहीं रह गई क्योंकि लोग अब हॉल में प्रवेश करने के लिए आगे बढ़ रहे थे। भीड़ बहुत थी, नाश्ता खत्म हो रहा था। राजेन्द्र जी के समारोह में खाने-पीने का स्वादिष्ट प्रबन्ध होता ही है और हमारा लेखक समाज चाय-नाश्ते का विशेष मुरीद होता है। कहा भी शायद इसलिए ही जाता है कि पूरे दिन की गोष्ठी में सबसे ज्यादा भीड़ दोपहर के भोजन के आसपास दिखाई देती है। चाय, जिसे इन दिनों 'हाई टी' कहा जाता है, अच्छी भीड़ खींच लेती है। कई लोग तो अपने इस कार्यक्रम को निपटाकर दबे पाँव निकल लेते हैं। साहित्यकारों में विभिन्न कोटियाँ पाई जाती हैं। कुछ इतने प्रतिबद्ध कि खाली पानी पीकर ही धुआँधार बोलें और कान देकर सुनें, बाद में बहस के लिए जमे रहें। अपने-अपने आकर्षण की बात है और अपनी-अपनी भूख की बात जो कई-कई तरह की होती है। कइयों को चढ़ती उम्र की लेखिकाओं के आकर्षण में आया हुआ देखा जा सकता है, किसी बहाने फोटो सेशन हो जाए। और कइयों को सरोकारों के लिए प्रतिबद्ध!

'हंस' की गोष्ठी अपने इन विविध आयामों के साथ सहर्ष और शानदार तरीके से सम्पन्न होती रही है लेकिन 31 जुलाई, 2010 की गोष्ठी कुछ अलग ही रूप ले गई। अलग ही तेवरों के साथ सम्पन्न हुई।

'वैदिकी हिंसा, हिंसा न भवति' यह विषय था इस वर्ष की हंस कथा गोष्ठी का। वक्ताओं में एक ओर स्वामी अग्निवेश तो दूसरी ओर आमंत्रित थे छत्तीसगढ़ के आई.जी. विश्वरंजन और साथी वक्ता थे—आदित्य निगम, रामशरण जोशी, इरा झा। राजेन्द्र जी की उत्कट इच्छा रहती कि अरुन्धती हर साल आएँ। लेकिन वह नहीं आईं क्योंकि सन् 2009 में आ चुकी थीं। बार-बार आकर आदमी विशिष्ट नहीं रहता, बहुत लोग ऐसा मानते हैं।

हमेशा की तरह राजेन्द्र जी के वक्तव्य से कार्यक्रम शुरू हुआ जिसमें उन्होंने 'हंस' को चलाने की कठिनाइयों, साथियों के सहयोगों और पाठकों की बहुलता का मानचित्र अच्छे से अच्छे शब्दों में श्रोताओं के सामने रख दिया। अपने वक्तव्य के साथ राजेन्द्र जी पसीने में भीगे रहते।

इस बार भी हर बार की तरह नवयुवकों की संख्या बहुतायत में थी। 'हंस' की उपलब्धि।

विश्वरंजन की कुर्सी खाली थी। विश्वरंजन नहीं आए।

प्रत्युत्पन्नमति राजेन्द्र जी की—भीड़ के बीच विभूति नारायण राय का नाम मंच पर आने के लिए उद्घोषित करा दिया। लोगों की निगाहें हॉल में विभूति नारायण को ढूँढ़ने लगीं।

विभूति नारायण ने इस प्रस्ताव को स्वीकार नहीं करना चाहा तो मंच से संचालक आनन्द प्रधान से कई बार अनुरोध कराया गया। जाहिर है, वी.एन. राय भी स्थानापन्न नहीं बनना चाहते होंगे। फिर भी राजेन्द्र जी के आदर में उन्होंने अपने आपको मंच के सुपुर्द कर दिया। खाली कुर्सी का सम्मान बच गया। राजेन्द्र जी का सोचा-समझा पुलिसिया प्रतिनिधित्व हुआ।

भाषण चलते रहे, श्रोता सुनते रहे। हॉल ने कुर्सियाँ भर जाने पर आगन्तुकों के लिए अपनी सीढ़ियाँ प्रस्तुत कर दीं। मुद्दा सुलग रहा था, लोग भड़कने की कगार पर आते जा रहे थे। विषय तो विवादास्पद होने के लिए अभिशप्त था ही, इसी से राजेन्द्र जी के कलेजे में ठंडक पड़नेवाली थी क्योंकि बिना विवादों के उनको अपना चलन और आचरण रूखा, फीका, बेमजा लगने लगता था। अतः कुछ न कुछ विस्फोटक होना जरूरी था।

'वैदिक हिंसा' के परिप्रेक्ष्य में वक्ता अपने मन्तव्य को शान्त लहजे में तर्कपूर्ण ढंग से पेश कर रहे थे। राजेन्द्र जी के चेहरे पर रूखी-फीकी भंगिमा। रामशरण जोशी जोश में लेकिन राजेन्द्र जी निर्विकार!

"गृहमंत्री चिदम्बरम् ने मेरे साथ धोखा किया, इसी कारण पत्रकार हेम पांडे की हत्या हुई। और देखिए कि वह हत्या हत्या मानी ही नहीं गई। जो पत्रकार विरोध कर रहे हैं, विरोध करने के अधिकारी नहीं माने जाते, उनको माओवादी और नक्सलवादी कह दिया जाता है। फिर मार डालना बहुत आसान हो जाता है। एक हत्या के साथ अनेक हत्याएँ जोड़ दी जाती हैं।" अग्निवेश जी के बयान से गरमाहट आई।

"मैंने चिदम्बरम् साहब से वादा लिया था कि वे पत्रकार हेम पांडे के लिए मुझ पर विश्वास करें। मैं खुद उसे गृहमंत्री जी के सामने ले जाऊँगा। लेकिन मैं जैसे ही ऑस्ट्रेलिया गया, मुझे दिया वादा गृहमंत्री ने भुला दिया। हेम पांडे को मार डाला गया जबकि बात हो रही थी उसकी शर्तें सुनने की, अपनी राहत देने की..." अग्निवेश जी के इस वक्तव्य में आलोक मेहता का भी नाम आया। वहीं उपस्थित आलोक मेहता प्रत्युत्तर में अपनी दलीलें पेश करने लगे, अपनी सीट से ही। गोष्ठी दहकने लगी।

उग्र होते हुए वातावरण में ही विभूति नारायण राय बोलने उठे थे। वे भी जानते थे कि छत्तीसगढ़ के आदिवासी इलाके में पुलिस द्वारा हिंसात्मक कार्रवाई हो रही है। सलवा जडूम की करतूतें। नवयुवकों के बीच से आवाजें आईं—'विश्वरंजन आएँगे तो उनका स्वागत हम जूतों की माला से करेंगे।'

लोग मारे जा रहे हैं, संख्या बताई नहीं जा रही। अब तो समझिए कि 'पुलिस हिंसा हिंसा न भवति' का नारा है।

हम सबको मालूम है उस रक्तरंजित धरती की असलियत। हम जानते हैं, वहाँ के रहवासियों की हकीकत कि उनके पास जिन्दगी को खोने के सिवा कुछ भी हारने के लिए नहीं है। सलवा जडूम का चक्राकार शस्त्र घूम रहा है और हुंकार ऐसी कि देश भर में फेरा डाले। कैसे माना जा सकता है कि कोई संवेदनशील और चेतना-सम्पन्न मनुष्य गूँगा-बहरा बनकर रहा आए? चुपचाप सुनना मृत्यु जैसा सन्नाटा निर्मित करता है।

विश्वरंजन का अपमान! विभूति नारायण राय के भीतर भी बेइज्जती से उपजी आग भड़की होगी। आज भी नाकाबिले बर्दाश्त हो गई होगी। पुलिस विभाग में रहते हुए जो पराक्रम साधा था, वह उग्र हो उठा। सो उन्होंने मंच से ही मौखिक एनकाउंटर कर दिया—'जूतों की माला! यह भी जान लीजिए कि विश्वरंजन भी यहाँ जूते पहनकर ही आते।'

यह वाक्य उन्होंने शायद एक या दो बार कहा लेकिन जैसे इसी वाक्य को हॉल के दरो-दीवार बार-बार बोल रहे थे। यही वाक्य सारे श्रोताओं की चेतना को मथनी की तरह मथने लगा। शोर उठा कि महाशोर में बदलने लगा। राजेन्द्र जी अब माइक पर शान्त रहने की अपील के सिवा क्या करें! लेकिन कौन सुने और कौन चुप रहे! होते-होते यही हुआ कि विभूति नारायण राय मंच से उतरकर नीचे आ गए और बाहर जाने लगे। हॉल में बैठे श्रोता उठ खड़े हुए। गोष्ठी चलने की सम्भावना बची ही न थी। इस तरह 'हंस' की गोष्ठी का समापन मैंने कभी नहीं देखा कि धन्यवाद भी किसे दिया जाए?

मैं भी उठ आई। राजेन्द्र जी ने भी ऐसी उखाड़-पछाड़ नहीं चाही होगी, मैं सोच रही थी।

जैसे ही बाहर आई तो देखा नौजवानों का बड़ा-सा झुंड विभूतिजी को घेरे हुए है। वे निकलने की कोशिश कर रहे हैं। मुझे इंटरव्यू वाली बात याद आ गई और 'छिनाल' उनका बोला हुआ शब्द मेरी जुबान पर तांडव-सा मचाने लगा। मैंने खुद को कैसे-कैसे रोका, मैं ही जानती हूँ। उसी समय कह देती तो उमाशंकर सिंह जैसे लड़के आपा खो देते।

उस समारोह को बहुत लोग भूले नहीं होंगे। असहमतियों की जगह

आक्रामकताएँ और क्रूरता भरा भाषण। वैदिकी हिंसा हिंसा मानी जाती है या नहीं लेकिन उस दिन माहौल हिंसात्मक रवैए से भर गया था।

दूसरा दिन : 1 अगस्त, रविवार

'जनसत्ता' अखबार ने 'नया ज्ञानोदय' में छपे विभूति नारायण राय के इंटरव्यू को लेकर तीन लेखिकाओं का विरोध दर्ज किया—कृष्णा सोबती, मन्नू भंडारी और मैत्रेयी पुष्पा।

राजेन्द्र यादव इस अखबार में आज अपनी हंस गोष्ठी पर चर्चा देखना चाहते थे लेकिन हम लोगों के वक्तव्य देखकर चौंके।

"यह क्या है, मैत्रेयी? क्या मामला है?"

"राजेन्द्र जी, मन्नू दी से पूछिए, उन्होंने भी तो विरोध प्रकट किया है!"

"अरे यार, पूछ लेंगे मन्नू से भी।"

अब राजेन्द्र जी ने 'इंडियन एक्सप्रेस' में सब कुछ पढ़ लिया था जो बड़े डिटेल में वहाँ छापा गया था।

"लेखिकाओं में होड़ लगी है यह साबित करने के लिए कि उनसे बड़ी छिनाल कोई नहीं है। मुझे लगता है, इधर प्रकाशित एक बहु प्रमोटेड और ओवररेटेड लेखिका की आत्मकथात्मक पुस्तक का शीर्षक 'कितने बिस्तरों में कितनी बार' हो सकता था। इस तरह के उदाहरण बहुत सी लेखिकाओं में मिल जाएँगे। दरअसल इससे स्त्री-मुक्ति के बड़े मुद्दे पीछे चले गए हैं। मुझे इसमें कुछ असहज नहीं लगता। आखिर पहले पुरुष चटखारे लेकर बेवफाई का आनन्द उठाता था, अब अगर स्त्रियाँ उठा रही हैं तो हाय-तौबा क्या मचाना!"

बातें और भी थीं, जिनको उद्धृत किया गया पुरुषों की कृतियों से, मसलन—'निम्फोजेनिक कुतिया' जैसे शब्दों के साथ।

यह सब पढ़ना और सुनना हमारे लिए असह्य था। साथ में यह भी कि कौन कह रहा है...वर्धा हिन्दी विश्वविद्यालय का कुलपति। इस गिरावट को कितना गिरते हुए देखें? वह आदमी लेखक की हैसियत से इंटरव्यू दे रहा है, लेखिकाओं को छिनाल कहते हुए बिस्तरों से बिस्तरों तक का सफर करने की बात कर रहा है तो हमारी नजर में न यह लेखक होने का अधिकारी है और न कुलपति होने का हक रखता है।

बहरहाल, 1 अगस्त, 2010 को विभूति नारायण के खिलाफ अखबारों का हंगामा लोगों के बीच आ गया। सब भूल गए कि हल हंस की गोष्ठी में क्या हुआ था। चारों ओर 'नया ज्ञानोदय', जिसमें कि इंटरव्यू छपा था, के सम्पादक रवीन्द्र

कालिया को सम्पादक के पद से हटाने की माँग होने लगी।

बेशक, अखबारों ने इस मामले में जमकर लेखिकाओं का पक्ष लिया।

टीवी कैमरे जाग्रत् हो उठे। चैनलों पर बहसें चलने लगीं। इतना बखेड़ा होगा, यह विभूति जी को भी पता न होगा। अत: वह बचाव की मुद्रा में आ गए।

एवीपी न्यूज पर बहस में मुझे भी शामिल किया गया। वहाँ भारत भारद्वाज, राजेन्द्र यादव और विभूति थे। मेरी आत्मकथा में से न जाने कौन सा प्रकरण निकालना चाहते थे कि भारत भारद्वाज 'गुड़िया भीतर गुड़िया' लेकर वहाँ नमूदार हुए। किताब दिखाकर मुझे भभकी भी दी जैसे वह मेरा कुछ ऐसा पढ़कर चैनल पर सुना देंगे कि मैं 'छिनाल' की दौड़ में अव्वल मानी जाऊँगी।

मैंने खुद ही कह दिया, खोल दो वह पेज जिसकी नुमाइश करना चाहते हो। पढ़ो टी.वी. के दर्शकों के सामने कि जिस प्रकरण से तुम मुझे छिनाल सिद्ध करने आए हो। बिस्तरों से बिस्तरों तक का सफर स्त्री कैसे करती रही है, उसका भी कच्चा चिट्ठा खोल दो। बोल दो कि हम इस औरत को हर हालत में जलील करने आए हैं। बेइज्जत करेंगे।

''मन्नू भंडारी आपके बारे में क्या-क्या कहती हैं, उनके मुँह से सुनेंगी आप?'' भारत भारद्वाज ने फिर एक नई चाल चली।

''मिलाओ फोन मन्नू भंडारी को। पूछो कि वे क्या कहती हैं?'' मैंने चुनौती दी।

कुछ नहीं बना उनसे। चैनल की कुर्सी पर बैठे किताब के पन्ने पलटते रहे और वह बिन्दु आया नहीं तो नहीं ही आया जो मुझे छिनाल की जगह खड़ी कर देता।

विभूति जी बराबर एंकर के सवाल के उत्तर में छिनाल शब्द की व्युत्पत्ति पर बात करते हुए हकला रहे थे।

उसी समय टेलीविजन के पर्दे पर चित्रा मुद्‌गल दिखाई दीं। उन्होंने उस इंटरव्यू को अच्छा बताया। छिनाल शब्द न होता तो ठीक रहता जैसा कुछ कहा।

चित्रा जैसी और भी बहुत-सी लेखिकाएँ थीं, जिन्होंने आत्मकथाएँ नहीं लिखी हैं, वे अपने आपको इन फाहिश गालियों में शामिल नहीं मान रही थीं। वैसे भी वह विभूति की पुराने जमाने से मित्र रही हैं। मित्रता निभाने का मौका इससे ज्यादा कौन-सा होता!

मगर राजेन्द्र यादव? वे लगातार कहे जा रहे थे कि—'मुझे बोलने का मौका नहीं दिया जा रहा।' और हाँ, विभूति उनको बोलने भी नहीं दे रहे थे। वे बराबर खुद ही बोले जा रहे थे। ऐसा कुछ जिसका कोई अर्थ नहीं था वहाँ।

'विभूति, तुम छिनाल के अपभ्रंश और प्राकृत भाषा में कितने ही मतलब समझाओ, इससे तुम्हारी गलती पर पर्दा नहीं पड़ जाएगा।' राजेन्द्र जी ने कहा था।

बस इतना ही। इससे ज्यादा न कम।

मेरी और विभूति की बहस बराबर चलती रही। बीच-बीच में विभूति राजेन्द्र जी पर इल्जाम लगाते जाते, जैसे—'आपकी ही प्रमोट की हुई है यह लेखिका।'

राजेन्द्र जी लाचार क्यों हो रहे हैं? मैंने तो देखा है कि उनकी दो-टूक बात में बड़ा वजन रहता है। मैंने मन को समझाया कि इन दोनों ने राजेन्द्र जी को बोलने नहीं दिया। ये दोनों घर से तय करके आए होंगे कि बोलने ही नहीं दिया जाए।

उस दिन एक ही चैनल थोड़ेई था? एक से मुक्त हुई तो दूसरे ने फोन पर सम्पर्क किया। एनडीटीवी पर कृष्णा सोबती और मृदुला गर्ग भी दिखाई दीं। मुझे दिलचस्प लगी, स्त्रियों के पक्ष में स्त्रियाँ। मृदुला जी से मेरी घनिष्ठता कभी नहीं रही लेकिन उस दिन की आत्मीयता यादगार बन गई है। जब विभूति मेरे एक मुहावरे को पकड़कर खींचने लगे और गलत अर्थों से जोड़ने लगे, साथ ही मुझसे माफी माँगने का आग्रह करने लगे। तब मृदुला जी ने उनको आड़े हाथों लिया कि वे मुहावरे को मुहावरे की तरह क्यों नहीं समझ रहे?

बात असल में यही रही है कि विभूति, रवीन्द्र कालिया, भारत भारद्वाज और उन्हीं सरीखे मित्र लेखिकाओं को लेकर मनोरंजन का शतरंज खेलते रहते हैं। ये जैसी टिप्पणियाँ करते हैं, वे महिलाओं के इस्तेमाल और इनकी मौज-मस्ती की होती हैं जिन्हें शराब पार्टी में शामिल होनेवाले इनके मित्र ही साहित्यिक दुनिया में प्रसारित करते हैं। यहीं से इस बात का भी खुलासा हुआ कि वह इंटरव्यू भी प्रायोजित था, नहीं तो ऐसी टिप्पणी और उस भाष-प्रयोग की जरूरत क्या थी?

बहरहाल, हमें बात राजेन्द्र यादव की करनी है। 1 अगस्त से 3 अगस्त तक हंगामा चलता रहा। मीडिया का कवरेज तेज और विस्तार लिये हुए था। चर्चा हर कोने में सनसना रही थी। मुझे देश-विदेश से फोन आने लगे।

3 अगस्त की शाम को एक मीटिंग तय हुई जिसे रवीन्द्र भवन के कौस्तुभ सभागार में आयोजित होना था। इस मीटिंग का प्रस्ताव दिल्ली विश्वविद्यालय और जे.एन.यू. के छात्रों ने हमारे सामने रखा। उमाशंकर सिंह और रोहित प्रकाश ने लेखक और छात्र जुटाए। हमें भी बुलाया गया। राजेन्द्र जी के साथ संजीव भी आए। प्रेम भारद्वाज, मदन कश्यप थे मतलब कि पूरा हॉल भरा हुआ था लोगों से भी और असन्तोष से उपजे गुस्से से भी।

उस मीटिंग में ही राजेन्द्र जी ने अपने पत्ते खोल डाले—"मैं तुम्हारे प्रस्तावों से सहमत नहीं हूँ। विरोध किया है, विरोध हो गया लेकिन विभूति और कालिया को पदों से हटानेवाली बात गलत है। नहीं-नहीं, यह सब नहीं।"

क्या कह रहे हैं राजेन्द्र जी? अपने ही कानों पर विश्वास न हो हम लोगों को।

"नहीं, यह सब नहीं होना चाहिए।" वे मुझसे मुखातिब थे।

मैं हतप्रभ!

"सुन लिया न, मैं तुम्हारे प्रस्ताव के पक्ष में नहीं हूँ।"

मुझे बोलना ही था। मैं बोलने खड़ी हो गई।

"राजेन्द्र जी, इस समय आप किसके पक्ष में हैं, किसके पक्ष में नहीं है, इस बात का यहाँ कोई अर्थ भी नहीं है। आप तो यह बताइए कि हमें अपने पक्ष में होना चाहिए या नहीं? अपने अपमान का विरोध करना चाहिए या नहीं? और उस आदमी के लिए हमारा फैसला क्या है, यह बताना चाहिए या नहीं?

"आपने हमें निडर होना सिखाया, निर्णय लेने की सीख दी, उस साहस तक ले गए जिसकी हमने अपने गृहस्थ में रहते कल्पना तक नहीं की थी।"

"अरे! यहाँ उन बातों का क्या मतलब? बिना बात के बवंडर क्यों मचाना चाहती हो तुम?" राजेन्द्र जी ने जरा तल्खी के साथ कहा।

"राजेन्द्र जी, बवंडर तो तब भी मचाया था जब स्त्री विमर्श की परिभाषा के तहत अपने घरों से निकले थे। सद्गृहस्थ स्त्रियाँ पति द्वारा तय किए गए शान्त-पवित्र बन्धनों को तोड़ती तो क्या, जरा-सा भी खींचती तक नहीं हैं।"

"और हम आपके पास चले आए। आप पर हमारा कितना बड़ा विश्वास था! इतना बड़ा भरोसा कि आप अब जो कह रहे हैं, वह हमें अपने राजेन्द्र जी का कहा नहीं लग रहा! उन राजेन्द्र जी का, जिनकी कलम स्त्री के अपमान के विरुद्ध तूफान उठाती है।"

अब राजेन्द्र जी चुपचाप थे और वहाँ ये पूरा का पूरा युवक दल धरने-प्रदर्शन की योजना बनाने लगा तो राजेन्द्र यादव पुराने पुरोधा के वेश में अपने कई-कई वृद्ध और अशक्त से कथन कहते रह गए। देखते रहे कि संजीव भी राजेन्द्र जी को गलत ठहरा रहे हैं। यह सामन्ती मूल्यों से ऐसा विरोध था जिसे विद्रोह के रूप में अब सामूहिक रूप के लिए तैयार किया गया जा रहा है चौकन्ने और चौकस होकर जिससे अब तक अपनी भाषा को हर तरह से जायज बतानेवाले लोग 'जुबान सँभालकर' बोलें। क्या राजेन्द्र जी समझ नहीं रहे थे?

रात के नौ बजे थे। फोन की घंटी बज उठी। स्क्रीन पर राजेन्द्र यादव का नाम नमूदार था।

"जी राजेन्द्र जी।"

"नाराज होकर भाग आई वहाँ से!"

"किससे नाराज हूँ मैं?"

"साफ बोलो, तुम धरने पर जाओगी?"

"आप बताएँ, क्या चाहते हैं?"

"नहीं जाना है तुम्हें, कतई नहीं।"

"मगर क्यों नहीं जाना है मुझे?"

"बहुत हो गया अब! क्या उसकी जान लोगी?"

"विभूति की जान का मैं क्या करूँगी?"

"तुम्हारा बस चले तो..."

फोन बन्द हो गया गुस्से में, नाराजगी और खीझ में। मैंने मान लिया कि राजेन्द्र जी हमारे विरोध को रोकने पर आमादा हैं। मुझे इस सत्य का भी ज्ञान हुआ कि विभूति राजेन्द्र जी के कितने-कितने करीब हैं! नजदीकी होती है लेकिन अभी यह समझना बाकी था कि आखिर यह साझेदारी हुई तो कैसे हुई? पहेली यह भी कि रवीन्द्र कालिया के लिए कोई ऐसा 'सॉफ्ट कार्नर' हमने अभी तक देखा नहीं था जो आज दिखाई दिया। ये दोनों तो एक-दूसरे पर जमकर कीचड़ उछालते रहते हैं फिर क्या स्त्रियों को लेकर एकमत हैं? लेखिकाओं को राजेन्द्र जी भी इतने ही घटियापन से देखते हैं? 'होना सोना एक खूबसूरत दुश्मन के साथ' क्या उनके अपने ही मन की सड़ायँध है? मैं अपनी पहली भावनाओं, धारणाओं और मान्यताओं के रेशमी बहुरंगी जाल के रेशे-रेशे को उधेड़ने, फाड़ने में जुटी थी। हाँ—'होना सोना' विभूति नारायण राय के सम्पादन 'वर्तमान साहित्य' में छपने के पीछे कुछ तो रहा ही होगा।

पुरुषों की दुनिया की बलिहारी! यह लेख नामवर जी को समर्पित किया गया था। हिन्दी साहित्य के नामी पुरोधा आलोचक नामवर जी इस लेख पर उठते भयानक विरोध के बावजूद सौम्य शान्ति की मूर्ति बने रहे। इसे कहते हैं धीरोदत्त नायक की भूमिका। वे ऐसी ही 'सुन्दर, न्यायप्रिय और शान्त' भूमिका में 'छिनाल प्रकरण' पर भी रहे जबकि वे वर्धा हिन्दी विश्वविद्यालय के कुलाधिपति के पद पर शोभायमान थे। वे चाहते तो विभूति नारायण राय का जवाब तलब कर सकते थे, एक्शन ले सकते थे लेकिन मामला स्त्रियों का था और वे महिलाओं के मामले में अपने आपको सन्त घोषित कर चुके हैं।

अब हमारे पास क्या उपाय था? सिवा इसके कि धरना-प्रदर्शन करें, कि अखबारों में जमकर लिखें। हमने अपना सोचा-समझा किया, हमने अखबारों में खूब लिखा। मगर कम वे भी नहीं थे। राजेन्द्र यादव के जिगरी दोस्त अजित कुमार ने अखबार के जरिए ही हमको सलाह दी कि—यह तो पुरुषों का स्त्रियों से ऐसा मजाक है जैसा जीजा का सालियों से होता है।

मैं समझ गई कि यह गुट क्या सोच रहा है। क्या मन्नू भंडारी ने इसलिए ही अपने कदम पीछे खींच लिये? अपना विरोध वापस ले लिया? इस तरह की लेखिकाएँ स्त्री के सबलीकरण की हिमायती कैसे हो सकती हैं जिनको अपमानजनक भाषा झेलने की आदत हो!

कृष्णा सोबती ने पीठ नहीं फेरी। अर्चना वर्मा, मृदुला गर्ग, सविता सिंह, विमल

थोराट, अनामिका, अल्पना मिश्र, रमणिका गुप्ता, अनिता भारती, गीताश्री और रेखा अवस्थी हमारे साथ-साथ चलीं। कमल कुमार ने लिखा—

एक लड़की, भाषा सिंह बराबर साथ-साथ चली और हमारे रास्ते आसान करती गई।

ज्ञानपीठ पर प्रदर्शन हुआ। उमाशंकर और रोहित प्रकाश की अगुवाई में संजीव, मदन कश्यप जैसे लेखक थे। डर देखिए कि ज्ञानपीठ उस दिन बन्द कर दिया गया। वहाँ ताले जड़े हुए थे। पुलिस का बड़ा-सा दस्ता तैनात था। महिला पुलिस की ड्यूटी भी थी।

इतनी पुलिस! अपमान और विश्वासघात के सामने हम गजब के आत्मविश्वास से भर गए। ज्ञानपीठ अपने हर कदम पर महान रहनेवाला आज स्त्रियों का गुनहगार, मुँह छिपाने की जगह नहीं पा रहा। अपराधबोध इन बन्द दरवाजों पर लिखा है। एक साक्षात्कार और एक सम्पादक की करतूत ने यह गत बना दी।

पुलिस हमें रोक रही थी। उसका काम ही हमें रोकना था। मैं सामने खड़ी होकर पूछने लगी—"आप लोग क्या-क्या कर सकते हैं? मान लीजिए, अगर हम भीतर आते हैं तो हम पर लाठी चार्ज करेंगे? यह तो आपकी ड्यूटी में शामिल है!"

"आप लोग भीतर न आएँ मैडम, बस।"

"चलो नहीं आते, मगर हमारी बात आप लोग सुनो तो सही!"

"सुनकर हम क्या करेंगे मैडम जी?"

"देखिए, हम आपकी ड्यूटी में दखल नहीं दे रहे, बस सुना रहे हैं अपनी दास्तान।"

"अच्छा!"

कुछ लेडी कांस्टेबिल हमारे पास आ गईं। मैं जब बहुत छोटे-छोटे वाक्यों में अपनी बात जल्दी-जल्दी बता रही थी कि हमारे साथ क्या हुआ है। हमारे लिए अपमान किस तरह उछाला गया है। औरत पढ़े-लिखे या कोई ओहदा पा जाए, मर्दों की निगाह में उसकी स्थिति उस औरत की ही रहती है, जिसके पास महज एक शरीर है और जिसका काम मर्दों के काम आना है।

"देखो, यही नहीं, ऐसा मैंने उस पुलिस ट्रेनिंग एकेडमी में भी अनुभव किया था जहाँ लड़कियाँ कांस्टेबिल से लेकर डी.एस.पी. तक का प्रशिक्षण पा रही थीं। मैंने उनकी आपबीती उनकी इच्छा से ही सुननी चाही। इसके लिए मैं महीनों उनके साथ रही। साथ रहना हमें एक-दूसरे के दिलों के नजदीक ले आया। वैसे भी लड़की या स्त्री अपने दिल की बात किसी निकट से निकट सम्बन्धी पुरुष से न कहकर नजदीकी स्त्री से आसानी से कह देती है। पिता, भाई, पति की दहशत उन लड़कियों और स्त्रियों को बराबर थी मगर वे सब मेरे साथ प्रेम से बँधीं और बेबाकी

से बोलीं। उनकी बताई बातों का लुब्बेलुबाब यही था कि वे अपने घर-परिवारों में बन्दिशों, प्रताड़नाओं और अपमानों से गुजरी हैं, उन्होंने भेदभाव सहे हैं। उनको आगे बढ़ने के लिए सहूलियतें नहीं दी गईं। धीरे-धीरे वे अपनी अन्दरूनी ताकत खोती चली गईं।

''उनको ताकत चाहिए थी, उनको आत्मसम्मान की जरूरत थी, उनको स्वतंत्रता की कीमत समझ में आ रही थी।

''मैंने उन्हीं जाँबाज लड़कियों की कहानियाँ लिखी हैं 'फाइटर की डायरी' के नाम से। उनका जज्बा दर्ज किया है, उनकी हिम्मत रची है उस किताब में।

''तुम जो कांस्टेबिल के रूप में खड़ी हो हमारे सामने, अब तुम्हारी बारी है कि हमारे अपमान पर गौर करो। कलम की सिपाही हम स्त्रियाँ हैं, कलम ही हमारी ताकत है लेकिन इस ताकत को तोड़ने की मुहिम साहित्य के मरदाने समाज में अक्सर चलती रहती है। हमारी कलम से निकली इबारत पर लांछनों के हथियार चलाए जाते हैं कि हमारा वजूद खूनमखून हो जाए!

''सुन रही हो, देख रही हो यह इबारती हिंसा? इल्म पर हमले, इसलिए कि यह एक औरत की कलम की गवाही देता है?''

मैंने ये बातें शायद दस मिनट से कम समय में बता दी थीं कि दो लेडी कांस्टेबिल आगे बढ़ आईं—''मैम, आप कहाँ रही थीं? पुलिस एकेडमी मधुवन में तो नहीं? करनाल में!''

''हाँ, बिलकुल वहीं। तुम कैसे जान गईं?''

''हमारी एक दोस्त है रुचि, वह ऐसा ही कुछ बता रही थी। कहती थी वह 'फाइटर की डायरी' लाएगी हमारे लिए।''

वे लड़कियाँ अब एक ओर हट गईं। अपने साथियों से कुछ कहने लगीं जो हमने नहीं सुना क्योंकि हमारे पीछे खड़े लड़के नारे लगाने लगे।

'नया ज्ञानोदय' के सम्पादक और वर्धा विश्वविद्यालय के कुलपति के बरअक्स यह पुलिस दस्ता कितना संवेदनशील और मानवीय लग रहा था उस दिन!

ज्ञानपीठ के मालिक श्री आलोक जैन से मिल लिया जाए, आपसी परामर्श हुआ क्योंकि ताले बन्द दरवाजों को 'जिन्दाबाद-मुर्दाबाद' सुनाने से तो कुछ हासिल न होगा।

फोन किया, उत्तर आ गया—''तबीयत खराब है।''

इन्तजार करते रहे हम भी, डेढ़ घंटा बीत गया।

''आ जाइए सर, मैं उमाशंकर बोल रहा हूँ।''

'उमाशंकर' इस नाम पर गौर फरमाया सर ने।

''अच्छा, मैं आता हूँ। दवा ले रहा हूँ। देखो कोई बावेला न हो।''

वे आए। अपनी कार के पूरे शीशे बन्द करके आए। पुलिस हमें हटाकर आसपास घिर आई, तब शीशा खोलकर बोले—"कहाँ है उमाशंकर, बुलाओ।"

उमाशंकर सिंह सामने आ गए। वे चौंक पड़े।

"यह उमाशंकर तो नहीं है। उमाशंकर चौधरी कहाँ है?"

अब वे अपनी ऑफिस की ओर बढ़ने के साथ पुलिस को इशारा करने लगे। पुलिस उनकी गाड़ी के आगे-पीछे चलने लगी और जब वे उतरे तो पुलिस का सुरक्षा घेरा उनके आसपास था। वे अभी भी आश्वस्त नहीं दिख रहे थे।

हम लोगों ने एक-दूसरे की ओर देखा। अजीब सा रुतबा अपने भीतर ही उमग आया। अपनी ताकत पर भरोसा हुआ। स्त्रियाँ और उनके साथी एक करोड़पति सेठ को कैसे थरथराने पर मजबूर किए हुए हैं। धन की महत्ता जिस भी किसी जगह होती हो, सच की ताकत हर जगह असरदार हो सकती है। हमारे पास सच और ईमानदारी के सिवा कौन सी पूँजी है?

हम सब रेखा अवस्थी और भाषा सिंह के साथ उनके कार्यालय की ओर बढ़ चले जहाँ पुलिस ने रास्ता रोका हुआ था हमारा। हमें यह अहसास कराया जा रहा था कि हम किसी गलत बात के पैरोकार आतंक का माहौल बनाए रखने के अपराधी हैं। उमाशंकर और रोहित की टीम आक्रामक युवकों का जत्था है। क्या न्याय माँगनेवालों की यही छवि हमारे देश में जगह-जगह है? मुझे हंस की गोष्ठी याद आ रही थी—वैदिकी हिंसा, हिंसा न भवति। यहाँ भी औरत का अपमान अपमान नहीं हुआ करता, ऐसा ही कुछ अन्दाज था क्योंकि मर्दों द्वारा मर्दों को ही दी जानेवाली गालियाँ औरत की योनि को लेकर निर्मित की गई हैं यानी पुरुष भले ही पुरुष को गाली दे, वहाँ नंगी या बलात्कार की भुक्तभोगी के रूप में स्त्री ही सम्बोधित होगी। फिर छिनाल तो वह हुई ही, पुरुष छिनाल बनाए या छिनाल पुकारे!

आलोक जैन हाँफते-हाँफते से कुर्सी पर बैठ गए। हम लोग उनके इर्द-गिर्द थे। इस घेरेबन्दी से वे बहुत घबरा रहे थे। बार-बार दवाओं का डिब्बा खोल रहे थे। हम भी थोड़े से झिझक गए। कहा भी—"आलोक जी, रवीन्द्र कालिया साथ आते तो अच्छा रहता!"

वे हमारी ओर देखने लगे। बस देखते रहे।

"तुम लोगों को पता है कालिया ने मैग्जीन को कैसे सँभाला है? कितना लाभकारी बनाया है? पहले प्रभाकर श्रोत्रिय थे, मैग्जीन का क्या हाल था?"

हम चुपचाप देखते रह गए। क्या बोलते!

उमाशंकर ने फिर भी सवाल कर डाले। लाभ के लिए जो रास्ता अपनाया है, उसका उचित-अनुचित पूछा। रेखा अवस्थी ने महिलाओं के अपमान से जुड़े कई प्रश्न सामने रख दिए। लेकिन सेठ जी तो जैसे संगमरमर के महादेव। मगर बार-

बार पुलिस को अपने पास बुलाने के लिए हाथ हिलाए जा रहे थे।

इस मीटिंग का कोई फल नहीं निकला। हम आगे की मीटिंग्स के सहारे अपनी आशाएँ जोड़ने लगे। रास्ता बनता है, मगर कितनी दूर है, यह पता कहाँ होता है!

वहाँ से जब हम लौटे तो मेरे साथ संजीव भी थे। सोचा संजीव को 'हंस' ऑफिस जाने के लिए गाड़ी से सड़क पर उतारती जाऊँगी। लेकिन ऐसा हो नहीं सका। संजीव ने आग्रह किया—"दीदी, आप मेरे साथ 'हंस' के कार्यालय चलिए। आपने सुबह से कुछ खाया नहीं है। वहाँ चलकर कुछ खा लीजिए, मेरे पास खाना है। साथ ही राजेन्द्र जी से मिलना हो जाएगा।"

"मैं वहाँ नहीं जाना चाहती संजीव। राजेन्द्र जी का रवैया मुझसे सहन नहीं होता क्योंकि वे मेरे इस कदम को गलत और नासमझी भरा मान रहे हैं।"

"नहीं दीदी, मेरे लिए चलिए।"

हम 'हंस' के ऑफिस आ गए।

"आओ-आओ डाक्टरनी।" राजेन्द्र जी ने मेरा सदा की तरह स्वागत किया और अपने सामने वाली कुर्सी पर बैठने के लिए कहा।

मैं और संजीव उनके सामने बैठे थे। मुझे अब भी आशा थी कि राजेन्द्र जी अपने रवैए में कुछ बदलाव कर चुके होंगे। मगर यह झूठी उम्मीद थी। मैंने उनको अपने लिए इतना अड़ियल कभी नहीं देखा। उन्होंने फिर वही बात दोहराई—"अरे, तो ऐसा क्या हो गया जिस पर तुम तूफान काट रही हो! बिलकुल गलत। बिलकुल गलत। मूर्खता है यह!"

खैर, मैं चली आई। मुझसे खाना नहीं खाया गया।

उस दिन के बाद मैं 'हंस' कार्यालय नहीं गई। उनके किसी कार्यक्रम में जाने का मन नहीं हुआ। हो सकता है मैं कोई अनधिकार चेष्टा करते हुए राजेन्द्र यादव को अपने पक्षधर के रूप में पेश करना चाहती रही हूँ जो उनके हिसाब से तनिक भी जरूरी नहीं था।

बहरहाल, हम अखबार में बराबर इस वाकए का विरोध करते रहे। साथ ही लेखकों ने मिलकर हस्ताक्षर अभियान चलाया जिसमें दो सौ से ज्यादा लेखकों ने अपना समर्थन हमारे पक्ष में दिया। कहा भी गया कि यह अभी तक का ऐसा आन्दोलन है जिसे ज्यादा से ज्यादा लेखकों, पत्रकारों और अध्यापकों ने समर्थन दिया है। सामाजिक कार्यकर्ताओं का योगदान अपने आपमें अपूर्व था। उत्तरांचल से लेकर दक्षिण के राज्यों तक प्रदर्शन हुए। पुतले जलाए गए। तब लगा कि महिलाओं ने अपनी शक्ति को पहचाना है और पुरुष वर्ग ने अपने सहयोग को जरूरी समझने की दृष्टि पैदा की है। 'हमें शासक नहीं, सहयोगी पुरुष चाहिए' की उक्ति लागू की।

अब मेरी राजेन्द्र यादव से इस मामले में कोई उम्मीद जुड़ी हुई नहीं थी। लेकिन

ऐसा भी पता नहीं था कि वे अभी इस मामले में मुझे ही खींचेंगे।

उन्होंने अपने सम्पादकीय में लिखा—"विभूति नारायण राय ने छिनाल शब्द मैत्रेयी पुष्पा के लिए लिखा है।"

मैं पढ़कर हतप्रभ रह गई। विभूति नारायण राय ने तो इस इंटरव्यू में किसी का नाम नहीं लिया। फिर राजेन्द्र जी मेरे नाम के साथ ही यह शब्द क्यों चेप रहे हैं? आत्मकथाकार तो कई महिलाएँ हैं। खुद मन्नू भंडारी भी हैं। उनमें से इस गाली के लिए राजेन्द्र जी ने मुझे ही क्यों चुन लिया? इसलिए कि मैं ही इसका पुरजोर विरोध कर रही हूँ? मैं तो स्त्रियों के अपमान पर ही लड़ाई लड़ रही थी, सो भी अकेली नहीं, तमाम लड़कियाँ और महिलाएँ मेरे साथ थीं। मेरा नाम होता तो पता नहीं मैं कितना लड़ती या न लड़ती! सामूहिकता में शक्ति होती है और इसलिए ही यह लड़ाई जारी है।

इस दरमियान यह नहीं हुआ कि राजेन्द्र जी ने बोलचाल बन्द कर दी हो। वे बराबर फोन करते। मैं ही उस उत्साह से फोन रिसीव नहीं कर पाती थी जैसा कि पहले उनके फोन पर चहककर उठाती थी। अजीब ठंडापन तबीयत में भरता जा रहा था। उनकी ओर से मुझे चिढ़ानेवाले एस.एम.एस. बराबर जारी रहते। यहाँ तक कि 'हंस' में उन्होंने रामधारी सिंह दिवाकर की कहानी 'रंडियाँ' शीर्षक से छाप दी। वे समझ रहे थे इससे मैं कुढ़ जाऊँगी लेकिन कहानी तो कहानी है। और उनका कहना भी इस मामले में गलत नहीं कि जब औरत अपनी चाल चलकर कुछ बनना चाहती है या बन जाती है तो मर्दाना समाज यह बर्दाश्त नहीं कर पाता। बदले में गालियों से उसका स्वागत करता है। रंडी, वेश्या कहकर पुकारता है। यह उसकी कुंठा का इजहार है।

इस बीच मेरे पास श्री आलोक जैन का फोन आया कि वे रवीन्द्र कालिया के साथ मेरे घर आना चाहते हैं। मैं इसके लिए तैयार नहीं थी क्योंकि यह मामला मेरी अकेली का नहीं था। मेरे साथ मेरे साथी थे।

इस बात को कुछ यों प्रचारित किया कि मैत्रेयी ने आलोक जी और रवीन्द्र कालिया को अपने घर बुलाया है। हमारा साहित्य जगत् रचना के स्तर पर चाहे इतनी कल्पनाएँ न कर पाए, आपसदारी के लिए ऐसी-ऐसी कल्पनाएँ अफवाहों के पंख लगाकर उड़ाता है कि बाजी उलट ही जाए। मुझे दुख हुआ।

अपने लेखकीय सहयोग के लिए मुझे कमला प्रसाद जी, वीरेन्द्र यादव, मुरली मनोहर प्रसाद, अजेय कुमार, गिरिराज किशोर, अर्चना वर्मा के साथ वे सब समर्थनकर्ता याद आते हैं जिन्होंने हमें साहस प्रदान किया। भूलती मैं उन्हें भी नहीं हूँ जिन्होंने उस वक्तव्य को या तो 'ये तो कुछ नहीं या क्या हो गया ऐसा' के भाव से देखा या फिर राजेन्द्र यादव की तरह सम्पादकीय लिखा—

"इधर 'नया ज्ञानोदय' ने बेवफाई अंक निकाला है। जाहिर है, इसके पीछे

सनसनी पैदा करना है। अगर बेवफाई का अर्थ वैध सम्बन्धों से बाहर सेक्स सम्बन्ध है तो मैं कहूँगा, लगभग सारा भारतीय और विश्व साहित्य बेवफाई का साहित्य है। अन्ना कैरेनिना से लेकर लेडीज चैटर्लीज लवर की कहानियाँ सिर्फ बेवफाई की कहानियाँ हैं। चाहे जितनी संवेदनशीलता और सहानुभूति से लिखी गई हों, वे हैं तो अनैतिक सम्बन्धों पर आधारित 'देवदास', 'गृहदाह', 'नौका डूबी', 'घरे-बाहिरे' और टैगोर के दूसरे उपन्यास अनैतिक सम्बन्धों का ही तो उत्सवीकरण हैं। हर रचनात्मक लेखक यथास्थिति या स्थापित मूल्यों को चुनौती देते हुए ही अपनी कथा कहता है। संस्कृत साहित्य और रीतिकाल में तो इस बेवफाई का विराट कीर्तन है—'जोग हू तौ कठिन संजोग पर-नारी कौ...' इसलिए मैं नहीं समझता कि बेवफाई का विवेचन समाजशास्त्र के अध्ययन के बिना किया जा सकता है।

''नया ज्ञानोदय के बेवफाई-2 विशेषांक में विभूति नारायण राय का इंटरव्यू इस तूफान का कारण बना कि सारी सुसंगत बातें कहने के साथ राय साहब ने कहा कि लेखिकाओं में होड़ लगी है यह साबित करने के लिए कि उनसे बड़ी छिनाल कोई नहीं है। मुझे लगता है कि इधर प्रकाशित एक बहु प्रमोटेड और ओवररेटेड लेखिका की आत्मकथात्मक पुस्तक का शीर्षक 'कितने बिस्तरों में कितनी बार' हो सकता था। इस तरह के उदाहरण बहुत सी लेखिकाओं में मिल जाएँगे।'' राकेश मिश्र द्वारा लिये गए इंटरव्यू का शीर्षक है 'फिलहाल स्त्री विमर्श बेवफाई के विराट उत्सव की तरह है।' यूँ तो इस हमले में कृष्णा सोबती, प्रभा खेतान, कृष्णा अग्निहोत्री, मृदुला गर्ग, रमणिका गुप्ता—सभी लेखिकाएँ आती हैं मगर यहाँ निश्चय ही उनका इशारा मैत्रेयी पुष्पा की आत्मकथा 'गुड़िया भीतर गुड़िया' की ओर है। जाहिर है, इस 'छिनाल' शब्द को लेकर ऐसा झमेला हुआ कि थामे नहीं थम रहा। लगभग सारी लेखिकाएँ ऐसा कहने के लिए विभूति नारायण राय और रवीन्द्र कालिया के ऊपर टूट पड़ी हैं। हिन्दी-अंग्रेजी अखबारों में, टी.वी. चैनलों पर रोज हंगामे हो रहे हैं। लेखिकाओं का प्रतिनिधिमंडल मानव संसाधन मंत्री से मिला है और राष्ट्रपति प्रतिभा पाटिल से अपना गुस्सा जताना चाहता है। शायद संसद में भी ये मुद्दे उठाए जाएँ—वृन्दा करात, गिरजा व्यास से लेकर कृष्णा सोबती, मन्नू भंडारी, मृदुला गर्ग और मैत्रेयी पुष्पा तक सभी राय के खिलाफ बयान दे रही हैं कि उन्हें अन्तर्राष्ट्रीय हिन्दी विश्वविद्यालय वर्धा के कुलपति पद से तत्काल हटाया जाना चाहिए। ऐसी विकृत और मर्दवादी मानसिकता के व्यक्ति का इतनी संवेदनशील पोजीशन पर बने रहना बर्दाश्त नहीं किया जाएगा। इतना ही नहीं, इस टिप्पणी को छापने के लिए रवीन्द्र कालिया से 'नया ज्ञानोदय' का सम्पादन भी छीन लिया जाना चाहिए। ज्ञानपीठ पुरस्कार निर्णायक मंडल की प्रवर

परिषद से तो विभूति नारायण राय को हटा ही दिया गया है।

"कुछ अति उत्साही लेखक तो टोटल बायकॉट (समग्र बहिष्कार) की माँग कर रहे हैं। मैं इसके बिलकुल पक्ष में नहीं हूँ। यह शुद्ध तालिबानी मानसिकता है कि सलमान रुश्दी या तस्लीमा नसरीन ने अगर ऐसा कुछ लिख दिया तो मोहम्मद साहब या कुरान के खिलाफ जाता है तो उन्हें फाँसी पर लटका देना चाहिए। यह बौद्धिक लोकतंत्र नहीं, धार्मिक फासीवाद है। महिलाएँ हमारे ही समाज की सदस्य हैं और उनका मामला इतना सैक्रोसेंट (परम पावन) भी नहीं है कि उनके सम्मान में कुछ भी बोलने की सजा दोषी का सिर उतारना हो। राय के इस गैर-जिम्मेदाराना वक्तव्य के लिए हम उन्हें बिलकुल भी बख्शना नहीं चाहते, उनकी भरपूर लानत-मलामत होनी ही चाहिए, मगर उन्हें कुलपति पद से हटा देना या घर से निकलवा देना या मौत की सजा सुना देना भीड़ की क्षुब्ध मानसिकता है जहाँ किसी की कोई बात सुनी नहीं जाती। यह साहित्य और विचारों की दुनिया है हड़ताली मजदूरों की गेट मीटिंग नहीं, जहाँ सिर्फ 'हाय-हाय' ही मची हो।

"दोस्तो, लोकतंत्र का भी कुछ सम्मान करना सीखो! आखिर हम इक्कीसवीं सदी में रह रहे हैं, यह शुद्ध सामन्ती मर्दवादी अहंकार कब तक हुंकारता रहेगा कि हम अपनी महिलाओं का अपमान सहन नहीं करेंगे। स्त्रियाँ जब स्वतंत्र, आत्मनिर्भर होकर बाहर निकल ही आई हैं तो उन्हें बहुत-कुछ बर्दाश्त करना पड़ेगा जो अभी तक सिर्फ मर्दों की मर्यादा थी और वे ढाल बनकर संरक्षक की तरह खड़े हो जाते थे।"

राजेन्द्र यादव (तेरी मेरी उसकी बात, हंस, सितम्बर 2010) इस सम्पादकीय को पढ़कर मेरे होश उड़ गए। राजेन्द्र जी की वह असलियत मेरे सामने थी, जिस पर मैं अपना बनाया हुआ रेशमी और मंगलमय पर्दा डाले हुए थी जो अब चिन्दियों में फट रहा था। दिल में खूनी नेजे तहलका मचाने लगे। सच राजेन्द्र जी, सच? विभूति राय को हमें छिनाल कहने का अधिकार है? यदि हक माना है आपने तो क्यों है ऐसा हक?

आप दलित विमर्श करते हैं, इसको अपनी मुहिम मानते हैं तो क्या दलितों को उनकी जाति, मसलन—'चमार, भंगी' के नाम से पुकारेंगे? जातिसूचक सम्बोधन सजा का फरमान है। अब यह समझ लीजिए कि जातिसूचक सम्बोधन तो जाति को ही इंगित करता है, जिससे एक पेशा सिद्ध होता है मगर छिनाल शब्द तो हमारे चरित्र की धज्जियाँ उड़ाता शब्द है। यह बोलना इसलिए आसान है कि इस पर कोई दंडनीय धारा लागू नहीं है? आपको इस 'छिनाल' शब्द पर आपत्ति नहीं है तो फिर अपनी पत्नी को अलग क्यों कर लिया? आत्मकथा तो उन्होंने भी लिखी है, भले कुकर्म आपके लिखे हों। चलो, यह आपने ही सिद्ध कर दिया कि आपकी पत्नी हम स्त्रियों से अलग हैं, तेजस्विनी सती के माफिक। एक सवाल फिर भी पूछूँगी कि

आप सम्पादकों को अपनी स्त्री को पवित्रता की मूर्ति मानने का अभ्यास क्यों पड़ा रहता है जैसे वे चन्दन से नहाई हुई तुलसी हों। दूसरी स्त्री को ही देहमुक्ति का दर्शन पढ़ाने का शौक है आपको! नहीं तो मैत्रेयी पुष्पा के नाम विभूति नारायण राय की दी हुई गाली को चेप देते?

मैं समझ गई कि आप मुझसे इतने चिढ़े हुए थे कि जितना कोई गुरु अपने शिष्य द्वारा किसी आज्ञा उल्लंघन पर आग बबूला हो जाता है। नहीं तो आप ही बताएँ कि 'गुड़िया भीतर गुड़िया' में ऐसा क्या है कि मुझे छिनाल ठहराया जाए। 'हम स्वतंत्र हुए हैं, बाहर निकले हैं तो ऐसा सब कुछ सुनना ही पड़ेगा और बर्दाश्त करना होगा,' यह आपकी दलील है लेकिन जिन्होंने गालियों को हम पर थोपा है उनको एक बार भी आपने लोकतांत्रिक भाषा समझाने की जरूरत नहीं समझी। आप किनको बचा रहे हैं? उनको, जिनकी असलियत पर सोना भी मढ़वा दें तो कालिख न छिपेगी। मुझे दुख है राजेन्द्र यादव जी कि अपने जिस सम्पादकीय में आपने देशी-विदेशी आख्यानों से उदाहरणों की झड़ी लगाई है, उनमें इस वाकए जैसा कोई न निकला। आपने गौर नहीं किया क्या?

बेशक, बहुत सारे रचनाकार, पत्रकार और अध्यापक हमारे साथ खड़े हो गए और ओम थानवी ने तो उस आपातकाल में योद्धा की तरह काम किया। यह वही समय था जब हम अपने सम्मान और समानता के स्तर को हासिल करने के लिए चारों ओर देख रहे थे। एक-एक चेहरे को अपने मित्र के रूप में पहचानना चाहते थे और राजेन्द्र जी उपरोक्त सम्पादकीयों की शृंखला लिखते हुए हमारी आवाज दबा रहे थे, हौसला तोड़ रहे थे। भले मैं आपके इस रूप को बार-बार भूल जाने की कोशिश करती लेकिन आप रोजाना मुझे अपने इसी रूप में फोन पर सबेरे का भाषण देते।

आपकी नसीहतें सुनकर मैं अपने साथ आए लेखकों की ओर देखती, उनका बेबाक और निर्भीक लेखन पढ़ती जो मुझे बड़ी ही तसल्ली देता, आगे बढ़ने का रास्ता सुझाता। अजेय कुमार का सम्पादकीय (उद्‌भावना), वीरेन्द्र यादव का लेख (वसुधा) और मुरली मनोहर प्रसाद का नजरिया (नया पथ) कितने नाम गिनाऊँ मैं...वह तो एक ऐतिहासिक दस्तावेज होगा जब स्त्री और पुरुष केवल मनुष्य के रूप में साथ-साथ एकजुट हुए थे।

यहाँ पुरुष और स्त्रियों की बात नहीं थी राजेन्द्र जी। कुछ स्त्रियाँ ऐसी भी थीं जो लेखिकाओं के रूप में हमारे साथ धरना-प्रदर्शन करतीं और उसके बाद विभूति नारायण राय को सारी खबर देतीं। कुछ ऐसी भी थीं, जिनको आप स्वतंत्र नारी की संज्ञा दे रहे हैं, वे चेतना-सम्पन्न आजाद स्त्री नाजुक समय आते ही पति के निजाम में पहुँचकर कोर्निश बजाने लगतीं कि मुझे भी उनके मालिक के दरबार में हाजिर

होकर उनको शिक्षा मंत्री कपिल सिब्बल से मिलकर अपनी बात रखने के लिए अनुमति लेनी होगी। यह सब देखकर मुझे यही लगा कि समाज में स्त्री को रास्ता दिखानेवाली लेखिका को अपने स्वामी का ऐसा डर है, तभी तो विभूति नारायण राय ने चारित्रिक लांछनों के हथियार उठा लिये हैं। ऐसी रचनाकारों को हमने अपने आन्दोलन से अलग करना ही बेहतर समझा। मुझे बार-बार रहीम का दोहा याद आया करता—*रहिमन विपदा हू भली जो थोरे दिन होय / हित अनहित या जगत् में जान परत सब कोय।*

उस दिन से ही मैंने समझ लिया कि स्त्रियाँ भले ही स्त्रियाँ हैं लेकिन उनके डर अपने-अपने हैं। सपने अलग-अलग हैं और रास्ते भी अलग हो जाने के लिए तैयार।

बात यहाँ आपकी और मेरी है तो इतना तो मैं जरूर कहूँगी कि मैं आपसे संवाद करने में कतराने लगी थी जबकि आप मुझसे बातचीत करना छोड़ते नहीं थे। भले ही वह वार्तालाप मुझे और भी उकसा डाले। मैं 'जनसत्ता' में कॉलम लिख रही थी उन दिनों, उसी लेखन के जरिए आपके सम्पादकीयों, वक्तव्यों और मौखिक सलाहों के जवाब देती। बेशक, आप मेरे इस तरह के व्यवहार के अभ्यस्त नहीं थे बिलकुल उसी तरह जैसे मेरे पति मुझे अपनी पत्नी मानते हुए कलम-कागज पर अपना मनचाहा लिखने की हकदार नहीं मानते थे। आप मेरे लेखकीय शिक्षक या गुरु के रूप में मुझे बार-बार रास्ते पर लाने की कोशिश कर रहे थे क्योंकि आपकी नजर में मैं आज्ञाकारिणी शिष्या के रूप में सीधी और भोली ही रही थी लगभग 'मरी गाय' जैसी। फिर आप चौंकते क्यों नहीं? हो सकता है, मेरी आत्मकथाओं को विश्वसनीय मानते हुए भी नजरअन्दाज कर रहे हों आप!

बहरहाल, आपकी आत्मीयता भी कम न थी। मंच पर मैं आपके साथ होती तो आप मेरे लिए 'रूठी हुई लेखिका' का सम्बोधन करते।

मैं आपसे क्यों रूठती? रूठने के लिए कोई अधिकार जरूरी होता है। मैं तो गुरु-शिष्य के सम्बन्ध पर ही विचार करते-करते हलाकान हो उठती। क्या मेरी दशा एकलव्य की जैसी है? यही कि अगर गुरु की विद्या तुमने सीख ली है तो उसका अपनी मर्जी से उपयोग करना तुम्हारे अधिकार में नहीं। वह गुरु की विरासत है जिसके पूरे हक वह अपने शिष्यों में से विशिष्टों को चुनकर देगा। राजकुमारों के साथ वनवासियों को नहीं बरतने देगा अपनी धनुर्विद्या। मन में यह भी आया कि द्रोणाचार्य को यही डर था कि एकलव्य धनुर्विद्या में अर्जुन को न हरा दे या कहीं यह भय भी साँप की तरह फन उठाने लगा कि एक दिन यह वनचारी बालक बड़ा होकर द्रोणाचार्य को ही चुनौती न देने लगे।

इस प्रसंग में मुझे बार-बार अपना पुलिस ट्रेनिंग सेंटर मधुवन, करनाल में जाना

याद आता रहा। आप कितने नाराज थे जब 2008 में पुलिस ट्रेनिंग के चीफ विकास नारायण राय ने मुझे करनाल कुछ महीने रहने के लिए बुला लिया था। आप वहाँ मुझे बार-बार फोन करते। इतनी बार कि मैं ट्रेनीज के बीच होती और फोन नहीं उठाती थी। आप इसे अपनी अवहेलना मान लेते और जब मैं फोन पर आपसे बात करती तो आपका स्वर क्रोधित शिक्षक की कटीली आवाज होता। आपको ऐसी आधिकारिक भावना के तहत अभी तक मैंने देखा नहीं था। मैं दुखद आश्चर्य में फँस जाती कि ये आप हैं जो स्त्री और दलित के लोकतांत्रिक अधिकारों की बराबर पैरवी करते हैं! मैं घर से निकलकर पुलिस ट्रेनिंग सेंटर तक आ गई तो आपको खुश होना चाहिए।

कभी मजाक के मूड में भी होते आप, जिसमें करनाल में न रहने का आग्रह ही झलकता।

''डाक्टरनी, अब वहीं जिओ, वहीं मरो। तुम्हारी कब्र वहीं बनेगी, विकास नारायण के साथ।'' यह सुनकर मुझे हँसी आ जाती।

बहरहाल, यहाँ हम बात उस वाकए की कर रहे हैं जो विभूति नारायण राय के साथ दुर्घटना की तरह घटित हुआ था और संयोगवश वे उन्हीं विकास नारायण राय के सगे बड़े भाई हैं जिन्होंने मुझे सन् 2000 से 2011 तक बराबर मधुवन, करनाल बुलाया। इस पर भी राजेन्द्र जी की झिड़की—'यार मैत्रेयी, यह तुम्हारी कौन सी जिद है कि करनाल भाग-भागकर जाती हो और विभूति अपने गाँव जोकहरा में प्रोग्राम करते हैं तो आनाकानी करती हो!'

मैं सुनकर रह जाती या हँसी में टाल देती। लगता यह भी था कि राजेन्द्र जी मेरे अपने चुनाव पर क्यों गौर नहीं करते? या इस बात पर कि कोई तो कारण होगा न जाने का।

इसका उत्तर मुझे बड़े स्पष्ट रूप से सन् 2010 के अगस्त, सितम्बर, अक्टूबर और नवम्बर तक उनके और अपने संवाद से मिलता रहा। रही-सही कसर उनके सम्पादकीयों ने पूरी कर दी।

अक्टूबर 2010 में उनके सम्पादकीय की अनुगूँज में यही उभरता है—गर्व से कहो मैं छिनाल हूँ...

''दलित, अछूत, शूद्र, अन्त्यज नामों को बहुत बदला नहीं, सिर्फ उन्हें दूसरे अर्थों से भर डाला। आज किसी में हिम्मत नहीं है कि चमार, भंगी को सरेआम गाली की तरह इस्तेमाल कर सके। बल्कि 'आई वाज ए भंगी वाइस चांसलर' या 'मैं चमार की बेटी उत्तर प्रदेश की मुख्यमंत्री हूँ', 'व्हाई आई एम नॉट ए हिन्दू' कहकर ललकारने की आवाजें सुनाई देती हैं। अब वे हमारी दया और सहानुभूति पर निर्भर नहीं हैं।''

यदि मैं राजेन्द्र जी के दिए हुए मुहावरे का प्रयोग करूँ तो 'जाति में पैदा होना

किसी का अपना चुनाव नहीं होता।' यह जुमला छिनाल के प्रसंग से नहीं जुड़ता क्योंकि जातिगत गाली की तरह यह लांछन औरत के बदकार होने को उसका अपना चुनाव न माना जाए, ऐसा सम्भव नहीं है। और न इसमें कभी दया और सहानुभूति शामिल रहे हैं। स्त्री कितनी भी स्वतंत्रचेता हो किसी पुरुष द्वारा दिए गए ऐसे शब्द को स्वीकार नहीं करेगी जो उसके लिए गाली के रूप में प्रचलित किया गया हो क्योंकि उस गाली के लिए उस स्त्री को ही जिम्मेदार माना जाता है जबकि जाति को लेकर दलित जिम्मेदार नहीं होता।

'आखिर मैं भी मनुष्य हूँ' की चेतना का सन्देश राजेन्द्र जी आपने ही तो लिखा है।

'वेश्या स्वतंत्र नारी है', यह पहला उद्घोष अगर यशपाल ने किया था तो क्या किसी वेश्या से पूछा था कि वह कितनी स्वतंत्र है? हाँ, पुरुषों ने स्त्री को वेश्या बनाकर स्वतंत्र मान लिया, यह उनका अपना फलसफा है।

अगर स्त्री के अपने चुनाव की जयगाथाएँ आप लोग वेश्या होने में छिपी हुई मानते हैं तो यह भी क्या पुरुष वर्चस्व का ही एक और रूप नहीं है? जिन्दगी की रंगीन कथाएँ मर्दाने तबके में रँगरेलियों का जरिया बनें, यही आपके लिए गतिशीलता की निशानी है।

यदि असलियत में चुनाव स्त्री का ही होगा तो वह अपनी देह का उपयोग भी किसी ऐसे मकसद के लिए करना चाहेगी जिससे उसे शारीरिक सुख की तुलना में मानसिक शान्ति मिले और यह शान्ति और सन्तुष्टि किसी भलाई या परोपकार में छिपी होती है। कितनी ही स्त्रियों ने अपने आपको दाँव पर लगाकर किसी न किसी को जीवनदान दिया है तो कइयों ने हीनताबोध के मारों को पौरुष बख्शा है अपने जहनी सुकून की खातिर। वेश्या हो जाने के लिए तो स्वतंत्रता भी गाली ही सिद्ध होगी।

अवैध सम्बन्ध जिन शृंखलाओं में जकड़ी जानलेवा स्थितियों में पैदा होते हैं, उन रिश्तों के बीच न तो औरत को हम छिनाल कह सकते हैं और न वेश्या ही मान सकते हैं। यदि सती, देवी जैसे शब्द भ्रामक हैं तो छिनाल, कुलटा और पुंश्चली जैसे शब्द भी झूठे और अर्थहीन हैं। जब आप गाली दिए बिना अपनी बातें पूरी नहीं कर पाते तो उसका भी आशय यही है कि स्त्री की यौन और आपकी मर्दानगी आपके जेहन में रहती है। पौरुष का जयघोष करना जैसे आपके लिए जीवन-बूटी हो!

राजेन्द्र जी, तभी न आपको आश्चर्य होने लगा कि मर्दाने समाज का बहुलांश (सामाजिक, राजनीतिक और साहित्यिक) इस छिनाल शब्द पर उद्वेलित क्यों हो उठा?

आपके बताए फलसफों पर कोई विचार करने के लिए क्यों तैयार नहीं होता? क्यों नहीं पढ़ रहा आपके इस लिखे हुए को—''किसी ने इन बदलते मूल्यों पर

विचार नहीं किया और न किसी ने इसके पीछे हताश मर्द के टूटते वर्चस्व का विश्लेषण करने की जरूरत समझी। इसके खिलाफ पुतला दहन, धरना-प्रदर्शन! अतीत के खँडहरों से निकल आए इस मुच्छड़ मर्द पर हँसना चाहिए था जो आज भी स्त्री विमर्श को पुरानी शब्दावली से परिभाषित करना चाहता है।''

आपकी समझदारी भी अप्रतिम मानी हमने कि आप अफसोस भी कर रहे हैं और आश्चर्य भी। लेकिन हमारी ओर से ऐसा ही प्रतिरोध जरूरी था—सड़कों पर उतरकर संघर्ष का समय था यह। क्या इसका मुहूरत भी आप निकालते तभी सही समय होता?

आपके ही शब्दों में—'सारे परिवर्तन शुरू हुए तब, जब स्त्री ने स्वयं अपनी कहानी कागज पर लिखनी शुरू कर दी। सन् 1810 के जमाने में प्रचलित ईसाई मिशनरियों की पुस्तिका 'स्त्री शिक्षा विधायिका' अर्थात् 'भले घर की रंडियों के जानने योग्य बातें' को आधार बनाकर आज किसी को भी रंडी कहा जा सकता है क्या?'

पुरुष वर्चस्व के जुल्मों के खिलाफ हमें कब बोलना है, कब नहीं बोलना, यह पुरुष ही तय करेंगे? नहीं तो फिर क्यों अखर गया आपको हमारा मानव संसाधन मंत्री कपिल सिब्बल से मिलना और इंसाफ के लिए आगे आना? आप यह भी तो देख रहे थे कि महिला आयोग अपाहिज सिद्ध हुआ। उसके पास कान नहीं तो जुबान क्या करे? उस समय की राष्ट्रपति ने अपने महिला रूप में महिलाओं की गुहार-पुकार सुनी थी क्या? लग रहा था हमारे लिए राजनीतिक हलकों में चारों ओर सन्नाटा है। क्या इंसाफ और ईमानदार पहल के लिए जाने जानेवाले ये न्याय मन्दिर केवल पथरीली इमारतें हैं? और इन इमारतों में रखे गए सिंहासनों पर बैठे लोग हाड़-मांस की शानदार प्रतिमाएँ हैं? हाँ, प्रतिमाएँ न बोलती हैं, न चलती-फिरती हैं; वे अपनी राजगद्दियों पर अविचल अटल रूप से स्थापित होने के लिए क्रियाशीलताओं को स्थगित करती रहती हैं।

'श्रीमती प्रतिभा पाटिल' इस चयन से हमने कितनी आशाएँ जोड़ी थीं। प्रथम महिला राष्ट्रपति, महिलाओं का गौरव। लेकिन कितनी जल्दी हमारा गौरव दरारों में फटने लगा। समय माँगा, समय नहीं मिला तो न्याय कहाँ से मिलता? सम्मान कैसे पाते हम? उन्होंने तो हमारी बात सुनने-समझने की भी कोशिश नहीं की।

धुँधलके में दिखी छोटी-सी रोशनी—वृन्दा करात।

कपिल सिब्बल साहब तक हम पहुँचे। उन्होंने विभूति नारायण राय को हमसे पहले बुला लिये। देखने में तो यह इंसाफ था कि दोनों पक्ष सुने जाएँ। लेकिन...

'औरतें हैं, माफी-साफी माँगकर किस्सा खत्म करो' जैसा करतब, साजिश था।

विभूति जी ने मंत्री जी का हुकुम बजाया और अपनी कुर्सी सही-सलामत

निकाल ली। तर्क भी दुरुस्त था—संवैधानिक पोस्ट है, बिना राष्ट्रपति के दखल के कुछ नहीं होगा। हमारा हस्तक्षेप गिर-गिरकर उठ रहा था मगर राजनीति सामने वाले के पाले में थी।

हमारे राजेन्द्र यादव फरमा रहे थे—'विभूति को गैर-जिम्मेदाराना बयान के लिए हम बिलकुल बख्शना नहीं चाहते,' कहते-कहते वे अपने दिल की बात अपने चेहरे पर ऐसी झलक ले आते जिसमें राय साहब के लिए हमदर्दी और मेरे लिए मेरी गुस्ताखी की सजा देने की तबीयत शामिल थी। आप बौखला गए थे राजेन्द्र जी क्योंकि आपके सम्पादकीय—'तुम्ही ने तो दिए हैं ये हथियार' को ज्यादातर लोगों ने सिरे से खारिज कर दिया था। तब आपने लिखा भी था—

"मेरे सम्पादकीय का ऐसा कुपाठ होगा, इसका मुझे अन्दाजा नहीं था। तिलक चोटीधारी ही नहीं, अपने को तार्किक (रेशनल) और बुद्धिजीवी माननेवाले भी कितने कुत्सित अर्थ निकाल सकते हैं इसका उदाहरण है कि 'राजेन्द्र जी स्त्रियों को चरित्रहीन, कुलटा और रंडी बनने के लिए उकसा रहे हैं,' आश्चर्य है कि प्रतिक्रियाओं की यह बाढ़ ज्यादातर पुरुष पाठकों की ओर से है। स्त्रियाँ प्रायः चुप हैं। जाहिर है कि पुरुषों की आस्था को झटका लगा है। मैंने कहा सिर्फ यह था कि स्त्री को बाँधने के लिए चरित्र, शील, सतीत्व, संस्कृति, धर्म और सती-सावित्री आडम्बर का जो ढक्कन स्त्री पर डाल दिया जाता है, वह हजारों वर्ष के समर्थन, महिमान्वीकरण और अभ्यास से इतना पवित्र हो गया है कि स्त्रियाँ भी अपने को कूट-कुचलकर उसी आदर्श में जीवन की सार्थकता मानती हैं। वही जीवन की चरम ध्येय बना दिया गया है। इसके स्खलन या विचलन पर या तो अपराधी मानकर स्वयं को दंडित करती रहती हैं या नैतिक पुलिस के खुदाई खिदमतगार उनको ठोक-पीटकर ठिकाने लगा देते हैं। इस दमघोंटू खूनी चंगुल से छूटी हुई स्त्रियाँ जब इस तथाकथित संरक्षण के बाहर निकल आती हैं तो उन्हें दुश्चरित्र, कुलटा, छिनाल, डायन या रंडी कहकर समाज से बाहर फेंक दिया जाता है। ये लांछन उसकी हैसियत की सजा निर्धारित करते हैं।"

सच, एकदम सच! स्वतंत्र स्त्री की इससे अच्छी परिभाषा हो नहीं सकती। आपकी बात सौ प्रतिशत सही। लेकिन यह इस मामले में भी सौ प्रतिशत सही है कि छिनाल और रंडी कहनेवाले अपनी कामुकता को तुष्ट करने के लिए आसानी से तथाकथित छिनाल के पास चले जाएँ। स्वतंत्र स्त्री को इस्तेमाल करने के लिए ये छुट्टा पुरुष। इतना इकहरा नहीं है इस समाज का ताना-बाना कि खाली फाहिश सम्बोधन देकर रह जाए। मैं तो भुक्तभोगी की तरह संघर्ष से गुजरी हूँ, सामना किया है। मैंने आपको बताई भी थी यह 2009 की घटना जिससे आपकी बात नहीं, मेरी बात सिद्ध होती है।

'छिनाल और रंडी' ऐसा ही बोलो और उसी तरह बरतो, यही तो चलन है मर्दों का। आप हैं कि व्यवहार भूलकर परिभाषाओं पर उतर आते हैं। वैज्ञानिक ढंग से जो प्रयोग की प्रविधि है, उसे भी ध्यान में रखना होगा। यदि मर्दाने तबके से भारतीय स्त्री के शील की बात लागू नहीं होनी चाहिए तो रंडी, वेश्या, छिनाल और कुलटा ही क्यों उसके वजूद से चिपकाए जाएँ?

ऐसी बातें मेरी ओर से! राजेन्द्र जी की कल्पना के बाहर थीं।

'कि यह मोर्चा तो बहुत पहले खुल जाना चाहिए था। ऐसा हो जाता तो आज यह नौबत न आती कि राय किसी स्त्री की आत्मकथा का शीर्षक अपनी बीमार मानसिकता के अनुसार तय करते पाए जाएँ और उस पत्रिका का सम्पादक अपने गणों के साथ खुशी से किलकारियाँ मारे। कितना आनन्द आता है किसी पुरुष को जब औरत बेइज्जत होती है, इसकी नायाब मिसाल वह साक्षात्कार है।'

अशोक वाजपेयी ने कहा—'यह दुखद और किसी हद तक शर्मनाक है कि नामवर सिंह जैसे भद्र और वरिष्ठ आलोचक ने अभी तक इस मसले पर न तो कुछ कहा है और न ही कुलाधिपति पद से इस्तीफा दिया है। उन्होंने कुलाधिपति की हैसियत में कुलपति से कोई जवाब तलब तक नहीं किया। जबकि केन्द्रीय मंत्री ने इस मामले में हस्तक्षेप किया है। अगर नामवर सिंह ने किया है तो उसे सार्वजनिक करना चाहिए।'

नामवर सिंह 'भद्र और वरिष्ठ' मुझे दुख भरी हँसी आ गई।

यह सब दृश्य पटल पर था और यह सूचना आने लगी कि मैत्रेयी की रचना 'सुपर बेवफाई अंक' में छप रही है।

नहीं, हरगिज नहीं। मैं अपनी रचना वापस ले चुकी थी। वह रचना भी मैंने रवीन्द्र कालिया की माँग पर नहीं, सुशील सिद्धार्थ के अनुरोध पर दी थी। हाँ, वहाँ से वापस नहीं आ रही थी, तब मुझे श्री अखिलेश जैन (ज्ञानपीठ) को पत्र लिखना पड़ा और रचना लौटा देने के लिए आग्रह रखना पड़ा। यह राह मुझे सुशील सिद्धार्थ ने ही सुझाई थी क्योंकि मेरी कहानी के लिए वे ही जिम्मेदार थे। और रचना छपने के दुष्प्रचार से आहत भी, जिसकी उन्हें सजा मिली।

बहरहाल, आलम यह था कि विभूति नारायण राय और रवीन्द्र कालिया के खिलाफ देश भर में युवा रचनाकार जुटने लगे। जानकी पुल पर बर्खास्तगी की आवाज बुलन्द होने लगी। स्त्रियों में जैसे जागृति का नया संचार हुआ हो, विभिन्न प्रदेशों से हस्ताक्षर अभियान की प्रतिलिपियाँ मेरे पास पहुँचने लगीं।

राजेन्द्र जी के गुस्से का ठिकाना नहीं था—'पागल हो गई हैं ये औरतें' उनका दाँतपीसू वाक्य अक्सर उनकी जुबान पर आ जाता।

मुझे उन्होंने पत्र लिखा।

पत्र से और भी साफ हो गया कि उन्हें लग रहा है विरोधी खेमे मुझे उकसा

रहे हैं और मैं दिग्भ्रमित हो रही हूँ। मेरी समझ में नहीं आ रहा था कि यह उनका एकाधिकार क्रोधित सर्प की तरह फुफकार उठता था या मेरी समझ पर मेरे गुरुवर को सन्देह हो रहा था!

पत्र में भी वही दोहराव जो वे अपने सम्पादकीयों में लिख रहे थे। साथ में यह महत्त्वपूर्ण टिप्पणी—''मैत्रेयी पुष्पा जी, मेरा अभी भी यह आग्रह है। रास्ता तुम्हारा अपना चुना हुआ है, अगर तुम थोड़े संयम और समझदारी से काम लेतीं तो शायद आज की तरह अकेली नहीं पड़ गई होतीं!''

''अकेली!'' मैंने बुदबुदाया।

यही नहीं, कानपुर की डॉ. दया दीक्षित की वह बात भी मेरे मन में सत्य की तरह कौंध गई जो उन्होंने मुझे बताई थी—'कि राजेन्द्र जी ने दया दीक्षित को फोन किया और कहा—तुम उससे क्यों चिपकी हुई हो...वो तो अकेली पड़ गई है।'

'यह क्या है राजेन्द्र जी,' मैंने मन ही मन कहा। अगर मैंने (मैंने नहीं, तमाम लेखक-लेखिकाओं ने) विभूति नारायण राय और रवीन्द्र कालिया की फाहिश भाषा के खिलाफ मोर्चा खोला है तो आपकी नजर में इसकी सरदार मैं हूँ, इसलिए आपकी अपराधिनी भी मैं ही हूँ। आप मुझे 'अकेली' कह-कहकर डराना चाहते हैं? जैसे कि विभूति और रवीन्द्र कालिया अपमानजनक सम्बोधन लगाकर हमारे लिखने का रास्ता रोकना चाहते हैं। आप तीनों में कोई अन्तर है क्या?

यों तो आप मुझसे संवाद बनाए हुए थे और इतने में मेरा जन्मदिन भी आ गया था सो शुभकामनाएँ भी मौखिक और एस.एम.एस. के जरिए दे रहे थे—फोन के स्क्रीन पर आपका बधाई सन्देश कुछ इस तरह चमकने लगा और उसी तरह मैंने पढ़ा—

''कुएँ में कूदनेवालों का साथ न देनेवालों की तरफ से जन्मदिन की बधाई!''

इसके उत्तर में मैं क्या कहती राजेन्द्र जी? 'आय एम प्राउड ऑफ यू' का सन्देश भेजनेवाले आप आज मुझे कुएँ में छलाँग लगाकर खत्म होनेवाली कह रहे थे और साथ न देने का फैसला भी सुना रहे थे। मैं तिलमिला गई थी...

कुछ बाकी बचा था शायद, थोड़ी देर बाद ही फोन आ गया—''डाक्टरनी, जिन्दा हो कि... ? अभी विभूति का कितना खून और पीना है!''

''राजेन्द्र जी, हम कुएँ में कूदे हुए हैं, गहराइयाँ नाप रहे हैं आप लोगों की कथनी और करनी की, शायद कुछ अच्छा और महत्त्वपूर्ण निकल आए। आप तो जगत पर बैठकर तमाशा देखिए। तमाशगीर भी होने चाहिए न, हमारे करतबों को देखने के लिए?''

फोन बन्द हो गया। मैंने भी अपनी ओर से नहीं मिलाया।

लोग मुझसे तरह-तरह के सवाल पूछते। उनमें एक सवाल यह भी होता—आपके और राजेन्द्र यादव के रिश्ते में क्या वह खूबसूरत मोड़ आ गया है जिसमें

कहा गया है कि 'खूबसूरत मोड़ देकर छोड़ना अच्छा'।

क्या जवाब देती इस सवाल का? मैंने तो कोई मोड़ नहीं बनाया और शायद राजेन्द्र जी ने भी नहीं बनाया। अगर कोई मोड़ बन रहा है तो अपने आप ही बन रहा होगा या हम दोनों की अपनी-अपनी फितरत सामने आ गई हैं जो अभी तक गुरु और शिष्य के आवरण से ढँकी हुई थीं। और लोग उस आवरण को ही देख पा रहे थे।

आपने मुझसे कहा—"मेरे पत्र का जवाब दो, मैं उस जवाब को हंस में छापूँगा।"

"आप अपना लिखा पत्र छाप लें या न छापें। मुझे किसी तरह की सफाई नहीं देनी है।"

खबर यह भी आई कि राजेन्द्र यादव कहते हैं कि मैत्रेयी मुझसे कहती है कि मैं 'हंस' में लिखित माफी माँगूँ।

मैंने क्या कहा, क्या नहीं कहा, यही कि विभूति राय और रवीन्द्र कालिया को अपने पद से इस्तीफा देना चाहिए। अगर राजेन्द्र यादव भी ऐसा मान रहे हैं कि महिलाओं को लिखित रूप से गालियाँ दी जाएँ, उनके चरित्र की बखिया उधेड़ी जाए, उनको यौनदासी मान लिया जाए तो बेशक, राजेन्द्र जी को भी सम्पादक बने रहने का हक नहीं रह जाता! वे शीबा असलम फहमी को धरने पर जाने के लिए डाँट रहे थे और हमें तालिबानी कह रहे थे तभी तो हम भी उनको 'हंस' सम्पादक के रूप में देख नहीं पा रहे थे।

वे पूछ रहे थे—"रामधारीसिंह की कहानी 'रंडियाँ' पढ़ी?"

"हम ऐसी कहानी पढ़ना नहीं चाहते जिसे आपने हमसे बदला लेने की भावना से छापा हो। शीर्षक बता रहा है, इस भाषा का भाव गलत है।"

"मेरे पत्र का जवाब क्या हुआ?"

"आपको कष्ट हुआ, आपको पता लगा कि दर्द की एक किस्म यह भी है। यही पत्र का जवाब है, राजेन्द्र जी..." कहते-कहते मेरा गला भरने लगा और मैंने तुरन्त फोन रख दिया। सालों से जुड़ी आत्मीयता भी क्रिटिकल मौके पर अपना रंग दिखाने लगती है।

राजेन्द्र यादव के बारे में लोगों के सवालों के जवाब दूँ या ज्ञानपीठ की पत्रिका 'नया ज्ञानोदय के बेवफाई अंक' में छपे साक्षात्कार पर लिखूँ और बोलूँ, साथ ही उधर के पक्ष से आ रही दलीलों पर अपनी दलीलों को पेश करूँ?

राजेन्द्र जी के बारे में भी सोचती इस बीच—एक नजर वह होती है जिस पर हमारा वश चलता है और एक नजर वह होती है जो दूसरी ओर से हमें देखती है। राजेन्द्र यादव मेरे लिए क्या रहे हैं, शब्द नहीं हैं मेरे पास। लेकिन मुझे यह क्या हुआ है कि सारी श्रद्धा, सारी निष्ठा, सारा प्रेम काफूर होने लगा। ऐसा तब क्यों नहीं हुआ

था जब राजेन्द्र जी ने मन्नू जी से हुए अलगाव को सार्वजनिक रूप से मैत्रेयी के नाम कर दिया था। मैं भी जान रही थी मेरे नाम की आड़ में वह महिला बच जाएगी जिसके नाम की सुगबुगाहट लेखन जगत् में नहीं के बराबर है और वह अपने निजी परिवार को सती सावित्री और माता अनसूया की तरह पवित्र पावन बनाए रहेगी। मुझे तो उस वक्त हँसी आई थी कि राजेन्द्र यादव भयविहीन, सामाजिक रूढ़ियों से लड़नेवाले योद्धा हम जैसी स्त्रियों को अपनी सेक्स-लीला के आगे रेशमी पर्दे की तरह सजा लेते हैं। क्या मन्नू दी की लेखकीय ईर्ष्या ऐसी जालिम हो उठी थी कि मैत्रेयी के कारण पति को घर से निकाल देतीं? मन्नू दी ने इस निष्कासन के लिए मेरे नाम पर हामी नहीं भरी थी, मगर जानते हुए भी उस स्त्री का नाम नहीं खोला था। पता नहीं वे उस औरत को बचा रही थीं या अपने पति को?

बहरहाल, तब से अब तक नदी में पानी बहुत बह गया है...

तब से अब तक यह बात भी पक्की तौर पर मेरी कलम के दायरे में मुकम्मल है कि जिन बातों को समाज को बदल डालने का बीड़ा उठानेवाले लोग खुलेआम लिखते हैं, उसी सेक्सुअल आजादी को शारीरिक तौर पर उतारने के लिए पर्दों की जरूरत पड़ती है, शालीन और शुचितापूर्ण पर्दों की। ऐसा वही लोग करते हैं जो परिवार-भीरु / समाज-भीरु होते हैं। दूसरे शब्दों में, वे परिवार और समाज को धोखा देते हैं वरन् राजेन्द्र यादव जैसा आदमी देह मुक्ति / सेक्स मुक्ति की दुहाई देता है और अपने लिए धोखे गढ़ लेता है। एक निजी संसर्ग में आई औरत को पारिवारिक और सामाजिक आँच से बचाने के लिए दूसरी औरत को उसमें झोंक देता है और कोई अपराधबोध नहीं होता उस 'विद्वान' को!

मुझे डर नहीं लगा राजेन्द्र जी क्योंकि मैं कोई छल नहीं कर रही थी। मैं भयभीत नहीं हुई लेखन जगत् में भी क्योंकि मेरा किसी धोखेबाजी से ताल्लुक नहीं था। मैं उस दिन भी तो अकेली थी। आज मेरे अकेली पड़ जाने की आपको चिन्ता क्यों है? अफसोस क्यों हुआ? सत्य को किसी की गवाहियाँ नहीं चाहिए, वे तो देर-सबेर खुद-ब-खुद पैदा हो जाती हैं।

बहरहाल, मुझे आपका रुख देखकर चिन्ता होने लगी है कि अब स्त्री के मुक्ति मार्ग की रणनीतियाँ क्या होंगी? क्या यही कि हमें कुलटा कहो, छिनाल या बदकार कहकर पुकारो और किसी से साथ भी हमबिस्तर होनेवाली कहकर प्रचारित करो, हम खुश होंगे! क्या हम मनुष्य नहीं हैं जिसका अपना कोई चुनाव भी होता है और चेतना भी। हम जानते हैं कि मर्दों की मनचली और मौज मारती भाषा ने ही तो हमें सरेसाह बेइज्जत किया है, अपमानित करते रहने का बीड़ा उठाया है। साहित्य भी भाषा में ही रचा जाता है तो हम स्त्रियाँ साहित्यकार होने के नाते इस फाहिश भाषा पर गौर नहीं करेंगी और इसे बदल डालने के लिए दावे पेश नहीं करेंगी? गालियाँ

झेलकर खुशफहमी पालना कहाँ की प्रगतिशीलता है?

राजेन्द्र जी, आपने अपने नवम्बर, 2010 अंक के सम्पादकीय में विलियम वेंकट और राजाराम मोहन राय के उदाहरण दिए हैं जिन्होंने नरबलि और सतीप्रथा जैसी खूँखार रिवाज के खिलाफ कानून बनवाए और उन जुल्मों को प्रतिबन्धित करने की मुहिम छेड़ दी। आप कह रहे हैं कि हम स्त्रियाँ उनको बेवकूफ मान रही हैं। देखिए नरबलि और सतीप्रथा ब्राह्मणों, पुरोहितों और ऋषि-मुनियों का मनुष्य विरोधी ऐसा फरमान था जिससे वे 'परपीड़न आनन्द' लिया करते थे और खुद को खुदा मान लेते थे। ऐसे ही भ्रम में मर्दानगी के मतवाले कामी पुरुष स्त्री को योनिसंगत गालियाँ देकर उसका वाक्-बलात्कार करते हुए पैशाचिक किलकारियाँ मारते हैं। आप मेरी इन बातों से असहमत हैं तो यह स्त्री विमर्श का दुर्भाग्य है। सती को जिन्दा जलाकर मार डाला जाता है तो किसी स्त्री को एक मर्द अपने लिंग के सम्भोग से जोड़कर मनमाने अपमान से गुजार देता है, इस बेइज्जत होने को हम यौनिक हिंसा कहते हैं। हिंसा हिंसा होती है और कुछ भी नहीं। जैसे सती होना कोई स्त्री नहीं चाहती, उसी तरह यौन हिंसा भी बर्दाश्त करना नहीं चाहती।

समझ में नहीं आता आप लोग कुछ कुप्रथाओं का विरोध करते हुए अपने आनन्द की दूसरी प्रथाओं को मान्य बनाते चलते हैं। ठीक है, आप अपनी मंशा जताइए, हम प्रतिकार करने के लिए स्वतंत्र हैं।

मुरली मनोहर प्रसाद ने लिखा है—यों तो हर वक्त गुहार लगाई जाती है कि साहित्य में सामाजिक सत्य हो, जब वही सत्य महिला लेखन में अपनी तमाम जटिलताओं के साथ चित्रित हो जाए तो पुंसवादी आँख उसमें लेखिका की देह ढूँढ़ने लगती है और बाकी तमाम यथार्थ की परतें दिखाई नहीं देतीं। अगर कहीं नारी को अपनी आजादी और बराबरी की भावना देह के माध्यम से दिखाई दे गई तो फिर उसे कलंकित करने की मुहिम शुरू। यह निकृष्टतम आलोचना का रूप है जिसकी भर्त्सना होनी चाहिए।

"विभूति नारायण राय के खिलाफ कार्रवाई को लेकर कुछ लेखक यह मानते हैं कि माफी माँग लेने से प्रकरण समाप्त कर दिया जाना चाहिए। ऐसा मानने से तो फिर हमें अपने संविधान की वे सभी धाराएँ और भारतीय दंड संहिता के सभी प्रावधानों को भी भूल जाना चाहिए जिनमें ऐसे अपराधों के लिए दंड दिए जाने की व्यवस्था की गई है। अगर माफी माँग लेने से गुनाह माफ हो सकते हैं तब तो इन प्रावधानों की कोई जरूरत ही नहीं। क्या सरकारी पदों पर आसीन ऐसे लोग कोई भी अपराध करके माफी माँग लें तो वे अपराध से बरी कर दिए जाने चाहिए? क्या पुलिस अफसर राठौर या विभूति नारायण राय को माफी मँगवाकर छोड़ देना भारतीय संविधान और कानून व्यवस्था के साथ भद्दा मजाक नहीं होगा?"

जनवादी लेखक संघ, जिसके आप भी राष्ट्रीय उपाध्यक्ष थे राजेन्द्र जी, विभूति नारायण राय के साथ आपकी भी कलई खोलने लगा।

आप बौखला गए। बौखलाहट ने भीतरी मोर्चा सँभाला और अपने विचार के प्रकोष्ठ को देखा-समझा। बहुत दिनों तक आप अपनी बौखलाहट को सँभाल नहीं पाए, पचाना तो लगभग असम्भव ही लगा।

आपने ऐसे ही अपना समर्थन मेरे लेखन की ओर से खींच लिया जैसे किसी नेता को गिराने के लिए अक्सर नाराज समर्थनकर्ता जो व्यवहार करते हैं। आपको पता था या आपने मान रखा था कि मैत्रेयी पुष्पा नाम की लेखिका आपके समर्थन की मजबूत जमीन पर खड़ी है। आपने ही क्या, बहुत से साहित्यकार इसी मान्यता के पक्ष में रहे हैं।

मौका था और मूड भी था आपका—

आउटलुक (हिन्दी) के जनवरी, 2011 के अंक में 'लेखिकाएँ और उनकी सृजनशील दुनिया' शीर्षक से आपका साक्षात्कार आया। आपने मेरे लिए लिखा—

"लोग सहज ही मैत्रेयी की तुलना फणीश्वरनाथ रेणु से करते हैं। मगर रेणु के चरित्रों की जटिलता से प्राय: मैत्रेयी बचती हैं। शायद यही कारण है कि वह पाठकों में सबसे अधिक प्रिय हैं और यही उनकी शक्ति और सीमा है। पाठक जहाँ लेखक को ऊर्जा और शक्ति देते हैं, वहीं उसकी सीमाएँ निर्धारित कर देते हैं। और लेखन जाने-अनजाने पाठकों के हिसाब और माँग से ढलने लगता है। मैत्रेयी इस स्थिति से अतिक्रमण का साहस कर पाएँगी या नहीं, कहना मुश्किल है। उनके पात्र तात्कालिकता से उठकर अतीत और भविष्य के जटिल अमूर्तन में जाने से बचते हैं।"

राजेन्द्र जी, 1991 से लेकर 2011 तक आपके सान्निध्य में बीस साल हो गए, मगर यह 'किन्तु-परन्तु' और भविष्य के लिए मेरी सोच, समझ और साहस की आशंकाएँ मैं पहली बार देख रही थी, पहली बार आपकी नजरों में। वह भी आपसे असहमत होने के महज चार महीनों में! आपका विश्वास क्यों थरथराने लगा राजेन्द्र जी? कहाँ गया वह वाक्य—"मैं अच्छी रचना का मुरीद हूँ, भले मेरे दुश्मन की हो!"

'चाक' पर बात करते हुए क्यों अपनी मुरीदगीरी से घबराने लगे? यही तो वह उपन्यास है जब दस क्लासिक उपन्यासों की सूची आपने राष्ट्रीय सहारा को दी थी तो 'चाक' का नाम भी उन दस उपन्यासों में शामिल किया था।

'अल्मा कबूतरी' (उपन्यास) की पांडुलिपि पढ़कर चकित रह गए थे आप क्योंकि आपके अनुसार मैं कैसे लिख सकती थी क्रिमिनल ट्राइब पर? मेरे बस का नहीं हो सकता था ऐसा कुछ लिखना जिसकी तुलना आप अमीर अली ठग से कर पाएँ।

आप सुपारी देते थे और मैं चुनौती स्वीकार करती रही हूँ। तभी तो आपने

भीमसेन त्यागी द्वारा सम्पादित पत्रिका में मेरे लिए लिखा था—'मैत्रेयी यमुना और चम्बल का पानी।'

इस पानी की उफानदार लहरों में 2010 की 31 जुलाई वाली घटना से ऐसा ठहराव कैसे आ गया कि आप अपनी भाषा में किन्तु-परन्तु के बाँध बनाने लगे।

मगर मैं भी तो यह जानती हूँ कि बाँध वहीं बनाए जाते हैं जहाँ पानी में तेज से तेज बहाव हो। यही कि हम पानी की रफ्तार को धीमी कर पाएँ या सुखा दें। आप क्या यह जानते नहीं थे कि 'आउटलुक' में दिया आपका वक्तव्य 'अल्मा कबूतरी' का रास्ता रोक नहीं पाएगा। बेशक, मैत्रेयी को चोट देगा। इससे ज्यादा आपका मकसद भी नहीं था।

मैंने नए सिरे से उस दिन अल्मा कबूतरी के फ्लैप को दोहराया था, आपका लिखा फ्लैप।

''मंसाराम कज्जा है और कदमबाई कबूतरी। नाजायज सन्तान है राणा, जो न कबूतरा न कज्जा। दोनों के बीच भटकता त्रिशंकु—संवेदनशील और स्वप्नदर्शी किशोर। अल्मा और राणा के बीच पनपते रागात्मक सम्बन्धों की यह कहानी सिर्फ इतनी ही नहीं है कि राणा कल्पना-लोक में रहता है और अल्मा जिन्दगी के कठोर अनुभवों में पक रही है—वह हर स्थिति को सीढ़ी बनाकर दीवारें फाँदती कबूतरी है। 'अल्मा कबूतरी' उस वास्तविक यथार्थ की जटिल नाटकीय कहानी है जो हमारे अनजाने ही आसपास घटित हो रही है। अपनी उपस्थिति से हमें बेचैन करती है...

''स्वतंत्र भारत में समाज की मुख्य धारा के किनारे फेंक दिए गए इन 'अदृश्य लोगों' की लड़ाई आज भी जारी है जिनके लिए अंग्रेजों के गजटों और गजेटियरों में नाम हैं—अपराधी कबीले या सरकश जनजातियाँ। आज भी वे कमन्द और सीढ़ियाँ लगाकर हमारे दुर्ग-दीवारों पर चढ़ते हैं तो ऊपर बैठे हम तीर-कमान साधे उनका शिकार करने का सुख पाते हैं। इन्हीं अपरिचित लोगों की कहानी इस बार उठाई है मैत्रेयी पुष्पा ने 'अल्मा कबूतरी' में। यह बुन्देलखंड की विलुप्त होती जनजाति का समाज वैज्ञानिक अध्ययन बिलकुल नहीं है, हालाँकि कबूतरा समाज का लगभग सम्पूर्ण ताना-बाना यहाँ मौजूद है—यहाँ के लोग-लुगाइयाँ, उनके प्रेम-प्यार, झगड़े और शौर्य इस क्षेत्र को गुंजार किए हैं।

मैत्रेयी पुष्पा सिद्ध और प्रसिद्ध कथाकार हैं। अपने कथ्य के साथ भाषा, मुहावरा, शब्द-भंडार—सभी पर उनका विलक्षण अधिकार है। किस्सागोई नहीं, दर्जनों जीवन्त पात्रों का रंगमंच 'अल्मा कबूतरी' उपन्यास के पठनीय कथारस को नए अर्थ देता है।

(राजेन्द्र यादव)

'कही ईसुरी फाग'

ऋतु डॉ. ऋतु नहीं बन पाई क्योंकि रिसर्च गाइड प्राध्यापक प्रवर पी.के. पांडेय की दृष्टि में ऋतु ने ईसुरी पर जो कुछ लिखा था, वह न शास्त्रसम्मत था, न शोध-अनुसन्धान की जरूरतें पूरी करता था। वह शुद्ध बकवास था क्योंकि 'लोक' था।

'लोक' में भी कोई गाइड नहीं होता। लोक उस बीहड़ जंगल की तरह होता है जहाँ अनेक गाइड होते हैं—जो जहाँ तक रास्ता बता दे, वही गाइड बन जाता है। कभी-कभी तो कोई विशेष पेड़, कुआँ या खँडहर ही गाइड का रूप ले लेते हैं। ऋतु भी ईसुरी रजऊ की प्रेमकथा के ऐसे ही बीहड़ों के सम्मोहन की शिकार है। बड़ा खतरनाक होता है जंगलों, पहाड़ों और समुद्र का आदिम सम्मोहन...हम बार-बार उधर भागते हैं किसी अज्ञात 'दर्शन' के लिए। 'कही ईसुरी फाग' भी ऋतु के भटकावों की दुस्साहसिक कहानी है।

शास्त्रीय भाषा में ईसुरी शुद्ध 'लम्पट' कवि है—उसकी अधिकांश फागें एक पुरुष द्वारा स्त्री को दिए शारीरिक आमंत्रणों का उत्सवीकरण हैं जिनमें श्रृंगार काव्य की कोई मर्यादा भी नहीं है।

इस उपन्यास का नायक ईसुरी है, मगर कहानी रजऊ की है—प्यार की रासायनिक प्रक्रियाओं की कहानी जहाँ ईसुरी और रजऊ दोनों के रास्ते बिलकुल विपरीत दिशाओं को जाते हैं। प्यार बल देता है तो तोड़ता भी है...

सिद्ध संगीतकार कविता की किसी एक पंक्ति को सिर्फ अपना प्रस्थान बिन्दु बनाता है—बाकी ठाठ और विस्तार उसका अपना होता है। 'बाजूबन्द खुल-खुल जाए' में न बाजूबन्द रात भर खुल पाता है, न कविता आगे बढ़ पाती है क्योंकि कविता की पंक्ति के बाद सुर साधक की यात्रा अपने संसार की ऊँचाइयों और गहराइयों में अर्थ तलाश करने लगती है। मैत्रेयी पुष्पा की यह कहानी उसी आधार का कथा-विस्तार है—शास्त्रीय दृष्टि के खिलाफ अवैध लोक का जयगान।

(राजेन्द्र यादव)

अबकी बार आप पकड़े गए राजेन्द्र जी। नाम नहीं था वक्तव्य के नीचे लेकिन भाषा का तेवर राजेन्द्र यादव का और सबसे बड़ा सबूत ईसुरी को 'लम्पट' कहना आपके सिवा किसके बस की बात थी?

सब समझ गए। राजकमल प्रकाशन में विरोधी स्वर वाले पत्रों के ढेर लग गए। बुन्देलखंड हुंकारने लगा। उसके आदरणीय, सम्मानित और जनप्रिय कवि को लम्पट कहने की जुर्रत करनेवाले और छापनेवाले का हश्र कचहरी में पता चलेगा।

एकजुट हो गए झाँसी से भोपाल तक के साहित्य-प्रेमी। छतरपुर में लेखिका और प्रकाशक के खिलाफ अभद्र शब्दों की बरसात हो रही थी। राजेन्द्र यादव को घसीटा जा रहा था। मैं घबरा रही थी क्योंकि घर में भी कोहराम था, राजेन्द्र जी का लिखा मानकर।

और आपके सामने दफ्तर में कुर्सी पर बैठकर मैं देख रही थी—सिगार पीते हुए धुआँ उड़ा रहे थे आप। जब पाइप एक ओर रखा तो बोले—"तेरे लिए मैंने लाखों के बोल सहे।"

मैं क्या कहती ? यही कि अब मैं तो झाँसी कोर्ट में हाजिर होनेवाली हूँ, आप तो सन्देह-लाभ ले जाएँगे। नाम न लिखना नाजुक समय पर काम आया राजेन्द्र जी !

आपने कहा—"मैं तो नाम लिखने के लिए तैयार था, तुम ही हिचकिचाई जबकि मेरी इच्छा रही कि मैं 'इदन्नमम' की भूमिका की तरह 'चाक' और 'अल्मा कबूतरी' के भीतर पहले पन्ने पर अपना वक्तव्य लिखूँ।

"जब मैंने कहा कि मैत्रेयी जी, पढ़ते समय लोग अक्सर ही किताब का कवर उतार देते हैं और फ्लैप गायब हो जाता है। तो याद करो तुमने क्या कहा था ?"

"क्यों ?"

"यही कि राजेन्द्र जी तो शिलालेख लिखना चाहते हैं।"

हाँ, मैंने यही कहा था फिर भी आपने बुरा नहीं माना और फ्लैप पर ही अपनी समझी-सोची बेहतरीन इबारत पेश करते रहे। बड़प्पन और क्या होता है, इसके सिवा ? आप बड़प्पन दिखाते रहे, मैं नादानियाँ कर जाती थी और नादानियों पर मुझे 'मूर्ख' कहकर आपका खुलकर हँसना खासा आश्वस्त करता था मुझे।

लेकिन अब क्या हुआ राजेन्द्र जी ? हमारा रिश्ता अनमना क्यों होने लगा ? आउटलुक में दिया आपका बयान आपकी अपनी कही बातों को काट रहा है। यह मेरे लिए शिकवे-शिकायत की बात हो, न हो लेकिन दुख का सवाल है। दुख का सवाल इसलिए कि यह अगर-मगर, लेकिन और परन्तु साहित्य समालोचक राजेन्द्र यादव की ओर से नहीं, मेरे गुरु, मेरे टीचर की ओर से है जो एक जिद ठाने हुए हैं और उस जिद के सामने मैं सिर नहीं झुका सकती। द्रोणाचार्य की जैसी सतर्कता कि अगर एकलव्य अर्जुन के लिए चुनौती बनने जा रहा है तो धनुर्विद्या के माहिर इस भील बालक का अँगूठा दक्षिणा में माँग लो। दक्षिणा देना शिष्य का कर्तव्य होता है।

आपके मित्र विभूति नारायण राय के लिए मैं चुनौती बन गई तो मुझे क्या आपने अपने लिए भी चुनौती मान लिया ? या राजेन्द्र यादवीय वर्चस्व के खिलाफ मेरे प्राणों को जिद चढ़ी है, ऐसा समझ लिया ? स्त्री सम्मान और स्त्री समानता आपने आँख ओझल कर दी, जिसके लिए हमारी लड़ाई जारी थी। अब आप एकलव्य से अँगूठा माँग रहे थे या मेरी लेखकीय प्रतिष्ठा की हत्या पर उतरे थे ?

बहुत सारे लेखक और कवि, आलोचक और विमर्शकार हमारी बात समझ रहे थे और मेरे तथा आपके बीच की असहमतियों को जायज भी मान रहे थे लेकिन कुछ थे कि वे मेरी आपसे असहमति को आपके खिलाफ बगावत प्रचारित कर रहे थे। उनके अनुसार मैं घोर स्वार्थी, अवसरवादी और बेवफा निकली। कहा गया कि मैत्रेयी ने साहित्य में अपना नाम बनाकर राजेन्द्र जी से किनारा करने का बहाना खोज लिया है। अशोक वाजपेयी ग्रुप में जा मिली हैं जहाँ से कई दूसरे फायदे मिल सकते हैं। रणनीति बनाकर चलती है यह लेखिका।

किससे कहती कि गैर-बराबरी के मुद्दे पर स्त्री के लिए लड़नेवाले राजेन्द्र यादव ही तो इन दिनों मुझे सूली पर टाँगने के लिए आमादा हैं। वह 'स्लट वॉक' का मौका हो या हमारे अभियान के खिलाफ उनका वक्तव्य। मन करता कि पूँछूँ—आपने 'हंस' सम्पादक के नाते क्या मुझे 'हंस' का मंच छपने और अपनी बात कहने के लिए दिया था या दयावश भीख डाली थी? भीख किसी भी सूरत में हक नहीं हो सकती, भले वहाँ कलम का ताल्लुक हो!

'यह विधान तोड़ना होगा' मैंने ठान लिया। मान लिया कि अगर कोई सम्पादक, नए विमर्शों का सूत्रधार, स्त्री मुक्ति का अग्रणी किसी भी रूप में हुक्मरान बनता है तो हमारा हुक्म-उदूली करना लाजिमी है। स्वतंत्रता पर खतरा बर्दाश्त नहीं होगा। आगे क्या होगा, देखा जाएगा, बस। मैं परवाह नहीं करनेवाली।

फिर...तीखे और फीके एस.एम.एस. मेरे फोन के स्क्रीन पर चमकने लगे।

"अब क्या करोगी? आत्महत्या तो तुम कर चुकीं। साहित्यिक आत्महत्या!"

मुझे हँसी आ गई। आप मेरे आत्मविश्वास को इतना कच्चा समझते हैं! क्या मेरे इस तरह झुक जाने से आपका विजयघोष होनेवाला है? शायद यही है। प्रेस्टीज इश्यू। नहीं तो आप विभूति और रवीन्द्र कालिया के वकील कैसे बन गए!

मैंने कोई भी कैसा भी उत्तर देना बन्द कर दिया। और यही रवैया आपसे बर्दाश्त नहीं हुआ तो एक 'ताना मार' मैसेज फिर सरका दिया मेरे फोन पर—

'जुगनू ही दीवाने निकले / अँधियारा झुठलाने निकले
मैं तो सबकी ही जद में था / किसके ठीक निशाने निकले
आहों का अन्दाज नया था / लेकिन जख्म पुराने निकले
जिनको पकड़ा हाथ समझकर / वे केवल दस्ताने निकले।'

(डंके और डंडे बजाने का एक और साल शुरू, मैत्रेयी का जन्मदिन, बधाई) राजेन्द्र जी!

आपको किसी तरह चैन नहीं! खुशी की बात है कि एक अदना लेखिका को आप इतना महत्त्व दे रहे हैं। आपको तीखा दर्द हो, यह तो मैंने नहीं चाहा था,

लेकिन आपको पीड़ा महसूस हो तो हमदर्दी जगे आपमें। इस कविता को मैं घर के कमरे-कमरे गाती फिरी।

डॉ. साहब एकदम से खफा हो पड़े—

"गाओ, गाओ और गाती रहो राजेन्द्र यादव के गीत। तुमको कविता भेजी है..."

ऐं! क्या कह रहे हैं? इनको कैसे पता कि यह कविता राजेन्द्र जी ने भेजी है? यह तो मेरे फोन के एस.एम.एस. बॉक्स में आई है।

क्या मेरे मैसेज बॉक्स की तलाशी ली है मेरे पति ने? क्या अब भी मैं किसी खुफिया तलाशी से गुजरने के लिए बाध्य हूँ? अग्निपरीक्षा वाला संस्कार भी हमारे ऊपर से गुजरता है? पति का पतिपन भी तो होता है अभ्यास में। तब औरत किसी स्थिति में हो, किसी भी उम्र में हो, किसी भी मुकाम पर हो, उसकी जवाबदेही बनती है। मुझे कितने-कितने मोर्चों पर लड़ना होगा...और कितने पुरुषों से?

"यह कविता राजेन्द्र जी की नहीं है, वे कविता नहीं लिखते। बस किसी की कविता पढ़ी होगी, लिख दी होगी।" कहने के बाद मुझे लगा कि मैं क्यों सफाई दूँ!

वह सफर था कि मुकाम था

मैं जो कुछ महसूस कर रही थी उसमें से यही छनकर आ रहा था कि मैं अक्सर जिन बातों को राजेन्द्र यादव को हँसी में लपेटकर सुना देती थी, अब वे मंजर दूर, बहुत दूर लगने लगे हैं क्योंकि उनकी ओर से धीरज, सान्त्वना, सहानुभूति की जगह वाक्यों के खंजर चलने लगे हैं। क्या मैंने इतनी बड़ी गलती की है ? या राजेन्द्र जी के ही स्त्री विमर्श का उलटा पासा पड़ गया है ?

उन्होंने ही यह प्रतिपादित किया—''नारी के प्रति हमारी सारी धारणा दो मूलभूत तत्त्वों से बनी है—भय और घृणा (Fear and Contempt)। उसके साथ रहे बिना कोई चारा नहीं है, लेकिन वह एक ऐसा भयानक जानवर है जो कभी भी खूँखार हो सकता है। हम उसकी क्षमता और शक्ति के प्रति इतने अधिक कन्विन्स्ड हैं कि जानते हैं : खूँखार होने पर वह हमें खा जाएगा और पालतू होने पर हमें बाँध लेगा। वह अपनी आक्रामकता और समर्पण दोनों में हमारे व्यक्तित्व को समाप्त करता है।''

मैं इन पंक्तियों को बार-बार पढ़ती और फिर 'प्यार में पराक्रम होना चाहिए, जो आपके भीतर खौफ जगाता है उसे ऐसे प्यार से ही आप जीत पाएँगे।' नीत्शे के इस वाक्य पर रुक जाती। क्या राजेन्द्र यादव यही रणनीति अपना रहे हैं ? यदि ऐसा है तो मैं अब हंस ऑफिस जाकर क्या करूँगी ?

नहीं, वे बीमार हैं। अजय नवरिया का फोन आया तब, जब मैं रात के वक्त अलीगढ़ के रास्ते में थी। कहा—''आप आ जातीं तो अच्छा था।''

''मैं ! मैं नहीं हूँ तो क्या हुआ, उनकी बेटी अस्पताल और डॉक्टर्स की खासी जानकार हैं। उनकी पत्नी को आना चाहिए। और तुम लोग तो हो ही।''

मैं यह भी समझ रही थी कि राजेन्द्र जी की इच्छा होगी कि मैं आऊँ तो डॉक्टर्स और अस्पताल के बारे में निर्णय लेने की समस्या सुलझ जाएगी।

और मैं मानकर चल रही थी कि अब तक तो राजेन्द्र जी के वफादार शिष्यों

की अच्छी–खासी संख्या हो गई है। वे चुस्त–दुरुस्त और देहली के चप्पे–चप्पे के जानकार हैं। परिवार के मामले में अलगाव के शिकार हैं राजेन्द्र जी लेकिन इलाज–उपचार को लेकर कुछ ज्यादा ही अलग दिखते हैं। वैसे भी बड़े लेखक, विश्वविद्यालय के अध्यापक शिष्यों को सेवा के लिए मानकर चलते हैं। राजेन्द्र जी को तो एक छींक भी आ जाए तो उनका फोन आने में देर नहीं लगती थी। जाहिर है कि हमारे घर के छह–सात डॉक्टर्स में से कोई न कोई उनके उपचार का जिम्मा ले लेता।

'बेटी को बुला लो। मन्नू दी को आना चाहिए' मेरा इतना कहना राजेन्द्र जी के प्रिय शिष्यों और घनिष्ठ मित्रों को नागवार गुजरा। संजीव को ज्यादा गुस्सा आता है, जैसे वे किसी से भी कुछ कहने का हक रखते हों। वे मुझ पर राजेन्द्र जी की बीमारी का इल्जाम लगाने लगे और राजेन्द्र जी के सम्मान समारोह से मेरा बहिष्कार भी किया। हंस की टोली अपनी तरह से मुझे बाहर कर रही थी। उनको नहीं पता था कि मैत्रेयी ने अपने बहुत नजदीकीपन की चाहत कभी नहीं पाली क्योंकि लिखने का मकसद नजदीकियों की नहीं, लगन की दरकार रखता है।

अब तक तो मैं ही नहीं, राजेन्द्र जी भी समझ गए थे कि हमारी अनबन को अलगाव बनाने में तत्पर दूसरे लोग ज्यादा हैं, बजाय हमारे। अब विभूति वाला कारण पीछे रह गया, अन्य बातें अपनी भूमिका निभाने लगी हैं। उस अवसर का फायदा उठाने के लिए तो एक प्रकाशक अपने प्रयत्न में एक ऐसी लेखिका को राजेन्द्र जी का खैरख्वाह बनाकर भेंट के लिए जा पहुँचा जो मोहतरमा राजेन्द्र यादव का नाम ही गुनाह की तरह लेती रही हैं। उनकी घृणा क्या इसलिए ही बढ़ती गई थी कि राजेन्द्र यादव रचनाकार के नाते मैत्रेयी को प्रमुखता देते हैं। उनका आना और राजेन्द्र जी की खैरियत के लिए दुआ करना बहुतों को अचम्भे में डाल गया। राजेन्द्र जी ने ही यह बात मुझे फोन पर बताई थी और कहा था—"देख लो डाक्टरनी, तुम्हारा रूठना कितना जरूरी है, अब मुझे अपनी तरफ खींचने पर कितने लोग लगे हैं और तुम हो कि मुठभेड़ पर अड़ी हो!"

उनका फोन आने पर मुझे हँसी आ गई और मैं द्रवित भी हुई। साथ ही यह सोचने के लिए मजबूर हो गई कि सारी रुखाई और दूरियाँ बरतने के बावजूद राजेन्द्र जी मुझे विभूति वाले झगड़े से बचाना चाहते रहे हैं कि मेरी रचनाशीलता बाधित न हो। इसी सन्दर्भ में अनायास ही वह घटना याद आने लगी थी जब बारहवीं क्लास में पढ़ते हुए मैंने प्रिंसिपल साहब द्वारा की गई बदसलूकी को लेकर मुहिम छेड़ दी थी। कॉलेज में दिन–ब–दिन हंगामा बढ़ता जा रहा था। कॉलेज लड़कों का था, लड़के हड़ताल पर उतर आए मेरे पक्षधर होकर। ऐसे में मेरी माँ मुझे इस लड़ाई को बढ़ाने से रोकतीं और पढ़ाई बाधित न हो, इसके लिए मुझे हिदायत दिया करतीं।

मुझे शान्त रहने को कहतीं...राजेन्द्र जी, आप यहाँ कहीं इसी भूमिका में तो नहीं थे? मेरे संरक्षक, शुभचिन्तक, मुझे ऐसे झंझटों में न फँसने के लिए कहनेवाले, रोकनेवाले और मेरी चिन्ता करनेवाले...

फिर एक दिन!

बड़े अधिकारपूर्वक फोन आया। समझिए कि आज्ञा ही दी।

"सुनो और अच्छी तरह सुन लो, रशियन सेंटर में एक प्रोग्राम रखा है, वहाँ तुमको आना है।"

"मैं?"

"मैं कुछ कहती, कुछ पूछती, इससे पहले फोन बन्द हो गया।"

मैंने फोन मिलाया।

"मेरी तबीयत खराब है राजेन्द्र जी।"

"नखरे करने के लिए फोन किया है तुमने?"

"ओफो, आप समझते क्यों नहीं हैं? नखरे कभी करती हूँ मैं?"

"ठीक है, सुन लिया। तुमको आना तो होगा ही।"

राजेन्द्र जी से बीते दिनों में जब कभी मुलाकात हुई है तो वह किसी कार्यक्रम में ही हुई है। पहले जैसी बात कहाँ रही है कि बस मिलने के लिए ही चली जा रही हूँ। उनके लिए पराँठे बनाकर ही 'हंस' ऑफिस जा रही हूँ जैसे साथ खाने का ही मकसद हो या उनकी पसन्द का कुछ खिलाने की मेरी इच्छा हो।

उस रात इसी उधेड़बुन में रही कि दिन-महीने नहीं साल बीतने पर हैं...दूरियों को समय देते जाओ तो वे सुरसा मुख-सी फैलती चली जाती हैं। नजदीकियाँ कहीं दूर तक दिखाई नहीं पड़तीं। सपना सा लगता है आना-जाना। माना कि उस मनहूस प्रकरण से भरोसा दरक गया था और लगा था कि अब सारा कुछ टूट रहा है तो क्या वह दुष्ट समय मुझे वह कठोरता भी थमाता गया कि भरोसे और विश्वास को खोदकर फेंक दिया जाए! अपना किया अपना ही होता है और अपने किए से ज्यादा दुख किसी दूसरे की करतूत पर नहीं होता। मैं अपने अन्दर मन्थन महसूस कर रही थी जिसकी मथनी राजेन्द्र जी का अपनापन ही बना हुआ था। उनके साथ की बेफिक्री, अब दिल खाली-खाली था।

ऐसा कुछ गुजरा कि मैं अपने ही भीतर जाग उठी कि राजेन्द्र जी तो बराबर मुझे पुकारते रहे हैं, हर सुबह 'डाक्टरनी' सम्बोधन के साथ। वे अपना अधिकार नहीं खोना चाहते थे। हाँ, ऐसा ही था। ऐसा नहीं था तो वे किस खोते जा रहे सम्बन्ध को गुम नहीं होने देना चाहते थे? ऐसा नहीं था तो मैत्रेयी से दूरी होने का दर्द इतना क्यों था? ऐसा नहीं था तो जिन्दगी को रेल का सफर मानकर मुझ मुसाफिर को किसी स्टेशन पर उतर जाने की कल्पना क्यों की थी जैसे यही जीवन का सच हो,

यही दर्शन हो एकदम वैराग्य भाव से...फिर भी 'मैत्रेयी' नाम उनका पीछा नहीं छोड़ रहा या उनकी आशाएँ ज्यों की त्यों हैं!

सर्द शाम सर्द रात में बदलने लगी।

मेरी तबीयत अपनी नासाज हालत में कि ठीक होने का नाम न ले। राजेन्द्र जी इस तबीयत की बातें मानेंगे नहीं—तुम्हें आना है, यह वाक्य नहीं, प्यार भरा हुक्म है।

कार्यक्रम है, वहाँ क्या होगा, पूछा नहीं मैंने।

'तेरे पाँव जहाँ जाना चाहें, तू चल वहाँ' मैंने यह वाक्य कभी अपने लेख में लिखा था। आज यह वाक्य मुझसे मुखातिब है। ललकार रहा है।

सोचने-विचारने का समय नहीं देता यह वाक्य, यह अच्छी बात भी है और जल्दबाजी का सबब भी बन सकता है। दुविधा की स्थिति से चक्कर आने लगे।

किसके लिए सोच-विचार? तुम जाना चाहती हो, वे बुला रहे हैं और सोच रही हो लोगों के बारे में! कितनी हास्यास्पद बात है! लोगों के लिए तो अपने आपको चलाया नहीं जा सकता। वे लोग कहें कुछ भी, न मिलने पर इल्जाम दे रहे हैं कि मैत्रेयी स्वार्थी है, चालबाज है, मौकापरस्त है, राजेन्द्र जी के आसपास आना छोड़ दिया। लेकिन ये ही लोग मुझे राजेन्द्र जी के पास देखकर खुश कतई नहीं होंगे। फिर वे ही पहली बातें ले आएँगे, वही पक्षपात वाले इल्जाम लगाएँगे। मेरे लिखे को खारिज करने के लिए तैयार हो जाएँगे। यह सब मैं जानती हूँ तो फिर इस सबका असर लेना क्यों जरूरी है?

कुछ था, बहुत-कुछ था, सबसे ज्यादा यह था कि अब मुझे जाना ही होगा। हर हालत में रशियन सेंटर पहुँचना होगा। दवा-गोली खाओ मैत्रेयी। बहुत ठंड है, गरमाहट का इन्तजाम करो कपड़ों के जरिए। सबसे ज्यादा जरूरत है अपने भीतर ताकत पैदा करो चलने की। आगे बढ़ने की, जैसे कि करती रही हो।

राजेन्द्र यादव मेरी उम्र के तो नहीं हैं कि साथी-सखा जैसा सम्बन्ध हो, बड़े हैं, बहुत बड़े हैं कद में और मेरी निगाहों में, उस प्रतिमा का क्या करूँ? कुछ नहीं। दिल की बात को हमेशा दिमाग से छानते रहो तो आत्मीयता छीजने का अन्देशा रहता है। जो राह मोहब्बत से बनती है, उस पर तर्क और विचार से बनी उलझनें हैं। ऐसे में मुझे वही शेर याद आता है—

"लाजिम है दिल के पास रहे पासबाने-अक्ल
लेकिन कभी-कभी इसे तनहा भी छोड़ दे..."

ऊपर से यह भी कि जो लोग फैसला लेने में कम से कम वक्त लगाते हैं, वे अपने लक्ष्य के उतने ही करीब होते हैं। मुझे अभी-अभी कौन सा सपना आकर्षित कर रहा है? यह मेरा सपना सिर्फ कौतूहल और मनोरंजन का नहीं है, यह उस घुटन

से छूटने का है, जिसने मुझे जिद के कठघरों में कैद कर दिया है...उड़ानों की स्वतंत्रता से यह बुनियादी रूप में जुदा-जुदा है। माना कि बहुत से लेखकों के साथ मैं इन दिनों कन्धे से कन्धा मिलाकर चली हूँ और भरपूर साथ के अहसास से लबरेज हूँ, लेकिन वही बिछुड़ गया जिसने यह रास्ता बताया था! ऐसी स्थितियाँ साहित्यकार महिलाओं के सामने कितनी और कब आई हैं, मुझे मालूम नहीं, इसलिए ही यह वातावरण नया-नया और प्रतिरोधात्मक लग रहा है। तभी तो यहाँ दया, करुणा के बरअक्स मानवीय सराकारों को लेकर स्त्री चेतना के उभार में महत्त्वपूर्ण भूमिका निभाई है। क्या राजेन्द्र जी को हमारा संघर्ष दो धरातलों पर नहीं दिखता? क्या हम अपने व्यक्तित्व की स्थापना और उसके विरोध में कदम-कदम पर लगाए गए पुरुष बैरियर के खिलाफ नहीं हैं? यह बात स्त्री को लेकर राजेन्द्र जी ने कितनी ही बार कही है कि उभरती स्त्री शक्ति कई स्तरों पर दिखाई देती है।

उफ! मैं फिर तर्क-जाल में उलझने लगी।

नहीं, अब मैं रशियन सेंटर की ओर चल पड़ती हूँ, याद आता है मुझे। अपने साथ लिये शॉल को बार-बार टटोलती हूँ क्योंकि मेरे हाथ-पाँव ठंडे हो रहे हैं। इस समय मुझे अपनी व्यक्तिगत दुनिया की तलछट नहीं टटोलनी। इस समय मैं उस उत्साह में हूँ जिसे पाने के लिए अपनी पस्त, पराजित और भविष्यहीन मानी जानेवाली स्त्री जाति को अपने अस्तित्व की लड़ाई में विजयी घोषित होने के मोर्चे पर तैनात पाया है। यह जो समाँ बँधा है, वह लोगों को आश्वस्त करता है और चकित भी, यह राजेन्द्र जी ही कहते हैं। यहाँ मैं हूँ या कोई और, स्त्री अपनी कहानी कहती हुई अपने किए बदलावों को रेखांकित कर रही है।

लो, रशियन सेंटर आ गया। मुझे याद है कि मैंने सन्तरी रंग की साड़ी पहनी थी और ऊपर से सफेद स्वेटर। यह बात भी मन में आई कि इस ड्रेस को राजेन्द्र जी भगवा रंगत करार देकर मुझे संघ से जोड़ सकते हैं क्योंकि इन दिनों मुझे अपने मनचाहे मुकाम पर खड़ी करके इल्जाम लगानेवाले भी कम नहीं थे।

उस शाम का आयोजन प्रेमचन्द सहजबाला की ओर से था, वहाँ पहुँचकर मुझे ज्ञात हुआ। वे अपने रिटायरमेंट के बाद लेखन में सक्रिय हो रहे थे और स्थापना के लिए राजेन्द्र यादव से ज्यादा मुफीद उन्हें कोई दिखता नहीं था। वे मान रहे थे कि राजेन्द्र यादव आदमी को ब्रह्मा की तरह लेखक योनि में उतारकर ही मानते हैं और उनकी सृष्टि रचना पर कोई उँगली नहीं उठा सकता। साथ ही 'हंस' पत्रिका सहजबाला जी के लिए क्रीड़ांगन होगी।

आयोजन की शान, लजीज खान-पान! मैं चकित थी। चायनीज स्नैक्स परोसे जा रहे थे। महँगी विदेशी मदिरा बेहिसाब! आगे रात्रि भोजन का भी प्रस्ताव।

मुझे देखकर राजेन्द्र जी अभिभूत हो उठे। कहाँ बिठाएँ कहाँ नहीं!

मैं अपने आप ही एक खाली सीट पर जा बैठी। राजेन्द्र जी पास वाली सीट के पास बैठे थे। बीच में एक लड़की थी।

राजेन्द्र जी ने घोषणा की—"डाक्टरनी अपना पत्थर जैसा प्रण तोड़कर आई है।" मैंने निगाह भर देखा, वहाँ राजेन्द्र जी की वही मंडली थी जो उनके अभिन्न मित्रों से बनी थी और मेरे खयाल में ये ही उनकी अकेली शामों को गुलजार करनेवाले और खुशी के रखवाले अभिन्न मित्र थे।

किताब की बात आई। कौन सी किताब?

'स्वस्थ आदमी के बीमार विचार'।

नाम सुनते ही मैं चौंक पड़ी क्योंकि इस किताब की चर्चा इतने 'बैड टेस्ट' में हो रही थी कि मैंने इसे लेने या पढ़ने के विचार से भी तौबा कर ली। अपनी किताब पर लोगों की प्रतिक्रिया के बारे में राजेन्द्र जी को भी मालूम था। शायद यही कारण था कि प्रेमचन्द सहबाला को इस 'किताब पर चर्चा' रखने से वे रोक रहे थे और जब मैंने कार्यक्रम का मकसद पूछा था तो—'बस, गेट टू गेदर' कह दिया था मुझसे।

मगर क्या कारण था कि अब राजेन्द्र जी उसी किताब को लेकर अपनी सहलेखिका के साथ सबके सामने इस आयोजन के नायक बने हुए थे? लोगों का कहना रहा कि यह सहलेखिका की दिली तमन्ना थी और इन दिनों वे इस 'दिली तमन्ना' के खुमार में अपनी चेतना को जाग्रत् नहीं कर पा रहे थे। उलटा इस गौरव से घिरने लगे थे कि अब तक उन्होंने 'हंस' की मार्फत लेखक और लेखिका पैदा किए हैं लेकिन अब देखो कि सहलेखिका उनकी बगलगीर बनी बैठी है। है ऐसी साहसिकता उनके समकालीनों में?

सहलेखिका के साथ आज की शाम का आयोजन खुला और खिलखिलाता उत्सव था। वे लांछन, जो स्त्री पर लगते रहे हैं, उनके लिए चींटी भर भी जगह नहीं बचती। जिन प्रसंगों को लिखने-पढ़ने पर औरत के लिए पाबन्दियाँ थीं, यहाँ रत्ती भर भी बन्दिश नहीं बची। नर और नारी का भेद खत्म। यौन प्रसंगों पर शर्म-संकोच का क्या काम?

राजेन्द्र जी और सहलेखिका ने अपनी रचना-प्रक्रिया पर खुलकर बोला। जब सहलेखिका ने यह राज खोला—सर सारी बातें मुझे बताकर ही लिखवाना चाहते थे। केवल मुझे। अगर कमरे में मुक्ता (अभिनेत्री) होती तो वे चुप रहते और मुझसे कहते कि मैं मुक्ता के सामने वे बातें नहीं कह सकता जो किसी स्त्री के सामने नहीं कहनी चाहिए। इसलिए तुम्हारे साथ एकान्त में ही...विश्वास, भरोसे और आपस में खुलेपन की गवाही थी यह।

'बस मुक्ता को बाहर ही ठहरने के बहाने किए जाते।'

हम सब इन बातों को सुनकर सन्नाटे में थे। क्यों थे सन्नाटे में? राजेन्द्र यादव को इस भूमिका में देखकर हम सभी स्तब्ध से थे क्योंकि उनसे कुछ छिपाने, कपट करने या छद्म रचने की उम्मीद हमने कभी नहीं पाली थी।

बेवकूफ थे हम। सारे के सारे अन्धविश्वास के मारे थे। राजेन्द्र जी को किसी ऐसी कमजोरी की जकड़ में नहीं देखना चाहते थे जो उनके बेबाक व्यक्तित्व पर फबती न हो। यह उनकी गलती नहीं, हमारी मूर्खता रही।

''राजेन्द्र जी,'' गर्व से घोषणा करते हुए सुने मैंने—

''यह किताब हम दोनों ने लिखी है, हम दोनों की है।''

किताब में वर्णित अन्तरंग सम्बन्ध, रतिक्रिया के रूप और सम्भोग के आसन पहले ही चटखारों का विषय बन चुके थे। और उन प्रसंगों को राजेन्द्र जी की छीछालेदर के लिए पढ़ा गया था क्योंकि उसमें कर्ता राजेन्द्र ही लिखे गए थे।

शामिलखाता भी भयानक था, जाने कैसे गूढ़ रेशों से तन-मन के ताने-बाने बुने राजेन्द्र यादव जी के साथ किसी रानी के। प्रेम की यात्रा भी यहाँ अपनी बुरी से बुरी गति को प्राप्त हुई। मिलन का सम्मोहन वितृष्णा का कारण बना।

''परिवार ही क्या व्यक्तित्व की परिधि है? क्या इसी में बीतूँ? क्या इसे तोड़कर, लाँघकर एक बड़े हित में खोज के लिए न बढ़ूँ?'' ये जिसके भी वाक्य हों, आपके ही लेख से लिये हैं राजेन्द्र जी। परिवार को हमेशा आपने बन्धन माना है और ऐसे-ऐसे दृष्टान्त दिए हैं जहाँ परिवार त्यागी ही गौतम बुद्ध हुआ है, महात्मा गांधी हुआ है, सन्त विनोबा हुआ है। और कुछ नहीं तो अन्ना हजारे हुआ है।

यह सब मानते हुए भी मुझे शंका होती है कि पारिवारिक संसार को त्याग दो। तब क्या तुमसे पूरी उम्मीद की जा सकती है कि तुम अपने सम्बन्धों को भी इंसाफ के आसन पर रखकर व्यवहार करोगे? सत्य निष्ठा से निभाओगे।

नहीं, राजेन्द्र जी नहीं। एक दृढ़ता तो सम्बन्धों के साथ होती है लेकिन आपका प्रेम सम्बन्ध खत्म होता गया और स्वभाव मुक्त वसना स्त्री के शिकार पर निकल पड़ा। मुझे आपके लिए ऐसा सोचना भी अपराधबोध से भर देता है क्योंकि मैं आपकी उस मूर्ति को अपने भीतर खंडित नहीं होने देना चाहती जिसको शायद मैंने खुद ही गढ़ लिया है और दूसरों के लगाए धब्बों से उसे हर सूरत में बचाए रही हूँ।

गीता कहती है—वसांसि जीर्णानि यथा विहाय...! तब क्या मैं अपनी पुरानी भावना को छोड़ दूँ? इसे बँदरिया के बच्चे की तरह न चिपकाए फिरूँ? नए दृश्य मेरे सामने हैं, मैं आँखें बन्द कर लूँ या नजर खोलकर देखूँ? आपको क्या पता मैं कैसी दुविधा में हूँ। आप अगर साहित्य को समर्पित हैं तो स्त्री से खिलवाड़ न करें। स्त्री मुक्ति की परिभाषा में यह कतई नहीं आता कि औरत का अपना फैसला एक

जगह मुस्तैदी से लागू हो और दूसरी जगह वही निर्णय किसी की यौनिक गुलामी का साधन बन जाए। आप पर स्त्री मुक्ति को बताने की ही नहीं, सँभालने की भी जिम्मेदारी है। यों अन्तरंग रिश्ता बनाना व्यक्ति की अपनी इच्छा का विषय है लेकिन यह किसी भी तरह स्वार्थ और लालच से प्रेरित न हो, नहीं तो वही वाक्य यहाँ लागू हो जाता है—'राजेन्द्र यादव के पास हंस सोने का कंगन है, जिसे दिखाकर वे स्त्रियों को ललचाते हैं।'

मुझे याद है कि मैं रात के खाने तक नहीं रुकी थी। घर चली आई। बाद में पता चला कि वहाँ झगड़ा हुआ। गालीबाजी हुई। मर्दाना तेवर में गालियों की भाषा ने फाहिश तूफान मचा डाला। माजरा क्या रहा होगा, मेरी समझ में न आए। राजेन्द्र जी की भूमिका क्या रही होगी, यह कल्पनातीत लगे। अनुमान लगाते हुए सिर घूमने लगा।

वहाँ उपस्थित रहे लोगों में से ही कुछ ने बताया कि ज्यादातर भक्त राजेन्द्र जी को हथियाने की मुहिम छेड़े हुए हैं।

अरे, यह हथियाना क्या चीज है? उनमें तो ऐसे युवा हैं जो राजेन्द्र यादव को साहित्य का पुरोधा मानते हैं। उनको बहुत चाहते हैं। राजेन्द्र जी के दुश्मनों की कमी नहीं है तो हमउम्र और युवा वर्ग के दोस्तों की भी संख्या बहुत बड़ी है। बात यह भी है कि जिसे हम अपना बहुत नजदीकी मान लेते हैं, कुछ अधिकार भी जताते हैं। वे भक्त हैं या राजेन्द्र जी के अनन्य शुभचिन्तक।

नहीं जी, माहौल ऐसा बना था जैसे सहलेखिका अपना कब्जा जमाती जा रही है। कल के दिन आई लड़की साहित्य की कायनात लूट ले जाएगी। हाथ नहीं लगाने देंगे हंस और हंस सम्पादक को। खून की नदियाँ भी न बहाएँ, गालियों की बाड़ें तो लगा ही सकते हैं। लड़की के लिए इल्जामों के त्रिशूल गाड़ने में कोई मुश्किल बात नहीं। अब तक जो सदाशयता रही है, राजेन्द्र जी की सेवा में हाजिर रहे हैं, वह सब क्या जाया चला जाएगा? माना कि लड़की कमसिन है, लेकिन साहित्य में इसका क्या मतलब? राजेन्द्र यादव ने हमेशा रचनात्मकता को महत्त्व दिया है। उन्होंने इस वाक्य को कितना सराहा था—'साहित्य में हुस्न नहीं, हुनर चलता है।'

बेचारी सहलेखिका! अपनी महक में पुराने चावल से इन लेखकों से कैसे निपटे? उसकी तो अपनी घोर प्रतिज्ञा थी शायद कि अपना रण जीतकर दिखा देगी। एक दिन इन रणबाँकुरों और बाँकुरियों को चींटे-चींटी की दर पर उतार देगी।

बेशक, ऐसा ही कुछ हुआ। ऐसे और भी भयंकर होने की सम्भावना बनी। उसके अपने नाम की किताब की भूमिका लिखते हुए अकेले राजेन्द्र यादव ही नहीं, आलोचकों के सिरमौर श्रीयुत नामवर सिंह भी पाए गए। फिर क्या था, सोशल मीडिया पर भारी चकल्लस हुई कि इस लेखिका ने भूमिका खुद ही लिख ली है नामवर सिंह के नाम से।

बहुत लोगों ने यही माना लेकिन एकाध ने यह सवाल उठा दिया कि नामवर जी फिर अपनी लिखी भूमिका से इनकार क्यों नहीं कर रहे ?

सवाल शंका, झूठ और इल्जाम सब लड़की के सिर पर पटकने लगे।

घिरी हुई लड़की क्या करे ? उसकी सच्चाई औंधे मुँह पटक दी, यह कैसा साहित्य-जगत् है ? क्या राजेन्द्र जी को प्यार करनेवाले लोग इधर किसी को झाँकने ही नहीं देंगे ? हाँ, उनके धुर विरोधियों की परवाह न करते हुए इन लेखकों के युवा समूह ने 'हंस' सम्पादक के कारण रचनाधर्मिता से मोहब्बत की है। राजेन्द्र जी की साख बचाए रहे हैं।

साख को बट्टा यह नई लेखिका भी नहीं लगने देना चाहती थी तभी तो उसने अपने साहित्यिक अभियान का सेनापति राजेन्द्र जी और इन लेखकों से जंग लड़ने के लिए नामवर जी को बादशाह घोषित किया था। और साख के सवाल पर ही एक बेहद सच्चा दस्तावेज सबके सामने फेसबुक पर दरपेश था—नामवर जी की हस्तलिखित लिपि में लेखिका की रचना का यशोगान। भविष्य की सूरज-मुख यह नई रचनाकार।

चर्चा-कुचर्चा! सब के सब झूठे पड़ गए। राजेन्द्र जी को 'चाहनेवाले' हाथ मलते रह गए। कारण कि राजेन्द्र यादव सबसे आँखें फेरकर अपनी वकालत में नामवर जी से मुंसिफी करा ले गए।

ऐसी होती है बूढ़े साहित्यकारों की हस्ती और हैसियत! यहाँ शंका, शुबहा का कहीं गुजारा नहीं...मैं गुनगुनाती रही—

बाजीचाए अत्फाल है दुनिया मेरे आगे
होता है शबो-रोज तमाशा मेरे आगे...

रोजाना ही कुछ न कुछ, मेरी मिर्जा गालिब से निकटता बढ़ने लगी। मैंने उनकी गजलों में इस माहौल से मिलते-जुलते शेर खोज लिये। बाहर कोहराम था, मेरे भीतर दार्शनिकता दस्तक देने लगी। कई बार सोचती कि जिन राजेन्द्र जी से गहरा लगाव, सुख-दुख का रोजाना का बँटवारा, घटनाओं पर अपनी प्रतिक्रिया देना, सब कुछ शान्त हो गया है क्या मेरे भीतर ?

शायद मुझसे ज्यादा राजेन्द्र यादव शान्त थे। वे एकदम साधक की भूमिका में दिखाई देने लगे। मैंने कुछ पूछा तो हूँ-हाँ वाले जवाब और मेरी भी आगे के लिए कोई जिद नहीं। जानूँ या न जानूँ, इसके लिए उत्सुकता नहीं। अपने दुख-दर्द और बीमारियों से विकल आदमी ने राहत का कोई रास्ता खोज लिया हो...राजेन्द्र यादव अब उसी 'मुद्रा' में हैं। ये आँखें उसके सिवा किसी को न देख सकें, ये कान किसी को न सुन सकें, वह दिल-दिमाग सिर्फ उसी को सोच सके...राजेन्द्र यादव स्त्रियों को 'सपनेहु आन पुरुष मन नाहीं' के निषेध वाक्य से मुक्त करते-करते खुद ही उस

फन्दे की गिरफ्त में आ गए गुलाम स्त्री की तरह। उसी की खुशी के लिए जीना हो जैसे...उसी के दुख का विष पीना हो जैसे...कहीं तक यह एक लोमहर्षक, रोमांचकारी कथा बनती चली जा रही थी क्योंकि राजेन्द्र जी की स्वतंत्र चेतना की बूँद-बूँद मरते चले जाना उनके जीवन को भयावह बना रही थी...कहा जाता है कि योनि विकृतियों का करिश्मा ऐसा ही होता है (राजेन्द्र जी के कुछ ऐसे ही शब्द)—

"तुम घर आओ डाक्टरनी, मैं फोन पर सारी बातें बताऊँगा।" (उनका आग्रह)

"फोन पर बता दीजिए न कि आपके घर में कोहराम क्यों हुआ?"

"घर आओ, बताता हूँ कि ड्राइवर और उसके परिवार को कुछ परेशानियाँ हैं।"

"किससे?"

"सहलेखिका के घर आने-जाने से।"

"मैं नहीं मानती।"

आगे जो कुछ कहा और मैंने सुना...

मैं सुनकर हँस पड़ी।

"तुम हँसती हो! यार, बड़ी कुटांट हो, मजाक बनाती हो।"

"राजेन्द्र जी, आप क्या कह रहे हैं, सोचा है? क्या आप अपनी इतनी बूढ़ी उम्र का खयाल नहीं कर रहे? आपको हुआ क्या है?"

"अच्छा, छोड़ो। तुम मेरी प्रेमिकाओं से जलती हो। शुरुआत से ही कुढ़ती रही हो।"

मैं और भी हँसी।

बूढ़े साहित्यकार! यानी ऋषियों का वशीकरण! कुछ आसमान में, कुछ धराशायी!

मैंने अपने आपको जैसे दूर छिटका लिया। ऐसे मसलों पर क्या संवाद हो सकता है? इस प्रश्न के उत्तर में मैं खुद को पराजित पाती। अब तक तो मैंने राजेन्द्र जी के व्यक्तिगत या सम्पादकीय सम्बन्धों की घोर समीक्षा नहीं की थी जिसके चलते मैं खुद को दूरी पर रखती, हाँ, विरोध किया तो आमने-सामने के मोर्चे पर आ गई।

"हलो राजेन्द्र जी! आपका फोन?"

"सीरियसली बताओ, तुमने वह किताब पढ़ी है?"

"स्वस्थ आदमी के बीमार विचार, यही न?

"नहीं पढ़ी।"

"अरे यार, दुनिया में चर्चा है और तुम हो कि..."

"राजेन्द्र जी, मैं डर गई हूँ। हिम्मत नहीं जुटा पाई।"

"तुम कह रही हो ? 'चाक' लिखनेवाली लेखिका अपनी हिम्मतवरी में हमारी किताब को लेकर ऐसी पस्त हौसला!"

"राजेन्द्र जी, चाक में अन्तरंग सम्बन्ध बनने से पहले के हालात जानलेवा हैं। वहाँ ये सम्बन्ध उपचार की तरह आते हैं। शारीरिक से ज्यादा मानसिक ट्रीटमेंट। वर्णन भी खुला जरूर है, मगर भोंड़ा नहीं है। खुलेपन की भी तो कोई तमीज होती है!"

फोन के दूसरी ओर वे चिढ़ गए, आवाज ऐसी ही लग रही थी।

"अच्छा, तो अब तुम बता रही हो हमें रचना का ट्रीटमेंट!"

बहरहाल, यह प्रसंग किसी के लिए भी सामान्य नहीं था क्योंकि साहित्यिक नहीं माना गया। मुझे भी यहाँ यह सब प्रसंगवश लिखना पड़ा है कि अपने आपको भी समझा लूँ कि जो छवि मैंने राजेन्द्र जी की देखी है या बनाई है, वह दूसरी जगह खंडित ही नहीं हुई, ध्वस्त भी हुई है। अब मुझे दुख हो, कष्ट हो तो यह मेरी अपनी भावना की प्रगाढ़ता या कमजोरी है कि अपनी बनाई मूर्ति को ठेस नहीं लगने देना चाहती। मगर यह भी इल्म हुआ कि हर व्यक्ति की अपनी-अपनी चाहना होती है उसी के अनुसार अपने जीवन में आए लोगों की तस्वीरें बनाता और बिगाड़ता है।

मैं लगभग दो साल के अन्तराल पर राजेन्द्र जी के लिए आयोजित कार्यक्रम में गई थी। आज फिर कसम खा ली कि आइन्दा नहीं...क्योंकि वहाँ अब सार्थक चर्चाओं का माहौल बन नहीं पाता। वहाँ भक्त लोग हैं और भक्तों को वरदान के अलावा कुछ चाहिए नहीं। साथ ही, राजेन्द्र जी भी अपनी भूमिका बदल चुके हैं। वे सन्त-महन्तों की तरह आशीर्वादी मुद्रा में रहते हैं। वरन् तो क्या हुआ कि इस इक्कीसवीं सदी में नए लेखक-लेखिकाओं की कमी नहीं लेकिन नए लेखन के आयाम अपनी गहराइयों और ऊँचाइयों में गायब हैं।

क्या राजेन्द्र यादव का लेखन को लेकर युद्ध स्तर वाला अभियान थकने-हारने लगा है ? बहसें चलाना, चर्चाएँ रखना और कहानियों तथा उपन्यासों में नए से नए मुद्दों की चहल-पहल में 'हंस' कार्यालय में लगता लेखकों का जमावड़ा क्या हुआ ? लम्बी कहानियों की शृंखला क्यों टूट गई ? धारदार समीक्षाओं के तेवर क्या हुए ? किताबों पर चर्चाओं के समायोजन लड़ाई-झगड़ा, गाली-गलौज और जूतम-पैजार का तमाशा क्यों बने ? राजेन्द्र जी के हाथ में थमी जलती हुई मशाल धुआँ-धुआँ क्यों होने लगी ? क्यो मेरे गुरुवर अब अपने प्रशिक्षण की कठोर मुद्रा त्यागकर सम्पादक का फर्ज भर निभाने पर मबजूर हैं ?

शायद! शायद नहीं, निश्चित।

कुछ ही दिन बाद सुना कि 'हंस' का सम्पादकीय विभाग बदल गया है। राजेन्द्र जी ने सम्पादक के नाम पर अपना कार्यभार उतार फेंका है। यह विचार भी भविष्य-

द्रष्टा रहा होगा। अपने बाद की चिन्ता हंस के लिए राजेन्द्र जी को सताए रहती थी कि ऐसा कौन होगा जो हंस की परवरिश भी करे और उसको प्रगतिशील चेतना की पत्रिका भी बनाए रहे। पके हुए बर्तन की तरह उन्होंने ठोक-बजाकर कितनों को ही देखा लेकिन खरे निकले संजय सहाय। हालाँकि संजीव और संगम पांडेय ने राजेन्द्र जी के यहाँ बरसों अपनी साहित्यिक सेवाएँ दीं लेकिन शीर्ष पर आने की योग्यता या उनकी उपलब्धता में शायद कोई संशय रहा हो। अपने दावे में 'हंस' के सम्पादकीय प्रकोष्ठ की आकांक्षा तो अजय नवरिया में भी कम न थी और कुछ दिन पहले ही राजेन्द्र जी ने अजय की आकांक्षा पर अपनी मुहर लगाई थी, लेकिन यह निर्णय पलट गया और जैसा कि सुना गया, राजेन्द्र जी ने इस फैसले में अपने हाथ खड़े कर दिए।

मेरी वह धारणा पक्की हुई कि परिवार का निषेध करनेवाले एक फक्कड़ साहित्यकार ने आखिर परिवार के दायरे में ही अपनी खुद्दारी समर्पित कर दी। हाँ, इसी धारणा से मेरा एक बार नहीं, कई बार साक्षात्कार हुआ है कि जहाँ एक पुरुष पूरे जीवन परिवार से कटा-कटा सा रहता है और अपने कौटुम्बिक अलगाव के कारण न जाने कितनों का आत्मीय हो जाता है, अतः कितनों का साथ और सेवा भी हासिल कर लेता है लेकिन अगर उसके नाम पर कुछ थोड़ी-बहुत सम्पत्ति है तो यही मुहावरा चरितार्थ होता है—'हाथी डोले गाँव-गाँव / जाकौ हाथी, ताकौ नाँव' यह राजेन्द्र जी की बात नहीं कि वृद्धावस्था के अन्तिम दिनों में उन्होंने अपने आपको तरुणाई का अनुभव कराने के लिए चाहे जिसकी सेवाएँ ली हों, लेकिन पूरे सामान और असबाब के साथ आखिरी पछाड़ खाई परिवार के आँगन में। अच्छा था यह भी। अच्छा ही माना गया यह भी। वे दोनों कुल की लाज निभा गए—साहित्य समाज की और पारिवारिक अनुबन्ध की। कितनी बदनामियाँ सहीं, कितने दिन दरबदर भटके और कितने ही दिन अपने आपको बेसहारा महसूस किया! साथ ही, स्वीकार किया अपने पितृत्व और पतित्व पर लगे श्रापों के साथ धिक्कार और वंचना को।

...मगर राजेन्द्र जी, अब तो आप गृहस्थ ही नहीं, सद्गृहस्थ निकले! ऐसे सद्गृहस्थ जिसकी झोली बदनामियों और धिक्कारों से भरी थी मगर आपने उसी झोली में से परिवार के लिए हंस उतार दिया...बगुले देखते रह गए!

मेरे लिए तो यह बड़े आत्मविश्वास का क्षण था क्योंकि ऐसी ही भविष्यवाणी मैंने आपके सामने की थी और अपने लिए आपके दिए हर प्रस्ताव से इनकार करती रही थी। अपने जीते जी आपने भी तो देख ही लिया था कि नए निजाम की सम्भावना बनते ही मुझे और मेरे जैसों को 'हंस' की छपाई से बहिष्कृत कर दिया था—Black List। वह तो आप ही थे कि अब भी मुझे अपने साथ शामिल किए हुए थे। मेरी किताबों पर क्रमशः सुरेश पंडित और राजेन्द्र राव ने जब समीक्षा लिखीं और मुझसे उन्होंने जिक्र किया तो मैंने 'हंस' में भेजने के लिए मना किया था।

एक दिन सुरेश पंडित का फोन आया कि राजेन्द्र जी को उन्होंने समीक्षा दे दी है और उन्होंने बजाय संगम पांडे के हवाले करने के अपनी ड्राअर में रख ली। पूछा तो कहने लगे—डाक्टरनी की किताब पर लिखी न यह, इसकी जगह यहीं है।

मुझे वह दिन याद आता है जब एक प्रकाशक ने मुझसे एक उपन्यास पर छोटी-सी टिप्पणी करने के लिए कहा था 'इंडिया टुडे' के लिए, लेकिन उसने उसमें फेर-बदल करके हंस में छपने के लिए दे दिया। मेरा नाम 'परख' के कॉलम के लिए घोषित कर दिया गया। जब मुझे पता लगा कि यह गड़बड़ की गई है तो मैंने आपको फोन किया और हमारा संवाद कुछ इस तरह था—

"राजेन्द्र जी, मेरा नाम एनाउंस क्यों किया है परख में?"

"तुम्हारी किताब पर किसी ने समीक्षा लिखी होगी।"

"नहीं, यह समीक्षा मैंने लिखी है 'इंडिया टुडे' के लिए, आपके यहाँ कैसे पहुँच गई?"

"मुझे क्या पता? संगम पांडे से पूछ लो।"

"पूछ लिया और छापने के लिए मना किया है मैंने।"

"तो अब क्या रह गया है यहाँ तुम्हारा?"

"राजेन्द्र जी! वह समीक्षा मुझे चाहिए, वे मेरे कागज हैं, मेरे।"

"एकदम तुम्हारे डाक्टरनी।"

"राजेन्द्र जी, उनको अपने पास मँगा लो।"

"मँगाए रखे हैं, और?"

"जेब में रख लीजिए।"

"जेब में रख लिये।"

"आप आज पुस्तक मेले में आएँगे, वहाँ मुझे दे दीजिए।"

"नहीं दूँ तो? फाँसी का फन्दा साथ लाओगी?"

"नहीं दूँ का सवाल ही नहीं है।"

"इसलिए ही मैं तुम्हें साहित्य की फूलनदेवी कहता हूँ।"

आप आए। वाणी प्रकाशन के स्टॉल पर मुझे वे कागज थमा दिए। मैत्रेयी की बात इस तरह कौन मान सकता है राजेन्द्र जी...आज आपके बिना दिल में हूक उठती है, आँखें गीली होकर रह जाती हैं, जैसे आप तक पहुँचने के ये ही रास्ते हों! या ये ही बहाने! या ये ही यादों की सीढ़ियाँ...

जैसा कि मैं देख रही थी, साहित्य के लिए जीने-मरनेवाले राजेन्द्र यादव के आसपास का माहौल उनकी पसन्दगी को छेड़ रहा था और छेड़ते-छेड़ते

उसको दाग-दगीला कर रहा था। दाग भी अपना वीभत्स रंग धारण किए बिना ज्यादा दिन रहते नहीं हैं, अत: एक साहित्यकार की लौ-लगन छितराने लगी। शरीर रोगग्रस्त हुआ तो मन का माहौल डाँवाँडोल...मुझे ऐसा ही लग रहा था। उनको चकल्लसों ने ही नहीं, हमलों ने घेर लिया था। भक्तगण जब रुष्ट होते हैं तो सौ दुश्मन भी उनकी बराबरी नहीं कर सकते। परिवार से इन दिनों संरक्षित राजेन्द्र यादव अपने रहवास के आसपास बने बियाबान में अकेले ही थे। और कहीं न कहीं साहित्यिक मित्रों के भरोसे थे। मित्र मित्र होते हैं जिनमें शुभचिन्तक होने का भाव और आत्मीयता के अंश सौ प्रतिशत हो सकते हैं लेकिन ऐसे मौके भी तो आते हैं जब किसी अपने के खून में उबाल आए! ऐसे बवंडर उठें कि उनमें घिरे राजेन्द्र जी दिखाई भी न दें। स्त्री विमर्श का पुरोधा स्त्री उत्पीड़न का दोषी बनाया गया। उसके लिए सजा के प्रावधान रचे गए।

'ऐसा क्यों?' यह प्रश्न मैं अपने आपसे ही पूछती रही। आप तो राजेन्द्र जी, लड़की के साहस को सदा ही सलाम करते रहे हैं। मुझे वह दिन भी याद है जब सोनी सिंह बस की यात्रा के दौरान अपने प्रति एक शोहदे की बदसलूकी को बर्दाश्त नहीं कर पाई थी और बस के थाने के पास रुकते ही उस मनचले को थाने में घसीटती हुई ले गई थी। आपने सुना उसी के शब्दों में तो आप ऐसे प्रसन्न हुए कि अभी तालियाँ बजा देंगे। सोनी के शौर्य पर कथा लिख डालेंगे।

लेकिन यहाँ स्त्री के ही अपमान को नजरअन्दाज करने की तोहमत आप पर लगी हुई थी। आपके ही रहवास में लड़ाई-झगड़े, मारपीट की वारदात हुई थी। आपने बीच-बचाव नहीं किया, यह आरोप लगा। किसी लड़की के कपड़े तार-तार हुए, ऐसी बखर बनी। आप तो बस शान्ति स्थापित करने की कोशिश करते रहे। लोगों ने कहा—'पर उपदेस कुसल बहुतेरे'।

मेरा मन नहीं मान रहा था। क्या आपके लिए मेरा लगाव मुझे अन्धी और बहरी किए हुए था? सोचती हूँ कि शायद ऐसा ही हो! मगर मन नहीं मानता तो समझने की कोशिश करती हूँ, एक अपाहिज, व्हीलचेयर पर बैठा बूढ़ा आदमी जो अपने आप उठ भी नहीं सकता, वह हाथापायी के बीच आकर दोनों पक्षों को रोक कैसे सकता है? कुछ कह-सुन ही सकता है, लेकिन आवेश और आक्रोश के वशीभूत आपस में गुँथ जानेवाले किसकी सुनें और क्यों सुनें? मामला गम्भीर से गम्भीरतर होता गया। मगर क्यों हुआ ऐसा? और आप पर क्यों तोहमत लगी? आप पर तो अपने ही 'हंस' कार्यालय में हमले हुए और आप पिटते हुए बैठे रहे। बाद में उस पीटनेवाले को विक्षिप्त भी करार नहीं दिया, माना कि वह गुस्से में बोल रहा था— "कहाँ छिपाई है मेरी चन्द्रमुखी? वापस कर मेरी चन्द्रमुखी।"

आपने अपने सम्पादकीय में ऐसा क्या लिख दिया था कि उस व्यक्ति को उसका क्रोध बिहार के किसी कस्बे से दिल्ली तक खींच लाया और फिर आप

तक। बाद में इस घटना को जब भी आप सुनाते, हम हँसा करते और आप ठहाके लगा देते।

"पुलिस!"

ऐं पुलिस में रिपोर्ट! राजेन्द्र जी के खिलाफ भी? मैंने दशहत महसूस की लेकिन आपका साहस भी अपने दिल से गुजारा। 'हनुमान लंका में पहला आतंकवादी था' इस एक वाक्य ने आपको संघी सरकार के जमाने में मुजरिम बना दिया था। आप थे कि अपने अपराध के लिए क्षमा-याचना करने के लिए भी तैयार नहीं। वारंट, जेल, कुछ भी आपको दहला नहीं सका। सुरक्षा के इन्तजाम किए गए लेकिन वे प्रबन्ध आपको अपने घर में ही नजरबन्दी की सजा लग रहे थे। बस—'हटा दो, हटा दो' की रटन लगाए हुए!

मैं कुछ इस तरह भी सोचती कि घर जिसे कहते हैं वह सुरक्षाओं का घेरा होता है, इस फक्कड़ आदमी को कोई घर कैसे रास आता? अकेलेपन से बेजार मगर निष्कवच रहने की प्रबल आकांक्षाएँ रखनेवाले राजेन्द्र यादव ही 'हंस' के सम्पादकीयों में वह चिनगारियाँ रख देते थे कि लोगों के दिलों में आग जल जाए। शेर तो दुष्यन्त कुमार ने कहा था—

'मेरे दिल में नहीं तो तेरे दिल में ही सही,
हो कहीं भी आग लेकिन आग जलनी चाहिए।'

लेकिन उसे जिया राजेन्द्र यादव ने और उस जीवन को विस्तार दिया राजेन्द्र यादव ने। बेशक, निर्भया कांड के बाद बने जस्टिस वर्मा की रिपोर्ट वाले नियम राजेन्द्र जी को भी दहला रहे होंगे लेकिन जहाँ तक उनसे मेरी बातचीत का सिलसिला रहा, वे बराबर कहते रहे—लड़की और लड़के का मामला है, मारपीट की घटना है। मेरे सामने सब कुछ हुआ, लड़का दोषी नहीं है। मैं इस बात का पक्षधर नहीं हूँ कि लड़की या स्त्री अपने लिए मिले राहत के नियमों को गलत फायदे के लिए इस्तेमाल करे। मजा चखाने की नीयत से घटना को ढाले। मैं लड़के के पक्ष से कोर्ट तक जाऊँगा। उस गरीब का यहाँ कोई नहीं है। मेरी जिम्मेदारी है।

जिस तरह उन्होंने कहा था, मेरा दिल भर आया। शायद आवाज भर्रा गई थी तो फोन के दूसरी ओर से बोले—"अरे! तुम रो रही हो! मैं समझ गया, मेरे ऊपर भरोसा है तुम्हारा। है न?"

मैंने किसी तरह इतना कहा था—"मेरी भी जिन्दगी ऐसी ही रही है, अनाथ, असहाय की, अपने दिन याद आने लगे...राजेन्द्र जी।"

आपने जो भी किया, अपनी ओर से इंसाफ की ओर कदम बढ़ाया, खतरे उठाए और वहाँ तक अपनी व्हीलचेयर को पहुँचाया जहाँ आपकी उपस्थिति की जरूरत

हुई। इस चेयर को अपने आप घसीट सकते तो शायद पुलिस और कोर्ट तक जाने की जरूरत न रहती।

मैं याद करती हूँ तो याद आता है कि जैसे आपका विरोध करना ही साहित्य समाज का तय एजेंडा रहा। जिन स्त्रियों या लड़कियों के कारण आपके चरित्र पर लांछन उछाले गए, अगर आप उस झगड़े की सूत्रधार महिला के पक्षधर न हुए, वैसे होना तो चाहिए था क्योंकि लड़की के मुकाबले लड़का शारीरिक रूप से ताकतवर था। यह बात आप क्या जानते नहीं थे? जानते थे लेकिन मुझे लगा था कि कुछ दिनों से आपके भीतर वह दशहत पैदा होने लगी जो बुढ़ापे में किसी व्यक्ति को अपने बाल-बच्चों की ओर से उठती दिखती है। यहाँ स्त्री का पक्ष लेना पूरी तरह से अपने परिवार की मुखालिफत करना था। बहरहाल, यहाँ आपको स्त्री विरोधी ही कहा गया। मुझे लगा कुछ न कुछ आपके भीतर ऐसा है जो दुविधा के हवाले है और न चाहते हुए भी स्त्री विरोध के लिए अभिशप्त है।

आज आप मेरे तो क्या किसी के भी आसपास नहीं हैं। मैं यह नहीं बता सकती कि किसी और से आपके बारे में क्या और कितना पूछा जाता होगा लेकिन मुझसे जब आपको लेकर कोई बात करता है तो ऐसा मानकर चलता है जैसे आप मेरे भीतर जिन्दा हैं। मैं इस बात से इनकार भी नहीं कर सकती, हर मुकाम पर आपका अक्स मुझे दिखाई देता है।

बहरहाल, विभूति जी वाला विवाद अब रफू तो हो गया होगा, लेकिन हमारे दिलों की फाँकें शायद भरी नहीं थीं। यह भी कि एक साक्षात्कार मैंने और विभूति जी ने साथ-साथ 'पाखी' पत्रिका को दिया, यह आपके जीवित रहते हुए ही छपा था। जो फीडबैक आया उसे देखकर मैं भी चौंक गई कि अभी तक लोगों ने यह नहीं सोचा कि हम दोनों टेबल के आसपास साथ-साथ बैठें। प्रस्ताव आने पर मैंने आपसे सलाह नहीं ली थी, खुद ही विचार बनाया कि संवाद बन्द करने से मसले हल नहीं हो जाते।

बातों का सिलसिला चला, माहौल बुरा नहीं था लेकिन विभूति चाह रहे थे कि मैं किसी बात पर ज्यादा से ज्यादा चिढ़ूँ, इसलिए उन्होंने गैर-जरूरी वाक्य इस्तेमाल किए जैसे हार-जीत का कोई गेम हो। उन्होंने यह भी कहा कि मैं तो बस 'मोहरा' थी, खेल दूसरे लोग रहे थे। वरन् उनमें से ही ज्यादातर लोग वर्धा में नौकरी माँगने क्यों आ गए? 'मोहरा' यह शब्द स्त्री के लिए अपमानजनक है और पुरुष सत्ता का परिचायक है। पुरुष महाभारत काल से आज तक यही कहता-करता आया है।

खैर, लेखकों के बारे में वे जो कुछ कह रहे थे, सारा सच नहीं था तो सारा झूठ भी नहीं था। मैं समझ रही हूँ, वह कितना सच और कितना स्वार्थ था, उसकी कोई तुला मेरे पास नहीं। हाँ, इतना ही था कि स्त्रियों के विरोध करने पर पुरुष लेखक साथ आए थे, बिना बुलाए अपना समर्थन हमें दिया था और ज्ञानपीठ से किताब वापसी का ऐलान भी किया था, फिर हाथ कंगन को आरसी क्या!

मेरे और विभूति जी के संवाद पर जो प्रतिक्रिया मेरे उन साथियों की ओर से हुई जो कभी हमारे साथ कदम से कदम मिलाकर चल रहे थे, उसे देखकर मैं स्तब्ध थी, मसलन—मैंने आन्दोलन बेच खाया। मैं विभूति राय के हाथों बिक गई। मैंने वर्धा विश्वविद्यालय में कोई साँठ-गाँठ की है। पुरुष साथियों ने ही नहीं, महिला साथियों ने जी भरकर गालियाँ दीं। इतनी कि एक बार को लगा कि ये लोग तो विभूति नारायण राय को भी पीछे छोड़ गए। गुस्सा का कारण बनी 'पाखी' पत्रिका के मुखपृष्ठ पर छपी मेरी और विभूति नारायण राय की तस्वीर। वहाँ मैं हँसती हुई दिखाई दे रही हूँ।

मुझे यहाँ इल्म हुआ कि साक्षात्कार को सम्पादित कर दिया जाए और मौके को विवादित बनाने के इरादे से तस्वीर लगाई जाए तो पत्रिका का चर्चित होना अवश्यम्भावी है। मैं इतनी खुश कब हुई, याद करने पर याद न आए। मैं इतनी हँसी कब?

शायद विभूति जी ने यह कहा था—'देखिए, मैंने मंत्री जी के कहने पर माफी माँग ली, सबके सामने। लिखित भी दे दी। आपको तो मेरी पीठ ठोकनी चाहिए थी, मगर आपने कहा मैं अपनी कुर्सी बचा रहा हूँ।'

उनका यह बयान सुनकर मैं मुस्करा पड़ी थी—पीठ ठोकनेवाली बात पर हँस पड़ी थी। तस्वीर उसी समय ली गई और योजनापूर्वक लगाई गई। साक्षात्कार सम्पादित किया गया। जिस एक पंक्ति को लगाने का कोई तुक न था, उसको बोल्ड अक्षरों में छापा गया। मैं इस सब पर एतराज भी कैसे करती, संवाद में विश्वास रखने की इच्छा से 'पाखी' के दफ्तर तक मैं ही आई थी। यह भूल थी या बेवकूफी लेकिन मैं आज भी मानती हूँ कि मैंने आपसी बोलचाल में अपनी तरफ से कोताही नहीं करनी चाही है क्योंकि संवादहीनता की स्थिति में मेरा दम घुटता है। बेबाकी ही रास आए जिसे, वह आखिर क्या करे?

राजेन्द्र जी, आप छोटा-मोटा व्यक्तित्व नहीं थे, मैं जानती थी। आपके भी कड़ुवे-तीखे वाक्य झेलकर कहीं न कहीं आपसे जुड़ी थी, इसलिए ही आपकी बातों पर छटपटा उठती थी।

'तुम जिन्दा नहीं हो अब। साहित्यिक आत्महत्या कर चुकी हो।' एक दिन इस विष वाक्य ने मेरे मन में तैर आई सारी मधुरता को फटे दूध की तरह नष्ट कर

डाला। ठीक है, मैंने साहित्यिक आत्महत्या की है, मुझे मृत मान लिया जाए। मुनादी कर दें राजेन्द्र जी कि मैत्रेयी उनके बिना अपने साहित्यिक कद में शून्य है। उसका सोच-विचार उनके दम से है। यह ऐसी बेल है जिसे राजेन्द्र यादव नाम का वटवृक्ष अपने आपसे लिपटाकर जिन्दा रख सकता है।

ऐसा क्यों सोच रहे हैं राजेन्द्र जी? इसलिए कि आसपास के लोग उनके पतन की भविष्यवाणी करने लगे हैं? यह सुनकर मुझे धक्का लगता है तो राजेन्द्र जी भी सदमे में होंगे ही।

स्थितियों के मोड़ भी आदमी को अपना आगा-पीछा भुला देते हैं। अपना जमीर, अमिभान, आत्मविश्वास और अमन-चैन की भावना को राजेन्द्र जी के संकट ने उलट मारा। उनके घर में हुई वारदात ने तूल पकड़ लिया। शुभचिन्तक तक घोषणा करने लगे कि वह स्त्री अपने रूप में राजेन्द्र यादव को उनके पराभव की ओर ले जानेवाली है।

मैं हतप्रभ! प्रगाढ़तम सम्बन्ध का ऐसा पटाक्षेप! राजेन्द्र जी तो इन दिनों इस गीत की धुन में मगन थे—तुम आ गए हो, नूर आ गया है, नहीं तो चरागों से लौ जा रही थी...यों तो उनके कई सम्बन्धों में थोड़ी-बहुत खटास आते देखी है लेकिन ऐसी स्थिति आए, वे कल्पना नहीं कर पाते। संवाद बन्द नहीं करना चाहते। विभूति राय वाला किस्सा हमारे मन खट्टे ही नहीं, कड़ुवे कर गया था फिर भी—"डाक्टरनी, फोन नहीं उठा रही। मर गई क्या? अरे यार, क्रिया-कर्म कहाँ होगा? ओबीचुरी लिखने का वादा किया था तुमसे।"

"राजेन्द्र जी, कई दुश्मन पछाड़ने हैं मुझे।"

"जियो रानी फूलनदेवी, जियो!"

हँसी और ठहाके।

हैदराबाद में थी मैं। राजेन्द्र जी लगातार फोन बजाए जा रहे थे।

"हलो राजेन्द्र जी!"

"घर में बैठी क्या कर रही हो? *उनके पाँवों में मेहँदी लगी है, आने-जाने के काबिल नहीं हैं...*"

"यह शेर आपने कितनी दोस्तानियों के लिए कहा है, बताइए?"

"बस, डाक्टरनी डार्लिंग के लिए।"

"अच्छा, बोलिए आप, छोड़िए शेरो-शायरी।"

''यार, बड़ा गुमान दिखा रही हो! कुटांट कहीं की!''

(कुटांट राजेन्द्र जी का बहुत प्रिय शब्द है जो ब्रज में तेज-तर्राज और क्रूर औरत के लिए प्रयोग होता है।)

''राजेन्द्र जी, मैं लेक्चर में थी।''

''कहाँ झाड़ रही हो लेक्चर?''

''हैदराबाद में पुलिस एकेडमी है न, वहीं आई हूँ।''

''फिर ले उड़ा विकास (विकास नारायण राय)?''

''मुझे यहाँ जेंडर सेंस्डाइजेशन के लिए बुलाया है। एक हफ्ते का प्रोग्राम है।''

''सुनो, मुझे तुम्हारे पास आना है।''

''मैं तो यहाँ हैदराबाद में।''

''यह तो बड़ी अच्छी बात है। डॉक्टर साहब से कह दूँगा, मौका देखकर आया हूँ। आपकी कुटांट पत्नी मुझे अपने यहाँ बर्दाश्त नहीं करनेवाली।

''और कह दूँगा कि बार-बार कहती है—आप विभूति के पक्षधर हो तो गालियों के भी पक्षधर हुए। पहले लिखित माफी माँगो। सो डॉक्टर साहब, आपको अपना माफीनामा देने आया हूँ।''

वे बोले जा रहे थे और मैं हँसे जाती थी।

''राजेन्द्र जी, मैं लौट आऊँ, तभी आइए। कचौड़ी, आलू की सब्जी और सन्नाटे का प्रोग्राम रखेंगे। माफीनामा की एवज इतना तो होना ही चाहिए।''

''और गूँझे? होली पर नहीं भेजी गुँझियाँ, खुद ही खा बैठी।''

''आपको शुगर है, इसलिए नहीं भेजी। याद है, जब एक पार्टी में डॉक्टर साहब मुझे मीठा नहीं खाने दे रहे थे और आपको इसरार कर-करके गुलाब जामुन खिला रहे थे। तब मैंने कहा था—देख लीजिए राजेन्द्र जी, डॉक्टर साहब मुझे मीठा नहीं खाने दे रहे और आपको कह रहे हैं—सर खाइए न! एक और लीजिए।

''आपने अपने ही अन्दाज में कहा था—डॉक्टर साहब चाह रहे हैं, सारौ जल्दी मरै (साला जल्दी मरे)। हम सब कितनी देर तक हँसते रहे थे!''

''यार, परहेज करने से मुझे कितनी चिढ़ है, तुम जानती हो।''

मैं हैदराबाद से लौट आई।

दूसरे दिन राजेन्द्र यादव लगभग दस बजे अपनी गाड़ी रोककर हमारे 'तिरुपति आइ सेंटर' के आगे खड़े हैं। मुझे फोन पर बताया गया।

मैं घर से तभी के तभी ही चल दी। रास्ते में क्या न क्या तो सोचती रही। मुझसे मिलने की तड़प उनको यहाँ तक ले आई! कुछ बातें साफ करना चाहते होंगे। वे

जैसा कि कहते हैं, मेरे अड़ियल रवैए से हैरान और परेशान रहे हैं, इसलिए ही एक लम्बा खत मुझे लिखा था और जवाब का इन्तजार करते रहे थे। मैं बताऊँगी कि क्यों नहीं दिया था जवाब। मैं अपने अड़ियलपन की आदत की शिकार नहीं, कुछ कारण हैं। मैं आपकी आज्ञा या राय को नजरअन्दाज नहीं कर रही, अपने विरोध को जायज मान रही हूँ। ठीक है, जब समय आता है, सम्बन्ध तभी ठीक होते हैं।

मैं पहुँची तो वे व्हीलचेयर पर थे।

डॉक्टर साहब (मेरे पति) उनको बाकायदा बाइज्जत अपनी मेज के सामने बिठा चुके थे, व्हीलचेयर के साथ ही।

जितना मैंने सुना—''आपकी पत्नी बड़ी कुटांट है डॉक्टर साहब। मैं आपकी हालत समझ सकता हूँ, कैसे कट रही होगी जिन्दगी!'' कहने के बाद हँसी का ठहाका।

''मैंने सब सुन लिया है राजेन्द्र जी।''

''अरे कुटांट! न दुआ न सलाम, इतने दिनों में मिली हो, तेवर वही!''

डॉक्टर साहब की ऐसी मुद्रा जैसे उनका हृदय उमड़ा पड़ रहा हो। यदि राजेन्द्र जी सीधे घर आते मेरे पास क्या तब भी मेरे पति की यही प्यारी-सी मुद्रा होती? हरगिज नहीं होती। चलो, यही सही, प्रसन्न हैं, मेरे लिए खुशी है। पति भी बेचारा क्या करे, उसकी आदत में शुमार होता है या स्वभाव का हिस्सा बन जाता है कि पत्नी की सारी निष्ठा बस पति के लिए हो। मैं भी तो यह समझकर ही कहती हूँ—राजेन्द्र जी, हॉस्टिपल आ जाइए। इसलिए कि लगाव का लेशमात्र भी मूड बिगाड़ने का काम करेगा हमारे पतिदेव का। इस बात की गारंटी है कि पत्नी के बदले की मित्रता वे खुद निभा लेंगे। संवेदना और अपनेपन की कमी नहीं छोड़ेंगे। इसे वे अपना परम धर्म समझते हैं और आदर्श स्थिति भी।

'चाक' उपन्यास का पति-पत्नी और मास्टर प्रकरण अनायास ही याद आ गया।

मैं राजेन्द्र जी के पास ही कुर्सी पर बैठ गई।

''अरे यार डाक्टरनी, कहाँ चली गई थी?''

वे मुझसे कह रहे थे, मगर देख रहे थे डॉक्टर साहब की ओर।

''आओ, यहाँ आओ पास। तुम्हें छूकर देखें।'' उनके हाथ इधर-उधर चलने लगे।

यह क्या? मैं चकित सी...

''आओ, इधर आओ।''

आज क्या हुआ यह? राजेन्द्र जी को न डॉक्टर साहब की झिझक, न मुझे छूने के लिए बुलाने में परस्त्री वाली कोई मर्यादा! मुझे सदमा सा लगा।

कुछ पलों में ही सोच गई, इनको अपनी गलतियों का ऐसा अहसास है कि किसी भी तरह नजदीक आना चाहते हैं। अपनी डाक्टरनी से इतना लगाव कि दूरियाँ

बर्दाश्त नहीं अब। यह भी तो हुआ होगा कि लोग मैत्रेयी पर तरह-तरह के इल्जाम लगा रहे हैं, स्वार्थी और अवसरवादी बता रहे हैं, राजेन्द्र जी को बर्दाश्त नहीं हुए होंगे। विभूति राय दोस्त हैं तो मैत्रेयी भी तो दूर की नहीं! मेरे मन में जितनी अनबन थी, उतनी ही करीबी बढ़ने लगी। बस मुझे राजेन्द्र जी का ऐसा ही इन्तजार था या उनके पास आने की इतनी ही दरकार थी? आत्मीयता की बाढ़ यों ही तो नहीं उमड़ती आ रही!

मगर यह भी सच है कि दो आदमी एक तरह से नहीं सोचते। राजेन्द्र जी की नजर में अँधेरा भर जाना उनकी बीमारी का सबब था। मुझे छूकर देखना क्या था, यह तो वही जानें! हाँ, डॉक्टर साहब इस छूने को देखना मान रहे थे क्योंकि उनकी आँख की दशा से वे वाकिफ थे।

राजेन्द्र जी की आँख का गीलापन सूख गया। वे अपनी इकलौती आँख में कॉर्नियल अल्सर की भयावह स्थिति लेकर आए थे। उनकी ज्योति को बड़े से घाव ने ढँक लिया था। प्रकाशमान संसार अँधेरा हो चला। वे जिस तरह बातें कर रहे थे, मुझे समझ लेना चाहिए था।

मुझे सदमा सा होने लगा। अब क्या होगा? मैं डॉक्टर साहब की ओर याचक की तरह देखने लगी।

वे चेकअप के लिए अन्दर ले जाए गए।

चेकअप के बाद मेरी आई सर्जन बेटी मोहिता मेरे पास आई और सारी स्थिति साफ कर दी। मेरे हाथ-पाँव फूल गए। मैं जानती हूँ कि राजेन्द्र जी की एक ही आँख में रोशनी थी। वह भी चौथाई रही जा रही थी। उसी नजर से उन्होंने देश-विदेशों तक चेतना और मुक्ति संग्राम का बिगुल बजाया जो सदियों तक अपनी आवाज नहीं खोएगा।

"अब यहाँ नहीं, एम्स।"

"कहाँ?" वे हमारी धीमी आवाज सुनकर चौकन्ने हो गए।

"मुझे पता था कि डाक्टरनी जरूर कोई ऐसा इन्तजाम करेगी कि जिसमें से यही स्वर फूटेगा—जल्दी जाय यहाँ से कड़ी खायौ, हमारौ पीछौ छोड़े।" हम न चाहते हुए भी हँस पड़े ब्रज भाषा सुनकर।

लोगों में अब यह अच्छी तरह प्रचारित हो चुका था कि मैत्रेयी राजेन्द्र जी के इलाज-उपचार की जिम्मा छोड़ बैठी है। अब क्यों करेगी, साहित्य में अच्छा-खासा नाम बना लिया।

मैं पूछना चाहती थी कि जो राजेन्द्र जी से चिपके बैठे हैं, सेवा भी साध रहे हैं, अपना नाम बनाकर चम्पत हो लेंगे क्या? और अपना नाम न बना पाए तो उनकी विरासत में हिस्सेदारी करेंगे क्या?

ये सब वक्ती बातें थीं जो तूल पकड़तीं और फिर गायब हो जातीं। इन सब बातों का असर नकारात्मक जरूर होता क्योंकि ये दूसरों के नजरिए से आतीं। अब किसे-किसे और कैसे समझाऊँ कि राजेन्द्र जी मुझे अपनी पारिवारिक और व्यक्तिगत हकदारियों में शामिल करने के लिए इच्छुक रहे। बार-बार ऐसी इच्छा जताते रहे कि उनको 'नहीं' बोलना मुझे मुश्किल लगता। वे बड़े थे, बड़े व्यक्तित्व के मालिक थे, मैं खूब जानती थी। साथ ही अपनी औकात भी समझती थी और अपना मकसद भी कि मैं यहाँ उनसे कुछ लेने नहीं आई, सीखने आई हूँ। मेरा उनसे व्यक्तिगत या पारिवारिक सम्बन्ध नहीं है, लेखकीय नाता है, यह बात भूलनेवाली नहीं है, नहीं तो मैं पथभ्रष्ट...

मैं लेखन के लिए आई थी, उसी के लिए रही। मैंने हंसाक्षर ट्रस्ट में शामिल होने से इनकार कर दिया। 'हंस' ज्वाइन करनेवाला प्रस्ताव भी नहीं माना। इन बातों पर वे मुझे अहंकार से ग्रस्त होने का ताना दिया करते।

बहरहाल, इस समय राजेन्द्र जी की आँख के उपचार का सवाल था। पता नहीं, अबकी बार वे क्यों इतने दृढ़ निश्चय से आए थे कि इलाज कराना है तो मैत्रेयी के जरिए। जबकि अब तक तो उनके भक्तों ने और कहीं तक परिवार ने उनकी बीमारी का जिम्मा उठा लिया था। मुझे यह सब देखकर अपने ऊपर ग्लानि भी हुई थी कि पहले ही मैं इलाज-उपचार के लिए उनके आसपास न रही होती तो शायद उनका परिवार उनके आसपास आ जाता। मन को यह सोचकर ही शान्त किया कि राजेन्द्र जी ने जैसा चाहा, मैंने तो वही निभाया। उनकी जैसी स्थितियाँ बनीं, मैंने उसी तरह के उपाय किए।

कितना सुकून था मुझे जब राजेन्द्र जी के आसपास हक-अधिकार देने-लेने की चकल्लस मची हुई थी। वसीयत की जा रही थी, वसीयत बदलवाई जा रही थी। दाखिल किए गए लोगों की खुशी का ठिकाना न था और फिर खारिजनामा आया तो शिष्यों और भक्तों की एरिया में ज्वालामुखी फटने लगे।

राजेन्द्र जी मजबूर...या वे मजबूरी दिखा ही रहे थे?

मैंने अपनी तुच्छ बुद्धि पर उस दिन वाकई रश्क किया कि मेरी मान्यता सही है—चाहे जितना जोगी-त्यागी हो, चाहे जितना सन्त-समदरसी हो और चाहे जितना परोपकारी हो, जब सम्पत्ति के हक-विरासत की बात आती है तो उसे अपने खून के रिश्ते याद आते हैं, उसके घुटने पेट को ही नवते हैं। वह दुनिया को छोड़ने-छोड़ने की घड़ी में अपनों का होकर ही मरता है। अगर एक वाक्य में कहूँ तो—'जीवन कितना भी भागा फिरे, मृत्यु अपनों के बीच सिमट जाती है।'

तो राजेन्द्र यादव अपनी जिन्दगी में अपने आसपास जुटे गैरों को अपने तमाम काम बाँटते रहे, सेवा-सुश्रुषा पकड़ाते रहे और यथा सामर्थ्य जिम्मेदारी देते रहे क्योंकि

इस तरह चाकरी में संलग्न लोग सौंपे गए कार्यों को करते हुए अपना भाग्य सराहते रहे हैं क्योंकि 'हंस' सम्पादक से ज्यादा से ज्यादा नजदीकियाँ उनको दूसरों की निगाहों में ऊँचे मचान पर बिठाती रही हैं, भले वहाँ बैठकर वे तोता ही उड़ाएँ। मैं खुद देखती थी हंस के लिए कहानी पढ़नेवालों की अच्छी कहानी लिखनेवालों से ज्यादा पूछ या कहिए कि चापलूसी की हद तक खुशामद-खातिर होती थी। मैं इस बात से भी इनकार नहीं करती कि राजेन्द्र यादव से मेरी नजदीकी भी मानी रखने लगी थी लेकिन कुछ ही दिनों में मेरे नाम का सुनहरी मुलम्मा उखड़ जाता क्योंकि मुझसे ज्यादा वे लोग करीब हो जाते जो मेरा हाथ पकड़कर 'हंस' ऑफिस तक आए थे।

हाँ, तो हम बात वसीयत की बदला-बदली की कर रहे थे। दूसरी लिस्ट में कई मुद्दई खारिज हुए। कितनों के अरमान औंधे मुँह गिरे। बाप जिन्दा रहते वसीयत करे और औलाद के हक में शिष्यों और मित्रों के जरिए सेंधमारी करे तो यह सरासर नाइंसाफी मानी जाएगी। राजेन्द्र जी ने भरपूर इंसाफ किया। चल-अचल सम्पत्ति और 'हंस' की विरासत बेटी के नाम चढ़वा दी। वे परिवार का निषेध करते-करते परिवारवाद के ही मुखिया बन गए।

इस सबके बाद बात तो यहाँ आँख के इलाज की लिखनी है।

अस्पताल (एम्स) में वे अपने ड्राइवर किशन के साथ आया करते। एकाध बार वेददान सुधीर भी उनके साथ आए थे। मैं भी वहाँ जब तब मिल जाती। सारी आशा मेरी बड़ी बेटी डॉ. नम्रता पर टिकी थी। उसने तो जैसे बीड़ा उठा लिया कि इस बेरोशनी वाली आँख को रोशनी का तोहफा देना ही देना है। या एक डॉक्टर का बीमार आँख से ऐसा रिश्ता बन जाता है कि उसका दुख दूर करने की प्रतिज्ञा ले बैठता है ? या यह चुनौती हो जाती है अँधेरे के खिलाफ उजाला लाने की ? शायद एक डॉक्टर का उद्देश्य ही अपने मरीज को निरोग शरीर देने का होता है। हताशा और उम्मीद, हमने इसी ऊहापोह में एम्स के कॉरीडोर नापे थे। चैम्बर से चैम्बर तक भागा-दौड़ी में दिन बिताए थे।

मशीनें परीक्षण पर परीक्षण करती चली गईं और यह ऑप्था की डॉक्टर उसी के अनुसार अपना उपचार पेश करती जाती। अभियान तेजी पकड़ रहा था और राजेन्द्र जी नम्रता को प्यार से दुआ देते जाते। मुझसे कहते—"यार, लड़कियाँ तुम्हारी नहीं लगतीं!"

धीरे-धीरे कॉर्नियल अल्सर ने हार माननी शुरू कर दी। उम्मीदें बलवती हुईं। उजाले की उम्मीद में हम मनाने लगे—रोशन दुनिया का द्वार खुलेगा। राजेन्द्र जी अब देख पाएँगे। पढ़ पाएँगे और लिख भी पाएँगे।

हम लोग मन ही मन खुश हो रहे थे। इस खुशी को किसी से बाँटें तो कैसे बाँटें ? जैसे ही उनकी अक्षमता सामने आएगी, साहित्य-जगत् में उनके अन्धे होने का

ढिंढोरा पिट जाएगा। कितने ही मिलनेवाले, मित्र कहलानेवाले और शुभचिन्तकी जतानेवालों से हमें डर लगता कि इनमें दुश्मन भी जरूर बैठा है। कितने ही राजेन्द्र जी की असहायता का आनन्द लेंगे और कुछ उनके कर्मों का फल उनकी बेरोशन आँखों से जोड़ेंगे। हिन्दी साहित्य के संसार में तमाम स्त्री-पुरुषों की मित्रता के विचलन की कहानियाँ भरी पड़ी हैं। 'मुँह में राम बगल में ईंट' का मुहावरा फलीभूत होता रहा है।

कई बार मैं यह भी सोचा करती, इस व्यक्ति के लिए कुछ भी ऊल-जलूज बकने के लिए लोग क्यों इतने आजाद हैं? हमलेवर भी होने को तैयार रहते हैं! क्या उनका अपंग होना इसका कारण था? या वे खुद कभी आक्रामक भाषा का प्रयोग नहीं करते थे? या उनके आगे-पीछे बलिष्ठ बेटे नहीं थे? क्या दुनिया अभी भी मर्दों और दबंगों की है?

उन पर हमला होता, मन में यही आता, इस बूढ़े अपाहिज और अकेले आदमी पर तुम कैसे भी प्रहार कर सकते हो...मैं दुखी मन कितना कुछ सोच डालती। फिर मुझे अपने बाबा याद आते जो गठिया के मरीज थे, अपाहिज थे। लाठी के सहारे धीरे-धीरे चलते थे। जवान बेटा मर गया। बाबा की आवाज रुँध गई। मैंने कभी उन्हें किसी से भी ऊँची आवाज में बोलते नहीं देखा जैसे यही उनके अपने बचाव की नीति हो! मैं सोचती—राजेन्द्र जी, मैं क्या इसलिए ही आपको नहीं छोड़ पाती कि आप मेरे बाबा की छवि में उतर आते हो! लड़ती हूँ, झगड़ती हूँ और आपके लाड़-दुलार में बँध जाती हूँ।

आँखों में रोशनी आ गई कि हमारी दुनिया ही रोशन हो गई!

वे मुझे पता नहीं अपने कितने नजदीक पाते थे! बार-बार इसरार करते—"अच्छा, डाक्टरनी, घर आओ। मैं दावत खिलाऊँगा। एक बार, बस एक बार!"

"और आप सारा खाना बनवाएँगे मुझसे ही।"

"दिख रहा है न अच्छा?"

"हाँ, दिखता है।"

"चश्मा बनेगा अब। पहला नहीं चलेगा। नया चश्मा, नई नजर!"

"बनवा लेंगे।"

"आप नहीं, नम्रता बनवाएगी।"

"अरे नहीं, महँगा बनवा देगी।"

"तो क्या हुआ? अपने लिए कुछ खर्च नहीं करेंगे?"

वे चुप।

"आपको 'यश भारती' सम्मान मिला है ग्यारह लाख रुपए।"

"मुझे नहीं, 'हंस' को मिला है।"

"आप भी तो 'हंस' के हैं।"

"वीना भी 'हंस' की है और किशन भी हंस का है, दुर्गा भी। मैं इन सबमें बाटूँगा उस पैसे को।"

"ठीक है, चश्मा भी हंस का।"

"ठीक है, तुम जो कहो, मैं मानूँगा। तुम्हारी बहुत सी बातें मान रहा हूँ इन दिनों—तेरे लिए मैंने लाखों के बोल सहे।"

"किसके सहे, किसी के नहीं।"

"अरे, तुम्हारी हिदायतों के कारण बहुतों से बैर कर लिया..."

"किससे बैर कर लिया?"

"तुम सब जानती हो।"

"वह मेरी वजह से नहीं, अपनी ही वजह से किया है। मैंने कहा था न, ज्यादा मिठाई भी नुकसानदायक होती है। ज्यादा मीठे में कीड़े लग जाते हैं।"

"हाँ, लग गए कीड़े।"

"शिष्या से दुआ-सलाम भी बन्द है? राजेन्द्र जी, सच बताइए, क्योंकि उस दिन की गोष्ठी में मुझे ऐसा ही लगा था।"

"हाँ, बन्द है सब कुछ।" राजेन्द्र जी का स्वर उदासी में चला गया।

"अच्छा सुनो, चश्मा बनवाओ। बिल दे देना। पैसे मैं ही दूँगा।"

28 अगस्त, राजेन्द्र जी का जन्मदिन!

साहित्यकारों के लिए उत्सव के रूप में इस दिन को राजेन्द्र यादव ही प्रस्तुत करने का हर सम्भव प्रयत्न करते रहे हैं। भले उन्हें चन्दा कराना पड़े या कोई मालदार दोस्त तैयार करना पड़े। उनके पुराने मित्र भी इस दिन को शानदार बनाने में पीछे नहीं रहते।

मैं शुरुआती दिनों में उनके जन्मदिन में नहीं जाती थी जब वह हौजखास के 103 अपार्टमेंट में मनाया जाता था, डॉक्टर साहब हो आते थे क्योंकि वे मुझे इसी रोक-बाँध से सुरक्षित मानते हुए पति धर्म निभाते रहने के पक्षधर रहे हैं। उन दिनों मन्नू दी के घर सादा मिजाज से ही जन्मदिन मनाया जाता जिसमें राजी सेठ, गीतांजलिश्री, निर्मला जैन, सरयू शर्मा, अजित कुमार, नामवर जी जैसे खास लोग शरीक रहते।

धीरे-धीरे जन्मदिन ने अपनी लोकप्रियता में रफ्तार पकड़ी और फिर वह राजेन्द्र यादव के साथ ही हौसखास 103 अपार्टमेंट से उठकर मयूर विहार आ गया जहाँ उसके बढ़ते कद को समाने के लिए जगह न थी, अतः अब जरूरी था कि ऐसे

लोगों के निवास पर मनाया जाए जहाँ बड़ा लॉन हो और ज्यादा से ज्यादा लोग आसानी से समा सकें। अच्छी-खासी खाने और पीने की व्यवस्था रहे। उपेन्द्र कुमार सरकारी अफसर होने के नाते बड़े बँगले के रहवासी थे, अधिकतर आयोजन वहीं हुए। अनिर्वेद भी अफसर थे, उनके यहाँ भी जगह मिलती रही। ऐसे सहायक मित्रों के लिए हंस के पन्नों पर भी खुली जगह देने में हिचकते नहीं थे राजेन्द्र जी। जो इन्तजाम करते, उनका इन्तजाम भी 'हंस' पत्रिका अपने बीच रखती, यह बात हम सभी जानते रहे हैं। बहरहाल, लजीज खाने और भरपूर शराब की कमी नहीं होती थी। दारूबाजों की मौजें भी हमने देखी हैं, वे नशे में अपनी-अपनी तरह से हरकतें करते रहते। राजेन्द्र जी अजीब से खुमार में रहा करते, जन्मदिन के जश्न का खुमार ऐसा कि कोई उन्हें रावण के दस शीश पहनाकर दशानन बना दे तो फर्क नहीं। कोई उनको हुक्का भेंट करके 'ताऊ' का उपाधि से नवाजे तो और भी खुश। गोल मेज के आसपास पड़ी कुर्सियों में से एक पर आसीन राजेन्द्र जी और दूसरी कुर्सियों पर पुरुष मित्रों से ज्यादा महिला मित्र सजी हुईं। यही एक दिन था जब कमलेश्वर जी ने मेरे लिए एक अभद्र टिप्पणी की थी। मैं जवाब दे सकती थी लेकिन बड़े और कद्दावर लेखक के गिरने पर उसे उठाना ही हमारा पहला कर्तव्य होता है न कि ठोकर मारकर फिर से मुँह के बल गिरा देना। फिर एक दिन एक स्त्री जार-जार रोती दिखी, कनफुसियों में तमाशा हुआ।

बहरहाल, मैंने तय किया, आइन्दा राजेन्द्र यादव के जन्मदिन में नहीं जाना है। क्या जरूरत है बेहूदी बातें सुनूँ? क्या गरज है कि ऐसे लोगों के साथ खड़ी हो जाऊँ जो अपना नाम चर्चित करने के लिए मेरी कुचर्चा का आयोजन करते हैं! तमाशे बनाए जाते हैं...

मेरे इस फैसले पर राजेन्द्र जी की प्रतिक्रिया तीखी थी—"तुमको इतना अहंकार हो गया है कि कुछ लोग ऐसे अधम और नीच दिखाई दे रहे हैं, जिनके साथ तुम खड़ी नहीं होना चाहतीं? मैत्रेयी जी, यह साहित्य की दुनिया है। डॉक्टरों का एलीट वर्ग नहीं।"

वे कहते रहे, मैं सुनती रही।

"चाहे पाँच मिनट को आओ, आना है जरूर।" राजेन्द्र जी ने फोन पर आज्ञा दी।

मैं सोचती रही, ऐसी जिद क्यों? क्या मेरी जिद तोड़ने के लिए यह फरमान है? मैं नहीं जाऊँगी तब क्या जन्मदिन सूना रहेगा? कितने लोग ऐसे हैं जो नहीं आते।

तब मैं गई थी, अपने परिवार के साथ पहुँची उनकी इच्छा रखने के लिए।

फिर अगले साल वही इरादा कि नहीं जाना है। अस्सी साल वाले जन्मदिन ने मेरी जिद हिलाकर रख दी—"क्या पता कब तक, डाक्टरनी, क्या पता? किसी नए कुर्ते को देखता हूँ तो सोचता हूँ, इसे पहन पाऊँगा भी मैं?"

उस जन्मदिन में मन्नू भंडारी भी आई थीं। बहुत सारे लोग जुड़े थे। उसी रात मैंने देखा था कि जिन श्री भारत भारद्वाज से मेरा वर्षों का अनबोला है, मेरे पति और भारत जी खूब गले मिल रहे हैं। मैं यही सोचती रह गई कि क्या वे पत्नियाँ सौभाग्यशालिनी नहीं होतीं जिनके बैरियों को पटखनी देने की उनके पति मन, वचन, कर्म से ठान लेते हैं। मेरा पति और बैरी जुड़वाँ का रूप है।

अबकी बार का जन्मदिन 28 अगस्त, 2013!

कहानी प्रतियोगिता में प्रथम पुरस्कार हंस कथा सम्मान के रूप में लखनऊ की किरण सिंह को दिया जाना था। किरण का अनुरोध था कि मैं वहाँ अवश्य उपस्थित रहूँ। मैं इंडिया इंटरनेशनल सेंटर की एनेक्सी में उस समारोह की चश्मदीद बनी। अपनी कहानी 'संझा' पर किरण ने दिल छू लेनेवाला वक्तव्य दिया। हिजड़ों पर तमाम कहानियाँ लिखी गई हैं, लेकिन किरण का था अन्दाजे-बयाँ और।

समारोह खत्म होने के बाद हम बाहर लॉबी में आ बैठे। मैं और राजेन्द्र जी एक-दूसरे के बराबर कुर्सियों पर बैठे थे। कुछ लोग आपस में कानाफूसी कर रहे थे। अनुमान जो मैंने लगाया, यही होगा कि कहा-सुना जा रहा होगा—'क्या इनमें सुलह हो गई?'

मुझे आश्चर्य लगता कि मुझे अब तक क्यों पता नहीं था कि राजेन्द्र यादव के साथ मैत्रेयी की दोस्ती और दुश्मनी, लगाव और अलगाव इस कदर लोगों का ध्यान खींचते हैं। यह भी नहीं पता कि लोग क्या चाहते हैं? राजेन्द्र जी से असहमत हुई तो भी मुझ पर हमले और आज पास बैठी हूँ तो भी खुसुर-फुसुर। आखिर मुझे क्या करना चाहिए, यह बात कौन तय करेगा? मैं, राजेन्द्र यादव या आसपास के लोग?

जैसा कि रेखा अवस्थी कहने लगी थीं—राजेन्द्र यादव तुमसे इसलिए नजदीकी नहीं निभा रहे थे विभूति वाले केस में कि वे साहित्य समाज को दिखा देना चाहते थे कि मैत्रेयी उनके लिए इतनी खास नहीं है कि चाहे जब उसके साथ खड़े हो जाएँ! वे विरोध करेंगे और दूरियाँ रखेंगे, लोग खुद देख लेंगे। मैत्रेयी से जोड़कर उनका कद क्यों घटाया जाए?

रेखा की इस बात पर मुझे विश्वास नहीं हुआ कि उन्होंने अपने कद्दावर व्यक्तित्व के कारण मेरे साथ खड़े न होने का फैसला लिया होगा।

''रेखा, फिर वे मुझसे उस लड़ाई में भाग न लेने के लिए क्यों कह रहे थे?'' मुझे धरने पर जाने से क्यों रोक रहे थे? मुझे इस चकल्लस से क्यों दूर रखना चाहते थे? ऐसा तो वही करता है जिसे किसी मेरे जैसे की चिन्ता हो। यह दूर वाली बात कहाँ थी रेखा कि सबेरे उठकर मुझे समझाने की कवायद। यह तो मेरे संरक्षण का मामला था, जिसमें से निकलकर मैं बागी हो गई।

मैं कहानी सम्मान समारोह के बाद घर लौट आई थी। क्यों लौट आई? शराब पार्टी में शामिल हो नहीं सकती, क्या करूँगी वहाँ? कई बार यह भी सोचा कि

मैत्रेयी न शराब पियो और न पिलाओ। डॉक्टर साहब को भी शराब पार्टियाँ करने से रोक दिया। तुम्हारा क्या होगा? कुछ भी नहीं। क्यों नहीं होगा, मन्नू दी क्या शराब पीती हैं, नहीं न, मगर वे शिखर को छूती लेखिका हैं। मत भूलो कि वे राजेन्द्र यादव की पत्नी हैं, ऊँचे से ऊँचे साहित्यकारों के साथ उनकी बैठकी है। कृष्णा सोबती खुले मिजाज की महिला हैं, पीने-पिलाने से गुरेज नहीं करतीं। अपने दायरे की लेखिकाओं पर नजर डालो, चारों ओर देखो लगभग सभी इस सामाजिक चलन में शरीक हैं। एकाध नहीं हैं तो उनके रास्ते अपने ही तरीके के बनाए हुए...। मेरा क्या होगा? एकान्त में अकेली। बचती-छिपती हुई सी...पीना-पिलाना अपराध हो जैसे। बस, इसी कारण राजेन्द्र जी के जन्मदिन से तौबा!

एक दिन एक महिला मिलीं, अमृता प्रीतम की आशिकी में डूबी हुई, बोलीं—"मैंने सिगरेट शुरू की है, अभी इन दिनों ही।"

"क्यों? ऐसी क्या जरूरत आन पड़ी?"

"अरे यार, अमृता जी से मिली। बातें हुईं। बड़ी प्यारी महिला हैं। मैंने लिखने-पढ़ने की बातें कीं। उन्होंने सिगरेट जलाई। मुझसे पूछ लिया पीने के लिए। मैंने मना किया तो पता है उन्होंने क्या कहा? यही कि—'सिगरेट तक नहीं पीती तो तुम खाक लिखोगी?' "

मैंने उस महिला के रूप में खुद ही कल्पना की, दिमाग में धुआँ उठने लगा।

आगे का मंजर धुँधला है और मेरा ग्राफ धराशायी। मैं गाँव की स्त्री को अपनी कलम के साथ लाई हूँ तो उसके नशे-पत्ते का भी इन्तजाम कर लाती। मुझे याद आया कि मैंने गलतियाँ भी कम नहीं की हैं, नशे-पत्ते को लेकर चिलम-तमाखू में तो हमारी खेरापतिन दादी भी चैम्पियन थीं। अगर उनकी हुक्किया का नोश यहाँ लिख दिया होता तो इस शहर में हुक्किया-क्रान्ति हो जाती। मगर मैंने माना कि ये हमारी बूढ़ी-पुरानियों के शौक नहीं पेट विकार के उपचार थे। सारंग (चाक) इस रिवाज को ग्रहण नहीं करेगी और मन्दा (इदन्नमम) तो ठहरी एकदम नशाबन्दी की पुरोधा!

बहरहाल, मैं जैसी थी वैसी रही जबकि यह शहर अपने रहवासियों को अपने ही मिजाज में ढाल लेता है और जो नहीं ढलते उनके तिरस्कार और बहिष्कार की धीमी-धीमी मुनादी करता जाता है। बेशक, इसलिए ही राजेन्द्र यादव की महफिलों से मेरी बर्खास्तगी का फरमान जारी होता गया।

मैं राजेन्द्र जी को यह वचन जरूर दे आई थी कि मैं कल आपके घर जरूर आऊँगी, जन्मदिन की मुबारकबाद देने।

हाँ, दूसरे दिन वादे के मुताबिक सुबह ग्यारह बजे पहुँची—आकाश दर्शन अपार्टमेंट। मुझे क्या, उनके नजदीकियों को मालूम होगा कि वे नाश्ते के बाद सो जाते हैं फिर ग्यारह बजे ही उठते हैं।

किशन ने मेरे आने की खबर दी तो उन्होंने मुझे बेडरूम में आने के लिए कहा।

''आप सोए तो थे न? मैं जल्दी तो नहीं आ गई?''

''आज नहीं सोया। डाक्टरनी जो आ रही थी, इन्तजार करता रहा।''

मैं सामने देख रही हूँ, रीडिंग टेबल को, यह कभी मेरी थी बीस-इक्कीस साल पहले। किस मुबारक मुहूरत में बनी होगी यह मेज। राजेन्द्र जी की कलम इस पर रखे कागजों पर चली। एक से एक नायाब सम्पादकीयों की चश्मदीद गवाह यह टेबल! विचार और चिन्तन से निकले बदलाव को लागू करने का जरिया बनी यह टेबल। मैं आज नए सिरे से क्यों खुश हो रही हूँ! पहली बार तो इस कमरे में नहीं आई!

राजेन्द्र जी अपने सिंगल बेड पर बिछी सफेद चादर पर लेटे हैं, सफेद सैंडोकट बनियान और सफेद पाजामा पहने हुए। उनका चेहरा आज अपेक्षाकृत उजला-उजला, कहिए कि गोरा नजर आ रहा है। कल 28 अगस्त के मुकाबले ज्यादा ताजादम।

''तुम खड़ी-खड़ी रहने आई हो या बैठने के लिए भी कहा जाए। यार, जब से आई हो, बस खड़ी हो! यह कमरा तुमने पहले नहीं देखा?''

मैं क्या जवाब देती? यही कि आप ही तो कहते हैं—'हर आदमी में होते हैं दस-बीस आदमी'। ऐसे ही यह कमरा भी हर बार नई छटा दिखाता है या मेरी यादें ही पलटा खाने लगती हैं...पुराना समय लौट-लौट आता है सागर की लहरों की तरह।

हाँ, मेरे लिए उनके बिस्तर के नजदीक कुर्सी रखी है। एक तिपाई पर चाय और नमकीन की प्लेट। कुछ मीठे बिस्कुट। फिर मिठाई भी। मैं अब भी खड़ी हूँ।

मैंने अपने साथ लाया थैला पहले ही बिस्तर के सहारे चुपचाप टिका दिया था। पर्स अब भी मेरे हाथ में है।

''चाय लो और यह सब भी।'' उन्होंने नाश्ते की ओर इशारा किया।

''अरे, मैं तो नाश्ता करके आई हूँ, कुछ नहीं, बस चाय।''

''अरे ऐसे नहीं, आखिर मेरे जन्मदिन के लिए आई हो। लाओ, मुझे भी दे दो कुछ उठाकर। मीठा देना जो तुम दोगी नहीं।''

चाय पीने लगी मैं।

''उपन्यास पूरा हो गया न?'' उनका सवाल।

''हाँ, पूरा ही समझिए, आपको दिखाना चाहती थी लेकिन आप ही मुझे आँख दिखाने लगे।''

वे हँसने लगे और बोले—"तुमने ही मेरी आँखों का सत्यानास किया है पांडुलिपि पढ़वा-पढ़वाकर तो आँखें भी तुमको ही दिखाएँगे। और तुमसे ही मिलाएँगे।"

"क्या नाम रखूँ राजेन्द्र जी? ज्यादातर नाम तो आपने ही रखे हैं—'इदन्नमम', 'चाक', 'अल्मा कबूतरी'..."

"मैं नाम रखता था और तुम लड़ाई ठान देती थीं। 'अल्मा कबूतरी' पर तो लगा कि तुम फौजदारी करने के मूड में हो।"

"अच्छा, अब नहीं लड़ूँगी। आपको कहानी सुना दी है। नाम बताएँ।"

"फरिश्ते निकले।"

"यह कैसा नाम है?"

"तुमने अभी-अभी कहा था, नहीं लड़ूँगी। लगता है, तुम जन्मजात लड़ाका हो!"

मैं चुप रही।

"यही नाम, यही नाम जाएगा, हाँ।"

यही नाम!!

"जन्मदिन मुबारक राजेन्द्र जी! हैपी बर्थ डे!!"

"अरे, इतनी दूर से? यहाँ आओ, पास आओ।"

मैंने उनकी ओर अपना सिर झुका दिया और उन्होंने मेरा सिर चूम लिया।

अब मैंने वह थैला आगे कर दिया—"राजेन्द्र जी, आपके लिए एक कुर्ता है, पता नहीं नाप ठीक बैठेगा या नहीं!"

"लाओ, जैसा भी होगा, पहन लेंगे।"

अब बारी थी कुछ और कहने की। कैसे कहूँ? क्या कहकर शुरू करूँ? यह व्यवहार कभी किया नहीं।

मेरी बाईं हथेली और उँगलियों के बीच दबा कुछ भारी से भारी हुआ जाता है...

"राजेन्द्र जी!"

"हाँ।"

"यह," कहकर मैंने हाथ आगे बढ़ा दिया। और मुट्ठी खोल दी।

"यह, यह क्या डाक्टरनी?" वे लेटे ही लेटे कहने लगे।

मैंने अपना सीधा हाथ उनके घुटने पर रख दिया। आज तक अपनी इच्छा से राजेन्द्र जी को इस तरह कभी छुआ नहीं था, इस एकान्त में...आज उनका घुटना छूते ही दिल भर आया, आँखें उमड़ आईं। लगा कि आँसुओं का बाँध टूट जाएगा।

"राजेन्द्र जी, ये रुपए रख लीजिए।" पाँच हजार रुपए मैंने उनको सौंपने चाहे।

"अरे! मैं क्या करूँगा? कुर्ता ले आईं तो!"

"राजेन्द्र जी!"

"नहीं-नहीं, इन्हें तुम रखो।"

"मैंने आपको कभी कुछ दिया नहीं। ये रुपए डॉक्टर साहब के नहीं हैं राजेन्द्र जी। यह मेरी अपनी कमाई है। कमाई, जो किताबों की रॉयल्टी से आती है। आपके ही तो कारण है यह सब। आप रख लीजिए!"

"मेरे कारण..." उनका स्वर भीग आया था और मेरी आँखें बरसने लगीं।

"राजेन्द्र जी, अपना चश्मा बनवा लेना आप। चश्मा जरूरी है।"

"चश्मा!" उन्होंने मेरा हाथ छुआ और बोले—"डाक्टरनी, मेरी इतनी चिन्ता!"

और वह चश्मा!

चश्मा एक दर्द-भरी कहानी बन जाएगा, मुझे क्या पता था?

हाँ, पूरे पाँच हजार में ही बना था राजेन्द्र जी का चश्मा।

"यार, तुमने चश्मा दिया है या आँख ही जिन्दा करके दे दी।"

मेरे लिए इस पुलक से ज्यादा कौन सी खुशी होती!

"वैसे यह बात तो मैं मान ही बैठा हूँ डाक्टरनी कि तुम्हारी बेटियाँ तुम पर नहीं, डॉक्टर साहब पर गई हैं। कहाँ तुम कुटांट और कहाँ बबली (नम्रता) इतनी शरीफ!"

"अच्छा ठीक है।" कहकर मैं हँसी कि मेरे आँसू हँस पड़े!

29 अगस्त की मुलाकात के बाद कितना पानी उतर गया दिल्ली की यमुना नदी में...कितनी-कितनी कूड़े की बाढ़ें छितरा आईं राजेन्द्र जी की जिन्दगी के दरिया में। नई कहानी के पुरोधा पर छिछली और गन्दी से गन्दी कहानियों की बौछार होती रही। इल्जाम लगते रहे कि राजेन्द्र यादव एक यौन मरीज हैं। यौन कुंठित हैं, लड़कियों के शिकारी...

मैं ऐसा कुछ भी सुनना नहीं चाहती थी। मैं उन पर कीचड़ बर्दाश्त नहीं कर सकती थी। मैं उनके लिए अनर्गल शब्द सुनने को तैयार नहीं थी। मैं सही थी, ऐसा मैं कैसे कह सकती हूँ? यह ऐसा ही रिश्ता था कि मैं उनसे कुछ कहूँ तो अपनत्व और दूसरे कहें तो बदनाम करने की साजिश। बेशक, साजिशों ने कलम की दुनिया और सोशल मीडिया को उनकी बदनामियों से ढक दिया था। असलियतों की तस्वीरें मेरे सामने नहीं थीं। शायद मैं बच रही थी। मगर वे जिन्दादिल इनसान पूरे साहस के साथ जी रहे थे। मुझे फोन पर अपनी जिजीविषा और इनसानियत के लिए आश्वस्त करते रहे बराबर। मैं भी उनका ही विश्वास करती जैसे और सारे लोग

षड्यंत्र रच रहे हों! मैं सचमुच आत्मीयता की रस्सियों में बँध गई थी और बँधी ही रहना चाहती थी, इसलिए लोगों से बहस नहीं करती थी, विरोध नहीं करती थी, प्रतिकार का सवाल ही कहाँ बनता था। मुझे लगा मेरे पास चुप्पी ही धारदार हथियार है। मेरा विचार—'अकेलापन कहाँ-कहाँ नहीं भटकता? अकेलेपन का चरागाह भटकन भरा मैदान होता है,' मन में ऐसे ही जुमले बनते जाते। अब राजेन्द्र यादव जी ज्यों-ज्यों घिरते जाते, मेरे लिए वे एक नादान बच्चे जैसे होते जाते। विरोध-प्रतिरोध तो उसका होता है जो हमें अपनी मनमानी ताकत दिखाता है और आक्रान्त करता है। सबक सिखाने के लिए अपने चरित्र के आसपास तमाम तामझाम जुटा लेता है।

यहाँ तो जैसा कि मेरे कानों में आया और जैसा कि राजेन्द्र जी ने मुझे खुद बताया—वे एक खिलौना मात्र रह गए। उस हंस के खिलौने से साथी कहलानेवाले, दोस्ती दिखानेवाले और 'भक्ति में लीन' रहनेवाले मिलकर मनमाना खेल खेल रहे थे। व्हीलचेयर पर बैठे एक अपंग अशक्त वृद्ध को तृषा लगा दो फिर बूँद-बूँद के लिए तरसाओ, यह कोई कम भयानक खेल नहीं था। यह खेल देखनेवालों और सुननेवालों को उसी तरह आनन्दित कर रहा था जैसे परपीड़न का आनन्द खुशी देता है। भीतर दृश्य देखो और बाहर आकर चर्चा करते हुए किलकारियाँ भरो। सब कुछ रोचक, रोमांचक और लोमहर्षक। क्या पहले से ही यह सब तय किया जाता था कि रात घिरती जाएगी और दृश्य नमूदार होंगे। कुछ कैमरे चलेंगे, यह बात दिमागों में रहती होगी। फिर स्कैंडल बनकर धमाकों में फटेंगे। आनन्द में सबकी भागीदारी होगी मगर अपराध का भागी एक।

यह साजिश, यह षड्यंत्र क्या हौजखास में हो पाता? एक बेधक विद्वान और सामाजिक चिन्तक के लिए ये कैसे मोर्चे खोल दिए गए कि उसे उस बदपरहेजी में उतार दिया गया जिससे अपने लोग बचाना लाजिमी मानते हैं। मगर कुछ उपाय नहीं हो सका क्योंकि राजेन्द्र जी का अध्ययन कक्ष अब साहित्य के नाश और ध्वंस के मंजर में समाहित होने लगा। वहाँ उनकी आत्मा मनोरंजन की नुमाइश के बीच थी या अपने ही गहन विचारों के चिथड़ों को पकड़ने के लिए बेचैन...या विमर्शों के मलबे पर बैठा एक चिन्तक सचमुच अपने खत्म होने की कामना कर रहा था अपने ही सम्पादकीय में। तब मुझे बार-बार महाभारत में भीष्म पितामह की छवि याद आती रही। राजेन्द्र जी अपने देशकाल के पार कितनी दूर तक देख सकते थे और उस क्रान्ति की व्यवस्था के बारे में सोच पाते थे जो इस समाज के हाशिए पर पड़े लोगों के लिए कितनी-कितनी जरूरी है!

मैं क्या-क्या सोचती रही, वही कुछ जो सुनती रही और जो कुछ थोड़ी-बहुत मात्रा में देखती रही। आनन्द के नाम पर अपराध सौंप दिया गया राजेन्द्र यादव

को अपनी अशक्त और रुग्ण अवस्था में। कुछ दृश्य ऐसे गुजरे कि...स्त्री उभार के नाम पर ही खेल शुरू हुआ और स्त्री विमर्श के पैरोकार के नाम पर खत्म। तब यह मुक्ति आन्दोलन किस घाट लगा? उलझनों और भटकनों का शिकार, लड़खड़ाने की स्थिति में...

राजेन्द्र जी, स्त्री को सहनागरिक की तरह पहचान बनाने के लिए उकसानेवाले आप उसके पराभव की कथा में शामिल पाए गए, ऐसा जोर-शोर से प्रचारित है, आज भी।

ऐसी ही डूबनेवाली हालत और उछाल मारनेवाली कोशिश के बीच समय अपने सफर पर रहा। अपने विस्तार में असीम समय न किसी के लिए चलता है, न ठहरता है। अगर अपने घड़ी-मुहूरत गिनता है तो वह है मनुष्य।

अगस्त के बाद सितम्बर और अक्टूबर चकल्लसों के बीच गुजारते हुए हम अक्टूबर के महीने को पार करने पर आ गए। राजेन्द्र यादव के जीवन की कहानी सब अपनी-अपनी तरह से मौखिक और आंशिक रूप में लिखित पेश कर रहे थे। उथल-पुथल भरा तूफानी माहौल जो सामाजिक सरोकारों को लेकर होता था, अब व्यक्तिगत गैलरी में जाकर सिमटने लगा।

एक और जन्मदिन! अब कब आएगा?

28 अक्टूबर, 2013 का दिन! दिन भी अच्छी तरह नहीं निकला था। मेरी आँख खुल गई। अचानक याद आया कि रात को मैंने राजेन्द्र जी से बात की थी। फोन में चार्ज कम था, इसलिए तभी फोन चार्ज लगा दिया था और फिर उसे ऑफ करने का ध्यान ही नहीं रहा।

मैं उठी और फोन का चार्जर हटा दिया।

कि एक सन्देश (मैसेज) चमक उठा।

मैसेज था—'राजेन्द्र जी नहीं रहे।'

मेरी आँखें फोन पर जम गईं। कुछ देर में फोन का स्क्रीन ऑफ हो गया। अब वहाँ काला पर्दा था। शायद कुछ गलत...अपनी नजर को गलतफहमी का शिकार मानते हुए फोन को फिर ऑन किया।

'राजेन्द्र जी नहीं रहे।'

मैं, मैं अपनी भीतरी और बाहरी दुनिया से जूझने लगी। ऐसा कैसे हो सकता है? यानी ऐसा नहीं हो सकता। मैंने जो कुछ पढ़ा वह झूठ है, मजाक है। क्या पता मुझे चिढ़ाने का साधन ही हो! जो भी कुछ हो, मुझे सब मंजूर है, लेकिन यह सच न हो।

डॉ. विवेक मिश्रा का यह मैसेज झूठ भी कैसे होगा? यह सोचते हुए मैं डरने लगी।

डर ऐसा कि विवेक को फोन करके पूछने की हिम्मत नहीं कि वह इसको सच ही न बता दे।

''सुनो, सुनो, सुनो न!'' मैं डॉक्टर साहब को जगाती हूँ। बोलने से ज्यादा झकझोरती हूँ।

''उठो। देखो, क्या हुआ?''

''ऐं, क्या? क्या हुआ? इतनी परेशान क्यों हो रही हो?''

मैं चुप हो जाती हूँ। विश्वास अभी भी नहीं कर रही। रात को तो बातें करते रहे, फिर ऐसा क्या हुआ...? मैं रात से अब तक के समय का अन्तराल नजरअन्दाज कर रही हूँ, यह भूल जाती हूँ। चुपचाप बैठी रहती हूँ।

डॉक्टर साहब उठकर पूछते हैं—''बताओ, क्या हुआ? सोते में डर गईं? कोई भयानक सपना देखा? चलो, अब उठ ही जाते हैं, सबेरा हो रहा है।''

मैं उनके कन्धे पर सिर रख देती हूँ—''राजेन्द्र जी चले गए...''

''क्या? क्या ऐसा सपना देखा है?''

''नहीं।''

''अरे, इलाहाबाद वाले डॉ. सत्यप्रकाश के लिए भी तो तुमने खराब सपना देख लिया था और मुझे बाद में बताया था।''

''नहीं...आज तो...'' कहकर मैं फोन में से मैसेज निकालकर दिखाती हूँ।

''अरे!'' डॉक्टर साहब इतना कहकर फोन को घूरने लगते हैं।

''मैं समझ रहा था कि राजेन्द्र जी हमें पहले की तरह अस्पताल में बुला रहे हैं। उनकी तबीयत खराब हो गई होगी।''

''नहीं...अब नहीं...''

डॉक्टर साहब चुप थे, मेरी ओर देखते हुए।

''रात को तुम सुन रहे थे न? दृश्यान्तर पत्रिका की बात कर रहे थे।'' इसके आगे हमारे लिए मौन ही था जिसमें हम समा जाएँ।

फिर यकायक टी.वी. चैनलों से फोन आने लगे। मैं अब तक रोई नहीं थी, लेकिन अब मृत्यु का विश्वास करके रोने लगी क्योंकि टी.वी. ऐंकर और अखबार के संवाददाताओं की आवाज में राजेन्द्र जी मरने लगे। मैं जार-जार रोती हुई...बोलने की हालत में नहीं...बोलूँ तो क्या बोलूँ! शब्द बिखरते जा रहे हैं, लय टूट रही है। मैं राजेन्द्र जी को सजीव देख पा रही हूँ, उनके साथ हूँ, मगर यह भयानक मुनादी का कठिन समय, मेरी जिन्दगी तड़प रही है...

मैंने अब एक पल भी अपने घर रुकना नहीं चाहा। लग रहा था कि राजेन्द्र जी का आमंत्रण आ रहा है, इतनी ज्यादा तेजी से कि जैसे एक क्षण में ही पहुँच जाऊँ। क्या इस आदेश की खबर का ही चमत्कार है कि टी.वी. चैनल और अखबारों के

संवाददाता मुझसे सम्पर्क किए जा रहे हैं वरन् मैं कौन लगती हूँ राजेन्द्र यादव की? हमदर्दी का रिश्ता पारिवारिक सम्बन्धों से घनिष्ठ नहीं होता। राजेन्द्र जी कह रहे हैं—'मैत्रेयी से पूछो।'

मैं डॉ. साहब के साथ आकाश दर्शन अपार्टमेंट पहुँची। फ्लैट के आसपास बहुत से लोग जमा थे जिन्हें मैं अच्छी तरह जानती थी। इस समय मेरे भीतर एक ही भावना कोहराम मचाए हुए थी—हम बर्बाद हो रहे हैं।

पारिवारिक लोग भी थे।

मैं अन्दर गई। ड्राइंगरूम में रखे हुए ऊँचे से ताबूत में राजेन्द्र जी लेटे हुए...अपनी मजबूत-सी कद-काठी के पुरुष रूप में!

आह!

यकायक मेरी नजर कहाँ पड़ी! आँखों पर वही चश्मा जिसके लिए मैं राजेन्द्र जी को...ओह! मेरी सौगात, तू कहाँ-कहाँ तक राजेन्द्र जी के साथ...

मैं और सुमन बहन जी (राजेन्द्र जी की छोटी बहन) एक-दूसरे के गले मिलकर गाँव की औरतों की तरह रोने लगे जोर-जोर से...वरन् तो यहाँ एलीट शोक का माहौल पसरा हुआ था जो कलेजे के दुख को बाहर आने की इजाजत नहीं देता था। यकीनन शहरी सभ्य लोगों का दिल पत्थर का बना होता है जो मुर्दे के आसपास चाय तो पीते रहते हैं, आँसू खर्च नहीं करते। मृत्यु बर्फ-सी शीतल है तो धैर्य पत्थर-सा कठोर हुआ करता है यहाँ।

बाहर राजेन्द्र यादव का मृत शरीर लाया गया और लोगों के घेरे के बीच जमीन पर रख दिया गया। अब श्रद्धांजलि के फूल अर्पण करने की औपचारिकता होनी है। मन्नू दी, निर्मला जी के साथ वहाँ जितने भी स्त्री-पुरुष थे, सबने ताजा फूल चढ़ाए इस पार्थिव शरीर पर। मेरे लिए यह दुष्कर कार्य था क्योंकि मैं अपनी भावुकता से बार-बार पछड़ रही थी। मेरे हाथ काँपने लगे थे। लग रहा था मैं अन्धकार में यात्रा कर रही हूँ। अँधेरे दलदल में फँस गई हूँ। ये जो मेरे दिल पर नेजे चला रहा है मैं तीखा दर्द महसूस करते हुए खड़ी नहीं रह पा रही, वह प्रहारकर्ता कौन है और कहाँ है, मुझे दिखाई नहीं दे रहा।

अब मेरा इस दृश्य से परे हो जाना जरूरी था। सब कुछ उसी तरह हो जैसे कि होना चाहिए। जैसे कि राजेन्द्र जी ने चाहा था।

मगर जिस तरह सब होने लगा वह राजेन्द्र यादव के मन मुताबिक तो नहीं था। जिस कर्मकांड को उन्होंने पाखंड माना और अपनी सम्पादकीय लिखकर पूजा-पाठ का विरोध किया, उसी के चंगुल में उनका मृत शरीर उपस्थित था। पूजा और मन्त्रोच्चार के बाद दाह-कर्म विद्युत-गृह में नहीं, लोदी रोड के श्मशान घाट पर होना है, तय किया गया। घंट और मुखाग्नि की रस्म-अदायगी उनकी बेटी के द्वारा हुई।

राजेन्द्र यादव ने जीवन जिस तरह जिया, उनकी कलम ने हिन्दू रीति-रिवाजों को बराबर प्रश्नांकित किया, आज वे सारे प्रश्न अनुत्तरित थे। बार-बार कर्मकांडी जमात की ओर से एक सीधा-सपाट जवाब मेरी ओर बढ़ता आता—जिस सिद्धान्त पर हम जिन्दगी भर चलते हैं, क्योंकि यह राह हमने बनाई है, उसके पालन का अन्तिम समय भी हमारे हाथ में रहे, यह जरूरी तो नहीं। जन्म और मरण दूसरों के हाथों सम्पन्न होते हैं।

तो...मैं यह सोचने के लिए मजबूर हूँ कि वह शख्स एक दार्शनिक की तरह सोचता था, चिन्तक की तरह लिखता था, पाखंडों को ध्वस्त करता हुआ बोलता था, मगर आज एक मामूली हिन्दू की तरह मरा, जिसको लकड़ी, घी और सामग्री से ढँककर आग में स्वाहा कर देना धर्म की जय बोलना है। धर्म सिद्धान्तों को भस्म कर डालता है।

क्या हुई राजेन्द्र जी की हार्दिक इच्छाएँ? किसी को याद नहीं आए उनके जीवन संकल्प? याद आए शायद लेकिन वे याददाश्तें बाहरी थीं। मैंने कहा न कि जन्म और मरण दूसरों के हाथों सम्पन्न होते हैं लेकिन आगे यह भी कि यह सब पारिवारिक दायरे के सुपुर्द होनेवाली घटनाएँ हैं। बहुत सामान्य और सामाजिक मान्यता प्राप्त। इस घटित रिवाज को गौरव की निगाह से देखा जाता है क्योंकि यही मनुष्य के जीवन का आदि और अन्त है। आस्थाएँ विजयी होती हैं और आगे बढ़ी चलती हैं। पुनीत पौरोहित्य-कर्म की ध्वजा फहराती है आपकी चिता पर और आपकी ठंडी राख पर।

बाद में परिवार से इतर लोगों में सुगबुगाहट, जो नहीं बोल पाए थे, बोले—'राजेन्द्र यादव की मृत्यु के साथ न्याय नहीं हुआ। उनकी इच्छाओं का सम्मान नहीं रखा गया।'

कोई क्या करता! दाह-कर्म करनेवाली बेटी को सचमुच पिता की इच्छाओं के बारे में ऐसा कोई इल्म नहीं था। बेटी ने लिखित बयान देकर स्वीकार किया कि उसने नहीं जाना, कभी नहीं जाना कि पिता के चिन्तन में अपने जीवन सिद्धान्त या सामाजिक कुरीतियों के प्रति क्या दर्शन है? दूरियों ने जानकारियों में फासला पैदा कर दिया।

जब कुछ मालूम ही नहीं था तो दोष भी नहीं था और लापरवाही भी कैसे कहें! बेटी और पत्नी के लिए राजेन्द्र यादव की मृत्यु स्तब्धकारी दुख का समय बन गई होगी। फिर यह भी तो है कि मृत शरीर की अहमियत भी क्या, वह लकड़ियों के बीच जले, विद्युत-गृह में जले या मनों मिट्टी के नीचे दफन कर दिया जाए!

हाँ, आखिरी बात तो धीरज धरने की ही है। जो कुछ छोड़ गए हैं, उसको जोड़ने, समेटने और करीने से लगाने की है कि उनकी विरासत सलामत रहे।

हम जैसे लोग क्या करें! बदहवास खालीपन, भयानक वीरानगी के बीच साहित्य की दुनिया बीहड़ नजर आने लगी। एक रात में ऐसा विकट परिवर्तन! या हमारी ही कमजोरी हाँफने लगी है हमारे भीतर कि अब यह गुरु गम्भीर बुजुर्ग हर हालत में चाहिए हमें। राजेन्द्र जी अतीत होते जाते हैं कि महान होते जाते हैं!

आपसे रोज-रोज बात करना जारी रहेगा राजेन्द्र जी। ऐसे ही, जैसे अब तक रहा है, रहता आया है। आपने बातों का सिलसिला चलाकर मुझे और मेरी लेखक-पीढ़ी को बहुत ताकत बख्शी है। मैं अपनी कलम से जब कुछ नया लिखूँगी, सोचूँगी, आप पढ़ते जा रहे हैं उसे और मैं बहुत सावधान हो जाऊँगी कि कहीं भी झोल न रह जाए। लेखन बाहर का बवंडर नहीं है कि खिड़की-दरवाजे बन्द करके उसका सामना किया जाए, यह तो हमारी भीतरी सत्ता को तोड़ता है कि संस्कारों के रूप में जमी समाज की मूलभूत संरचना को बदलने की जद्दोजहद है।

मैं आपके 'लिखो, लिखो और लिखो' के आह्वान को लेकर निकल जाऊँगी बुन्देलखंडी बियाबानों में। बहुत घूमूँगी और मानकर चलूँगी कि वहाँ के लोगों को मेरे लिखे की और मुझे उनके हकों की हिफाजत की बहुत जरूरत है। उनको आपका पैगाम सुनाऊँगी कि एक लेखक मनीषी ने मुझे इलाके के ज्यादा से ज्यादा लोगों को अपने साथ लेने के लिए यहाँ बार-बार भेजा है।

मैं फिर उसी भाषा में उतरूँगी जिसमें ग्रामबालाओं ने गीत गाए हैं। मैं उसी संघर्ष को जारी रखूँगी जिसके लिए सारंग और मन्दा ने तोड़ी थीं लौह शृंखलाएँ।

हाँ, अब फिर मुझे एक नायाब खजाने की खोज पर निकलना है जहाँ गीतकथाओं और लोककथाओं के भंडार होंगे। मैं मोहर-अशर्फियों की तरह बटोर लाऊँगी और सँजो लूँगी अपने कथागार में। वहाँ में निश्चित ही अपने गाँव के चरवाहे गड़रियों से मिलूँगी जिन्होंने चम्बल, यमुना और बेतवा का पानी पिया है और सुदूर घाटियों में भेड़-बकरियों को लेकर उतरे हैं। उनकी ही संगत में रहकर तो मैंने तिरस्कारों और नफरतों को नजरअन्दाज करना सीखा है। उन्हीं की संगत में अपने इलाके के बागियों से भेंट की है। इस सफर में जब-जब धूप में मेरा शरीर पिघला है, छायादार अर्जुन-शीशम के पेड़ करीब खड़े पाए हैं। यहीं शीतल हवाओं ने मुझे सहलाया है और अपनी नेकी की अनेक कहानियाँ सुनाई हैं। मेरे कहानी और उपन्यास यहीं के बाशिन्दे हैं राजेन्द्र जी। इसी जमीन पर कितनी-कितनी कथाओं ने जन्म लिया है और कथाओं की पीढ़ी-दर-पीढ़ी अपनी विरासत में इसी धरती की वारिस है।

यह नजर, विचार, ज्ञान और बदलाव का जज्बा आपके सान्निध्य में रहकर जीवन-कथाओं में लागू किया, जारी है और जारी रहेगा। आपका योगदान नापने-

तोलने में आएगा क्या ? मेरे पास तो वह तुला है ही नहीं। आपका आकर्षण भी एक युवा और खूबसूरत पुरुष के रूप में मुझे नहीं रहा, बस कोई कशिश थी कि मैं खिंची चली आई। सच मानिए, कोई गिला-शिकवा भी नहीं...क्योंकि मैं आपसे सम्बन्धित किसी खबर के सच या झूठ के बीच गई ही नहीं। आप दिल से वही रहे, मैं अपनी लगन में वही!! तभी तो आपकी यह आवाज बराबर आ रही है...

"यों गुजारे जिन्दगी इनसान हँसते-बोलते
जान भी जाए तो मेरी जान हँसते-बोलते
मैं अगर तुमसे हँसा-बोला तो बेजा क्या किया,
क्या नहीं इनसान से इनसान हँसते-बोलते..."

सुन रही हूँ बराबर आपको सुनती जा रही हूँ...अलविदा कैसे कहूँ...

✪✪✪